怪鸟

THE ODD BIRD

傅星 著

上海文艺出版社

目录

怪鸟　　1
薇拉的城堡　　17
稻草人　　33
绣花鞋　　45
墨迹　　61
画像　　73
小调　　91
直角转弯，直角转弯　　107
灵异事件　　119
姨外婆和她的太行山上　　137

去上只角　　153

外国女人　　167

鸡王　　185

脸盲　　207

我和流氓擦肩而过　　225

最后一餐　　243

鲍家人　　259

国语　　277

没有人是幸运的　　299

空中的爬行　　317

后记　同一片林子　　335

怪鸟

我家住在三楼，楼前是一小片林子。无事我就趴在窗前看林子。那里有一些小白杨和苹果树，还有一棵樟树，那棵樟树特别高大。风来，林子里的树叶就闪烁不定。有一次美术课作业，我在纸上画满了叶子。坐我前排的薇拉扭头问我画了什么，我给她看，我说是叶子，她说这肯定不是叶子，这是菜场里的那些烂带鱼的眼睛。美术老师应该有密集恐惧症，感觉上她在看我的画时哆嗦了一下，随后她给出的评语是：恶形恶状。

小三子就在林子里弹鸟，钻进钻出。弹鸟是小三子的绝活，他持着弹弓踮脚走过，突然停住。然后仰头，拉弓，弹击，小鸟扑簌簌地就从树上滚落到他的掌上，他又把鸟搁进自己的兜里。如果顺利，一个早晨，小三子在林子里可以弹下三四只鸟。有一次我问他这些死鸟有什么用，他说可以吃，先是开水烫，然后拔毛，再油炸，吃的时候要蘸酱油，他爸就是喜欢用这个过老酒。小三子父亲一点也不反对小三子弹鸟，有时候他会在林子外看，还不让路人喧哗。小三子父亲在区政府的财务处做事，他们父子俩长得很像，都是黄头发小眼睛的人。

小三子在班里没有地位,好像不存在一样。他的一手弹鸟绝活也没几个人知晓。薇拉是知道的。薇拉站在窗前也能看到林子,尽管她家的那栋楼要远一点。小三子在弹鸟的时候薇拉会突然尖叫,在那儿呢在那儿呢!鸟就飞走了。小三子随手朝着薇拉就是一弹,吓唬吓唬的,泥丸会弹在墙上,然后那个方向就安静了。

我经常会和小三子一道去学校。他会从兜里掏出死鸟问我要哦。一般情况下我不会要,这种死鸟有点恶心的。小三子说这是金雀你不要,我说不要。有一次小三子弹死了一只白头翁,他把白头翁的尸体硬塞在我的手上,温热的。回家后我母亲问我手里拿的是什么,我说是鸟,很好吃的,可以过老酒。我母亲提起鸟直接扔进了畚箕,她说这个就是传染源,又要我好好洗手必须用药皂。我母亲是中心医院的助产士,她是最讲究卫生的。

在我小学三年级的那年夏天,有一只奇怪的鸟飞落在这个林子里。我从未见过这种鸟。它是红嘴,翠身,蓝紫色的尾羽很长。它就唧唧唧唧地叫,有点急切,但是挺悦耳,像人语,在寻求呼应。我跟小三子讲林子里来了一只怪鸟,小三子说他知道,已经盯上了。小三子告诉我这些日子它天天来,总是在树梢上跳来跳去,如果落地找吃的也是躲在暗处。小三子说这只鸟门槛贼精的。

一个早晨,三室阿姨在楼前扫地,鸟来了,三室阿姨抬头看到了。三室阿姨说哎呀,这个是大尾巴练啊!三室阿姨是北方人,她说大尾巴练是她北方老家的鸟,她记得那些鸟就在山上飞,在树上筑巢,如果上树掏鸟窝运气好还能摸到蛋。三室阿姨说了许多,那只鸟的出现显然是勾起了她的乡愁。但是三室阿姨也有疑问,她不明白北方的鸟为什么飞来上海？三室阿姨挥起大扫帚哦嘘哦嘘地赶鸟，她肯定是不想让老家的大尾巴练死在小三子的弹弓下。

小三子一直在追击着那只鸟，他变得十分焦虑，雨天也会在林子里踩着泥巴转。他已经对别的鸟没了兴趣。有两次我看到小三子已经瞄住它了，可是弹射之后，大尾巴练依然欢快地活着，不过是跳到了另一棵树上。

我家的楼面上有一个公共阳台，小三子就来阳台上弹鸟，他说视线好。很早我就陪着小三子在阳台上守候，从曙色微明等到天下大白，可那只鸟好像突然消失了。我问小三子它怎么不来了？他说来了，肯定是缩在一个什么地方，它能看到我们，就是不让我们看到它。薇拉那天问我，哎，你和小三子在阳台上做什么？为了讨好薇拉我就什么都说了。薇拉是个大嘴巴，事情很快就在班里传开了。上课时突然有人喊，大尾巴练来啦！全班就哄笑起来。小三子挠头，也笑，他的笑脸很像个满面皱纹的老太婆。我的感觉是这些嘲讽对他毫无影响，他现在是心系一处，就是在守候那只鸟，并且要弹死它。

那次放学，我们一群人在街上闲逛，小三子也跟我们在一起。突然间他跑了起来，我知道这个多半和那只鸟有关，我跟着他跑，我听到他说，寻死来了！

果然在阳台上看到了大尾巴练。以前它都是早上来的，不明白为什么突然在傍晚出现。它就待在树上对着落日叫，这次它好像疏忽了，居然把自己全部地暴露了出来，一片遮挡的叶子都没有。当时漫天的晚霞，那只鸟在如此绚烂的背景下好看极了，如同来自天堂。我问小三子为啥一定要弹死它。小三子吃惊地扭头看我，他一定是觉得我这个问题实在是太奇怪了，不弹死它做什么，就让它飞来飞去的吗？后来仅一弹，鸟就落了下去，小三子说，死去吧。然后我们赶紧下楼去林子里找，可什么也没有找到。我说肯定是弹中的，小三子也点头说是。不过那只鸟还是飞走了，估计只是伤了点皮毛。

有一天我回家，看到小三子在爬樟树，他不住地往手上吐口水，双腿夹着树干使劲地往上蹿。我去树下，问他爬上去做什么。他说弹鸟，他说阳台暴露了，要转移阵地。那是夏天，小三子套着大裤衩，我仰面朝天地看他，他裤裆里的那只鸟在晃悠，我就想这只鸟真是太好弹了，我大概都能够弹中。小三子终于跨上了枝干，他扭头看到我在笑，尖声地问我在笑什么。

他可以一直待在树上，像是要在树上过日子了。他爬得很高，我站在窗前，几乎可以和他面对面说话了。他肚皮饿了就问我要吃的，我就扔个山芋或是馒头什么的上去。如果他想尿，那他就尿。他从高处往下尿，我注意到那根水线是晶亮的，少许有点晃动，要是风大，他的尿液就会被吹成细密的水珠飘洒下去。总是有几个老太婆坐在楼前发呆，水珠就会落在她们的脸上。老太婆们都太老了，已经没有什么知觉，她们一点不在乎，甚至往脸上抹一把的动作都没有。

林阿姨家的窗也对着那棵樟树。林阿姨是区妇联的干部，胖，大嗓门，老是咋咋呼呼的，好管闲事，见到我们小孩子就要管，不准跑，不准叫，不准"赤那赤那"讲龌龊话。有好几次她冲着林子里的小三子叫，不准弹鸟，会弹到别人的眼睛的。小三子上树后她更是不满，树下的林阿姨会叫小三子下来下来！窗前的林阿姨会叫小三子下去下去！可小三子根本不听她的。林阿姨好像是安徽淮南一带的人，她的口音像我外婆的，可又不完全一样。

一个礼拜天的早上，林阿姨站在樟树下对着树上的小三子大叫大嚷，引来了不少人看热闹。她踹树，用竹竿往上捅，扔泥巴，可她根本撼动不了小三子。林阿姨看到我，她说就你就你，上去把他给我弄下来。我赶紧躲。这时候我看到薇拉也在场，薇拉的表情是愤怒的。我知道薇拉和林阿姨的女儿燕子的关系不错。后来小三子的父亲来了，他父亲来了也没用，小三子就是不下来。他就是个很固执的人。

林阿姨一觉醒来，起床，她看到了窗外的小三子，小三子正在树上尿尿。林阿姨很生气，跑去窗前喊，她说小三子你要是再尿就把你那个东西一刀剪了！可小三子还是尿，并怪异地看着林阿姨。这个时候林阿姨突然意识到自己几乎什么也没有穿，就那么光着站在窗前。薇拉说小三子下流极了，还说他差点就尿到林阿姨的脸上了。薇拉还责问我，你们为什么要爬树？我说薇拉你一定要搞搞清楚，爬树的不是我。以后我就一直在想象尿尿的小三子面对裸体的林阿姨是怎样的一个场面，挥之不去。

当天晚上，小三子没有下树，任谁叫他下来他都不睬。他父亲不知从哪里弄来一把弹弓，弹他，他也不下来。月亮出来了，我可以看到小三子团在树上，形成了一个莫名其妙的巨大的阴影。有风，树在风中摇晃，哗啦作响。可是小三子不动。我问他肚皮饿哦？他也不答理我，他好像睡着了，如果我的手臂更长一些，我会把他推醒。几十年以后，我读到了卡尔维诺的《树上的男爵》，我马上就想到了小三子。

小三子肯定是不能再爬树了，他只能在林子里转转。小三子在林子里转，他父亲就跟在他屁股后一起转，他父亲盯着他不准他再弹鸟。小三子告诉我，他爸不吃鸟了，改吃鸡脚爪了，他妈妈已经有办法把鸡脚爪做成鸟的味道了。小三子偶尔还会弹几下，不过那只是偷偷地弹，就像做贼一样。

后来"文革"了，有人去林子里死。记得最早是个女的，自杀的，吊在树上。我去看的时候她已经被放倒了。女人的脸埋在泥里，像是在吃土。她的头发是乌黑发亮的，不过很脏，有一绺浸在了水坑里。这是个中年妇女，套着小碎花的连衣裙，裙子是旧的，可袜子肯定是新的，雪白。薇拉在看，小三子也在看。薇拉说她像一个人，薇拉扭头看林阿姨家的窗。大家都懂了，薇拉的意思是眼前的这个死人是林阿姨。我突然感觉薇拉说得有道理，真的蛮像的。我们又看小三子。小三子慌了，脸涨得通红，他一定是弄不明白为什么都要看他，又不是他把人弹死的。小三子转身走了，也不同任何人打招呼。

小三子走后，真正的林阿姨来了，在她的身边是派出所的人。林阿姨大声嚷嚷上学去上学去！大家都松了一口气。我看到林阿姨的气色很好，她的那张圆脸甚至比任何时候都要红润。

有红卫兵来学校里斗老师，那些红卫兵都是中学生。我对老师向来没有好感，并且心生畏惧，他们总是在喝斥我，指责我这不对那不对。可是看到老师被批斗心里还是特别难受。老师们的头低垂着，胸前挂着牌子，牌子上写什么其实并不重要。只要套上牌子，就得任人蹂躏。一个女红卫兵细心地把火柴排在了语文老师的脖子上，她试图去点燃火柴，好在风大，怎么也点不着，后来火柴被吹散了。那个女红卫兵很白很漂亮。

　　学校很快就不上课了，我突然觉得无比轻松，整天在外面逛，哪怕哮喘病发了也不想回家。那天在路上薇拉突然跑来拽住我，她要我快去看。我问她看什么。她说他们在批斗小三子。在垃圾箱那里我看到一些人围着小三子，领头的几个脸熟。我知道他们不是我们这个新村的，他们也不是红卫兵，没有袖章，那几个人的年龄和我也差不多，肯定还不到加入红卫兵组织的年龄。其中一个黑脸我认识，有一次我在空地上放风筝，他带着几个人跑来，夺过我的风筝，三下两下就撕了。然后就扬长而去，没有任何解释。他们就是街头混混，无理可讲。

　　小三子立在垃圾箱边上，低着头，不知是谁把一个牌子挂在他的胸前，写着：打倒美蒋特务三姨太！牌子一定是地上捡的，那些日子在我们新村有不少类似的牌子扔在地上。黑脸挥手打了小三子一个耳光，"啪"的一下，很重。我觉得就如同打在我的脸上一样。黑脸问小三子，爬树上看赤膊女人这个事情是真的吗？小三子点头。黑脸要小三子接着说。小三子抬头，他的失神的眼中噙着泪水，那眼睛让我想起他弹落的那些死了的或者是将死的鸟。小三子显然不知道要他说什么。黑脸说，你到底看到了什么？围观的人大笑了起来，他们一定是觉得这个批斗会太好玩了。小三子不说。黑脸又打小三子，啪啪啪！这次一连扇了小三子好几个耳光。他的同伙在叫，打死他打死他！小三子的鼻子流血了。小三子还是不说。黑脸突然一把揪住了小三子的头发，又把小三子的脑袋按向自己的胯下。有人在喊，钻过去钻过去！小三子开始发懵，他甚至抬起头寻求帮助，想有个人最好能够明确地告诉他到底应该怎么做。过了好一会他总算明白过来了，他把胸前的牌子取下，挂着牌子肯定是钻不过去的，那个黑脸又不是巨人，他不过就是比小三子高一点点。小三子就从黑脸的裤裆里钻了过去，黑脸依然叉着腿，小三子又自觉地钻了回来。小三子立起身来。黑脸突然高呼口号，打倒小三子！有人就跟着喊，打倒小三子。然后就不喊了。黑脸再一次问小三子，你到底看到了什么？小三子动了动嘴唇，他好像说了点什么，但其实他还是什么也没说。黑脸和他的手下又把小三子弄上了垃圾箱。这样小三子就高高在上了，他太瘦弱了，时时都要倒下来一样。他俯视下面，也看到了我。他甚至挤出了一个小老太婆般的脸，羞涩地笑笑。

小三子父亲在单位里被批了，他已经不再坐办公室了。礼拜天，他还要在新村里扫马路。有人说他是腐化分子，说他以前在家里洗澡，要保姆加热水，在单位里也和女秘书搞不清楚。这些都是薇拉告诉我的，薇拉不仅早熟，而且还是消息灵通人士。薇拉说林阿姨在机关的批斗会上也批了小三子爸爸，说他不仅自己生活腐化，儿子也被他教得下流堕落，居然一天到晚爬在树上看野眼。林阿姨和小三子父亲都是在一个机关楼里上班的，一个在妇联，一个是财政部门，他们之间其实也蛮熟的。薇拉还说小三子爸爸去机关食堂杀鱼了，身上尽是鱼腥气。

我去买大饼油条，在街上遇到了小三子父亲，他果然在扫马路。他更瘦了，头发更黄了。我从他身边经过时，的确闻到了一股鱼腥味。不过很难认定这是他身上的味道，因为不远处刚好有个杀鱼摊。小三子父亲认出了我，他冲着我笑笑，他的笑也像个小老太婆。小三子父亲说，上学去啊？我说礼拜天不上学的，还有学校已经停课了。小三子父亲突然想起来似的不断点头。哦哦，哦哦。他弯腰把几块橘子皮捡起扔到了畚箕里，又直起身来。

那你们要乖一点啊，一定要乖，不要闯祸不要闯祸。

林子里自从有过死人之后，鸟就少了。小三子说，肯定会越来越少，死人越多，鸟就越少。继续有人死在林子里，已经死了三人，都是来上吊的。我问小三子看到大尾巴练没有，小三子摇头，说没见到，又说大概去别的地方被人家弹死了。我说也可能它还活着，不过是怕死人，就不再来了。小三子说那只鸟骚，总有一天会被人家弹死了。小三子应该是彻底收山了，就在他登上垃圾箱的那天，他父亲把他的几个弹弓直接用老虎钳子拗断了。小三子跟他父亲打了起来。小三子身体单薄，他父亲也单薄，可毕竟是父亲，气场强。打了一会儿父亲就占了上风，他把儿子扑倒在床上，双手掐着儿子的细脖子，掐到儿子口吐白沫还不松手。幸亏小三子母亲急中生智，一桶洗脚水泼了上去，这才救了小三子的命。他们楼里好多人看到了这一幕。

有好长一段日子小三子都把右手揣在兜里，玩玻璃弹子也是用左手。我问他那只手怎么了，他苦巴巴地说有点痛，就不再多说。我猜想那是被打的。不知道是黑脸那帮人打的，还是他父亲打的。他还会来我家楼面的那个阳台，我们就在阳台上打牌，不看鸟。那次打牌我输了，约定是要爬三圈的，我说不爬了，送你样东西。我从口袋里掏出了一只弹弓，我告诉他这是我家大扫除时翻出来的，是堂兄送我的。我问他敢要吗？憋了许久，他还是伸手接过，又试了试，他说牛皮筋太松了。然后就把弹弓插在了裤皮带上，又反复告诫我千万不能让他爸爸知道。

有一个傍晚我和小三子在阳台上，看着大人们下班归来。他们都是匆匆地走，像家里着了火似的。我看到了林阿姨也沿着林子走来，她手上托着两个纸包，那里面应该是吃的。林阿姨走路时一颠一颠的，从上往下看就颠得更厉害，像是跷脚一样。我正想就林阿姨的走姿说点什么，小三子突然立了起来，他的手上持有弹弓，就是我送他的那只。他又从兜里掏出了泥丸子，然后迅速地连瞄一下都没有，照着林阿姨就弹了出去，但是林阿姨没有反应，显然是弹偏了。很快小三子又是一弹，还是偏了，林阿姨转过了身去，可能是泥丸弹在了树上，她感觉到了树叶的异动想看个究竟。小三子继续弹，这次他瞄了许久再弹出。那边的林阿姨突然跳了起来，手上的纸袋子落在了地上，她捂着自己的屁股转起了圈。好几只白馒头在石硌路上跳，还有的滚进了水沟。很快传来林阿姨的叫骂声。在弹中林阿姨之后，我们赶紧蹲下。小三子摇头，扯了扯弹弓上的橡皮筋，还是说太松了。

那天小三子的表现多少让我失望。他以前是弹鸟的，在遇见大尾巴练之前几乎是弹无虚发，可如今在面对林阿姨这么个庞然大物时，居然放了两发空枪。最后瞄的那次，我可以看到他的手在抖。

薇拉跟我说那天的事情她都看到了。我知道她指的是什么，我没有理她。她转身走了。又一天，班主任在路上遇见了我，她招招手让我过去，她说，你家庭出身不好你要识相点，别跟着小三子这些人做坏事。学校停课，会有返校日，返校日我是从来不去的。薇拉肯定会去。一定是她向班主任老师告了状，不过还好，她没跟燕子说，要不然林阿姨肯定不会放过我们，而且小三子父亲大概也会受到牵连。

偶尔还能看到小三子在林子里瞎逛，可以感觉到他的落寞，看到我在窗前，他就拾起地上的一块泥巴，装模作样地朝我扔来。这是在跟我打招呼。他去爬那棵樟树，想想不妥，又跳下。他的手上有一片叶子，他把叶子含在嘴里，吹出了各种鸟叫声。

在一个雪天，我突然看到了大尾巴练。它没有去林子，而是停落在我家窗外的晾衣架上。我有点激动，赶紧推窗看，"哐"的一下。大尾巴练显然是受了惊吓，飞走了。一会儿它又来了。它就在晾衣架上跳跃，时而停下来侧脸看我，也会叫几声。它的毛色已不如夏天时那么光鲜了，而且叫声也不好听，不是那种圆润的心平气和的对话风格，更像是为了叫而叫，为了秀存在感而叫。当然，它在雨雪纷飞的日子里依然妖娆。

薇拉跟我说，她也看到大尾巴练了，说她还给大尾巴练买了点吃的。三室阿姨告诉薇拉大尾巴练是吃粟子的，薇拉就去农贸市场买了二两粟子洒在窗台上。薇拉说它全吃了。我叫薇拉陪我去买粟子。在路上，薇拉说你最好叫小三子不要弹它了。我说他现在已经不弹鸟了。薇拉说哪里啊，那天他还在弹呢，差点把我们家窗玻璃弹碎了。薇拉告诉我那天小三子又爬树了。

我照着薇拉说的，把粟子晒在了窗台上，然后等大尾巴练来。好多天以后总算等到了，它还是立在晾衣架上，我示意说窗台上有吃的，但是它不为所动，不知道这只鸟是没有领会我的意思，还是对我抱有成见。

就在这个时候,我看到了小三子。

小三子的身影从樟树浓密的枝叶中缓慢地升了起来,感觉上他整个人绷得很紧。他又伸出食指压在嘴上,那是要我噤声。他拉开了弹弓,接下去就是小三子的标志性动作,拉长,后仰,再拉长,弹射。大尾巴练还是飞走了。泥丸弹在了墙上,有一小片尖硬的东西刺进了我的左眼。眼睛很快就剧痛了起来,并牵连到半边脸和半个脑袋。我听见隔壁林阿姨在喊叫,小三子啊,发神经啊,老毛病又犯啦!

眼睛出血了。

我想我的一只眼睛要瞎了。我母亲也在担心,手术之后,我听见她一直在问眼科医生,会不会瞎会不会瞎?眼科医生始终不给出正面的回答,只是强调手术是成功的。傻瓜也能听出眼科医生的意思,手术是成功的,瞎还是不瞎,还要看运气。

小三子知道他闯祸了,他趁我家没人的时候跑来看我。我们就坐在公共阳台上。小三子闷在那里,我也说不出什么。我的那只受伤的眼睛蒙着纱布,已经不痛了。小三子转过脸来看,又伸手摸了摸我眼上的纱布。我问小三子他爸爸知道这个事吗。小三子继续沉默,没有回答我。后来他总算说了句,你要变成独眼龙了。

异物取出之后,角膜竟完全愈合了,没瞎,甚至视力都没有受到影响,还是1.5。这个世界之于我来说,依然完整明亮。薇拉问,你的眼睛真的好了吗?我说是的。薇拉要我站着别动,然后就和我对视。

怎么总觉得怪怪的。她说。

哪里怪了？

不知道，就是感觉。

又过了一段日子，我才知道薇拉的感觉是怎么来了。那只受伤的眼睛居然不会哭了，流不出眼泪了。也就是说，无论我怎么悲伤它就是不哭，它就是干的，尽管另一只眼睛早已是如泉眼般地泪流不止。

最初发现这个状况是那天在电影院，学校包场看电影，苦情戏《小珍子》。童工小珍子在纱厂里被拿摩温鞭打的时候，全场哭成一片。我也在大哭，我的哭声可能会比别的人更响，因为小珍子太苦了，另外不管我怎么看，小珍子就是薇拉，薇拉就是小珍子，她俩长得太像。那个受过伤的眼睛就是在这个时候突然变得火辣辣的，这个感觉非常奇怪，以前从来没有过，我不知道出了什么事。在电影院我就不断地摸它，可再怎么摸也摸不出一滴水来。我母亲又带我去看眼科医生，检查的结果是，泪腺出了问题，后遗症，以后可能会慢慢恢复，也可能恢复不了就这样了。回家后我母亲把诊断结论告诉我外婆，我外婆说不怕，东边日出西边雨，随它去。

林子里又有死人了。这次死的是四十二号楼的阿姐。阿姐在市三女中读高三，传言阿姐写了情书，是写给一个男老师的，内容很黄很不堪，情书被那个男老师贴在了大字报专栏里。学校批判阿姐，阿姐就来林子里上吊。阿姐曾经做过我们班的少先队辅导员。

阿姐的尸体很快地就被送走了，白布一裹，抬进殡葬车里，关门，"砰"的一下，结束了。阿姐死后的某一天，薇拉要我们去林子里。阿姐是在一棵苹果树上吊死的，薇拉就把阿姐的照片挂在那棵苹果树上。这是一个小小的悼念仪式,薇拉还点上了几炷香。薇拉要我们都说几句怀念的话,在场的人都说不出什么来,大家都在流泪。事后,薇拉说我人品有问题,我不知道她为什么这么说。她说我这个人心肠太硬,都在哭,就我不哭,还有小三子也不哭。我说我哭了。薇拉说,你没有,阿姐辅导过你,带你玩,还带你去看画展,可你好像不认得她一样。阿姐的照片挂在苹果树上,她的甜美的笑容深深地刺痛了我,其实我的心里难受极了,而且肯定是哭了。只不过角度不对,薇拉观察到的是我不会流泪的一面,那只眼睛干涸而麻木,在应当哭泣的时候它火热发烫,可它就是不哭。我没有替自己辩解,我想我就是说了别人也未必相信。另外,我也不想让他们知道,事实上我已经成了一个怪人。

那年我十二岁。

小三子后来白相蟋蟀去了,他的口袋里要是还有弹弓的话,他父亲一定会把他掐死在任何地方。有一天我问小三子后来还看到过大尾巴练没有,他摇头,又像个小老太婆那样笑笑。和他一样,我也没再遭遇到那只鸟。

薇拉的城堡

吕老师进来的时候，看到薇拉伏在课桌上哭。吕老师是个瘦小干瘪的女人，她是从一年级下半学期开始带我们班的，起初我以为她是个老太婆，后来才知道她并不老，甚至还很年轻。那个时候她还没有结婚，她有个男朋友是学校管后勤的。

吕老师走到了薇拉的跟前，她问怎么回事。马上有人举手，状告是我把薇拉弄哭的。吕老师用教鞭在桌面猛击，她说站起来。我只有站起来，没有其他的选择。我那个时候小得就像只烂虾米一样，直接被她的气势吓得魂飞魄散。

以前是小三子坐在我的前面，后来因为小三子老是拿一些死鸟给我，那些死鸟都是他在我家楼前的林子里弹死的。他说炸了吃，给你爸下酒。有一次，吕老师看见小三子把个纸盒子递给我，她一把夺了过去。然后她打开盒子，看到两只血淋淋的死鸟，吕老师反应很大，就捂着嘴跑出了教室大声地呕吐起来。第二天，薇拉就取代了小三子坐在了我的前面。

薇拉有一头漂亮的秀发，很吸引我。有时候她把头发披下，有时候挽成一个简单的马尾巴，一次居然扎了十几个小辫来上学，言称自己是新疆人,家里有吃不完的哈密瓜。这当然是胡扯,我知道她的目的只有一个,就是要大家关注她和她的小辫。

邻居阿宁是重点中学的学生,"文革"以后就不上学了,还要去黑龙江插队。有一晚我跟着他去了他的学校。那是半夜,他爬进了学校的图书馆,我就守候在外,然后那些书就一本本地飞出窗外,我就把书装进了一个麻袋。到家之后,打开麻袋,阿宁说你挑吧。我就随意拿了一本。

那时候我已经识了不少字,一般的小说我都能读懂。天晓得我拿了一本什么书:女人是四马路的站街野鸡,男人是湖州来的拆白党,后来那个拆白党和女人在舞场里跳狐步舞,拆白党本来是想骗走女人钱财的,可是因为痴迷上了她如水般的长发,结果就讨她做了老婆。

奇怪的是薇拉那天的头发。那天她一落座在前排我就感觉到不对,她居然把头发绾了起来,就像有一个突如其来的球状的东西粘在了后脑勺上。这实在让我不适应,她的这个发型甚至让我想到楼下八室的阿奶。整整一节课就是因为薇拉的这个莫名其妙的发型令我心神不宁,如坐针毡。下课了,我实在是忍不住地伸出手去抓她的头发。就轻轻一碰,那个发髻就散了。

薇拉回头说了一句什么,然后她就趴在书桌上抽泣了起来。上课铃响,吕老师进了教室之后,她的哭泣的样子就更加夸张了。

吕老师弄明白了事情的经过。吕老师对我说,这样,你怎么把它抓下来的,那你就怎么把它堆上去。全班的人就笑。吕老师厉声制止众人笑。然后她就立在我边上,一定要看我去替薇拉梳头。吕老师的这个惩罚还是蛮有创意的，是一件可以让我铭记终身的事，在我小学二年级的时候，她让我在课堂上成了一个梳头娘姨。

我站起身来，并把手伸向薇拉的脑袋，刚一触碰，她的哭声就戛然而止。吕老师松了口气，她返回讲台，啪啪，她拿教鞭敲了敲黑板，她说上课了。

我在替薇拉梳头。其实有时候我也会替我妹妹梳头，那当然是闹着玩的。我妹妹小我三岁，偶尔我就会把她头发弄成稀奇古怪的样子，然后就领她出门出她的洋相。因此编条小辫我是懂的，前提是头发要足够长，先把发丝梳顺，然后分成三股，接着三股发丝交替编就可以了。一点不难。但是薇拉不同，她是那种高端的发式，仅仅编条小辫是根本不够的，还要绾起，还要盘成一个髻。

人家在听课，作为当事人的薇拉也在听课，腰挺得笔直，还挺专心，好像整个事情与她无关一样。唯独我在弄一个小姑娘的头发，绾上去跌下来，绾上去又跌下来，就像西西弗斯在推球。

后来我迫不得已只得自说自话替她换了一个发式，就是我妹妹的两只羊角辫的那种，每次我替我妹妹梳两只羊角辫她总是很高兴，会在镜子前笑个不停。很快，薇拉就完全变了样了，她摸了摸自己的高翘着的羊角辫，又大哭起来。

她已经很像一只羊了。

教室里哄堂大笑，拍桌子顿脚，整栋楼在笑声中颤抖。吕老师又停止了她的讲课，她走到了我跟前，跟我说滚蛋，站到走廊上去！

我在走廊上那么傻站着，我并不认为让薇拉变成了一只羊有什么错。通过走廊上的窗我看窗外，外面是田野，有农人在劳作。远处有一个池塘。我突然想念起夏季。要是到了夏季，我的那些堂兄弟们就会来玩了,他们住在这座城市的上只角,他们说来我们这个下只角,最好玩的就是那个池塘,可以钓鱼,还可以捉蟹。我想到这里,心情稍许好些了。

"文革"开始了。薇拉妈妈也遭到了冲击。她是文化局的,听说她以前当过演员,专演苏联的话剧。薇拉的妈妈很漂亮,感觉上比薇拉还要漂亮,她的样子一眼看上去就是文艺界的。那天我看到薇拉妈妈被剃了阴阳头在游街,许多人在喊口号,在起哄。薇拉家在三十九号三层楼的最西端,我一直注意着那扇窗,我在想薇拉要是看到了这个场面会怎么样。

学校有一座大礼堂,礼堂是新建的,我喜欢这座礼堂,曾经在里面看过一些好笑的表演,有一个大头娃娃舞印象深极了。"文革"以后,礼堂就成了某一派红卫兵的总部。红卫兵都是隔壁中学的高年级生。

那一天我去上课。其实根本不用去的,学校里连老师也见不到。然后我就胡乱地在学校里溜达,居然进了总部的门。总部里乱极了。司令和副司令们在开会,他们聚在一个角落里,好像是在讨论重大问题。有人一把拽住了我,问我来做什么。我还没有说什么,那人就问我想不想参加红卫兵。我说想的。那人问我家庭出身是什么。我说工人。那人拍了一下我的肩膀,说老子英雄儿好汉。然后就给我佩上了红卫兵袖章。

我戴着红袖章在新村里走,遇见了五一。五一指着我的红卫兵袖章问我这是怎么回事。我说他们给我的。五一说你加入了红卫兵?我说是的。五一说你爸爸不是右派分子吗?我说他已经是工人了。

五一说那算什么工人，那不过是做了点工人的事，但根本算不上工人。我说反正我有袖章了。五一说你要是欺骗了他们，会被剃阴阳头的。

我不理五一，继续在新村里走，但是心里真的有点慌。到了我家楼前，我还是把红袖章拿掉了。那是用一块红布制成的袖章，红卫兵三个字是用金粉写上去的。后来，那个袖章成了我的纪念物。

听说礼堂内堆满了课桌椅，堆成了堡垒，那是为了武斗藏身用的。可是没有打起来。又听说红卫兵总部已经不见了，不知道是解散了呢还是迁去了别处。

那天五一说，我们去大礼堂看看吧。我赞成。海洋在犹豫，他说那里死过人的。我说不是没有打起来吗？海洋说没有和外面打起来，但是他们里面的人自己打起来了，还打死人了，尸体抬出来的时候都变成绿色的了。五一还是想去看，我也想去，总部，堡垒，死人，尸体，感觉上很刺激的。海洋尽管怕，可也去了。

礼堂在学校操场的东北角上，去礼堂必须穿过大操场。那些天接连下雨，操场上一片泥泞。我们在操场上没走几步，鞋子就被泥巴糊满了。

礼堂的门窗像是都被钉住了。海洋说进不去了，还是回吧，五一说一定有办法的。围着礼堂绕了两圈之后，果然找到了一扇松动的窗，只有一个销子插在那里。五一撬掉了销子，窗子就打开了。

我们从窗外爬了进去，果然就像进入了一个结构复杂的堡垒。所有的课桌椅都是精心堆放的，有进出口，有通道，有平台，有瞭望孔。因为线路的复杂，你一旦进去，那就很容易迷失其中。

我们在暗黑中爬，五一说就像地道战。突然海洋摸到了一只鞋，他惊叫起来，说一只鞋！借着一点微弱的光亮，可以看到是一只偏大码的回力牌跑鞋，然后我也摸到了一只，也是一只跑鞋，但那好像不是一个人的鞋。海洋一直在哆嗦，他说真的死过人的。

好像有阴风吹了进来。海洋说回去吧，五一也说要走，然后我们就往回爬。这个时候突然传来了一种尖声尖气的女人的声音。我们吓坏了，就更快地爬，第一个是海洋，随后是五一。我问怎么越来越黑了啊，五一也在说迷路了迷路了，但是海洋还在坚定地爬。海洋说方向没有错。一会儿果然看见光亮了。

海洋说，再拐个弯就到了。

可就在他们两个拐过弯之后，那个声音又响了起来。随后我竟然听到有人在叫我。那是薇拉，对的应该没错，薇拉的声音有点尖，但是一点不难听。她能说很标准的国语，课堂领读什么的基本上都是她。我猜想她的说话和读课文都是她妈妈教的。

我看到薇拉蜷缩在一个角落里。她在向我招手，显得很兴奋。

薇拉待在更高一层的地方，这个空间稍大些，可以容纳两三个人的样子，而且有光。有半扇窗，可以看到外面。我爬向薇拉，又看了下窗外。我看到海洋和五一仓皇地跌跌撞撞地正在穿越操场，他们的脚上都没有鞋，居然连手上也没有鞋。他们一定是吓坏了，一定是以为出鬼了。

现在，我和薇拉待在一个逼仄的莫名其妙的地方，三面是课桌椅，一面有半扇窗。直立的桌面上是一些乱七八糟的刻痕，有格言，有口号，还有些下流的图案。薇拉说，这些本来就有的，不是她刻的。我说当然不是她刻的。薇拉说其实一有人进来，她就知道是谁。我说你怎么知道的。她说知道我来了，她有感应。我说我是和海洋、五一他们一道来的，可是现在他们都跑掉了。薇拉说他们肯定不是战士。薇拉说话的语气就是和我们普通人不一样，她的语气太像她妈妈了。我问薇拉她待在这里做什么。

这是我的城堡。她说。

薇拉说她来这里已经好几次，她说如果再往前爬的话，那里还有一个进出口。不过那个进出口非常的隐秘，除了她之外大概是没有人知道的。她要是不告诉我，那我也肯定不会知道，因为那个进出口是用一把横放的椅子挡着的。

我问薇拉她打算在这里坐多久，她说等天黑吧，就是天黑了也不一定要出去，其实在这里一直坐到要饿死了才出去那最好。我说如果饿死了，那你肯定了就出不去了。薇拉问我，你饿了吗？我说有点，中午就吃了点青菜，我外婆就会炒青菜，还有炒咸菜。薇拉的身上挎着书包，她从书包里取出半个馒头来，还拿出一个装满了水的玻璃小瓶。那种小瓶我家也有，就是装醋的那种。我外婆从来不舍得丢掉这些瓶子。薇拉说，你吃吧，还有水。

我真是饿了，不是说说的，于是我就把那半个馒头吃掉了。还喝了几口醋瓶里的水，依然有点酸。

薇拉看着我吃喝，一会儿自己又从包里掏出一只番茄，她就独自吃番茄。我很奇怪，她好像的确是不想走了，就像是要在这里住下去了。

那次梳头事件之后，有一段时间我拒绝和她说话，但是后来就忘了，后来还是和她说话，有时候还会替她背书包。

薇拉说她妈妈发神经病了，一直在骂她。她实在不想回家。我问她妈妈的头发长出来了吗？她说长出来了，可是又被人家剃了。上次剃了左边，这次又剃了右边。我说那些人真是坏。薇拉说她妈妈的头发真漂亮。

我说你的也漂亮。

我说我要走了，但是薇拉不许我走。她说你做完了一件事再走。然后她就背过身来，她的头发比原先的更长了，披到了肩上。她说梳一下，梳完放你走。我说我不会梳的。她说你会的，上次梳的羊角辫我就喜欢，晚上睡觉都没有拆掉。我没有想到她会这么说，在我的记忆中她是很反感羊角辫的。我就替薇拉梳羊角辫，我心里想这已经是第二次了。薇拉哭了，一抽一抽的。每次替她梳辫子她都是哭泣，真是很扫兴。我说你哭什么。她说没有什么，你不要管，又问你梳好了吗？我说梳好了。她伸手摸了摸，感觉上她挺满意的。

这个时候看窗外，有两个人在不远处散步。都是我们学校的老师，一男一女，他们后来亲嘴了。我对薇拉说我们会被看见的，薇拉说放心好了，外面亮里面暗看不见的，又说她在这里看见过吕老师的。我说吕老师身边也有男老师吗。她说没有，吕老师就一个人，她来这里背书。

薇拉又告诉我一个秘密，她说吕老师是他们家的亲戚。我说什么亲戚，薇拉说她也说不清，反正就是亲戚。吕老师一直对她挺好的，以前也经常去她家。但是她妈妈被替了阴阳头之后，吕老师就再也没有去过她家。

那天我没有看到吕老师，看到吕老师是一个礼拜以后的事了。

一个礼拜以后我又去了,那是我和薇拉约好的时间点。那扇窗还是半掩着,所以没有费多大的力就爬进去了。有个暗门,那是薇拉告诉我的,轻轻一推,就开了。

　　我们约定的暗号是吹口哨。我吹了一下,吹的是"大海航行靠舵手",很快那边就传来了"万物生长靠太阳",那是薇拉在吹。起先我以为她一个女孩子根本不会吹口哨,但是没有想到她很会吹,而且感觉上吹得比我还好。听上去很柔软,也很明亮。我赶紧地往她的口哨声那里爬去。

　　还是像上次那样,她缩在那里,像个阴阳人。她的脸上和身上,一半有光照,另一半很黑。薇拉说你迟到了。我否认。薇拉说她昨天晚上就来了。这让我大吃一惊。我说你是在这里过夜的吗?她说是的。喏,她对我出示了一条毛毯,还有一个小枕头。我说那你妈妈呢,她放心吗?薇拉告诉我她妈妈又发神经病了,她妈妈一定要薇拉帮她剃去余下的头发。薇拉不从,她妈妈就要打她,薇拉就只能逃了。我问在这里过夜不害怕吗?薇拉说她一点都不怕,她就像这个城堡里的女巫。我说那我是什么。薇拉说我是外侵者,我很可能会死于她的巫术。又说,如果我表现好的话,她会接纳我,而且可以和我分享一切,包括这个城堡。

　　薇拉说昨天晚上她睡得好极了。她说她真的想死在这个地方,她问我愿不愿跟她一块死在这里。我想了想,确定不了。薇拉说,你不想死就算了,但是我想死。然后她取出一把铅笔刀,轻轻地把自己手腕上的皮肤切开。血流了出来。我说,你不要这样,你死了,你妈妈会伤心的。薇拉摇头。薇拉说她整天发神经病,根本不会因自己的死而伤心。我说,那你爸爸要伤心的。她想了想,点头。随后,她说她是巫婆,死不了的。她把手腕抬高,血还在流。她把手臂整个地举了起来,一会儿,血就凝固住了。薇拉又重复说她是巫婆。突然她笑了,她告诉我那是跟她妈妈学的,有一晚她妈妈也是割了自己的手腕,接着把自己的手臂举起,血就止住了。我问,痛吗?她说还好,又问我要不要试试。我摇头。她没有再坚持。薇拉高举着细而白的手臂,而流血就像一条红色的线。

那天我带去了很多吃的。馒头、麻花、梨、西瓜子,等等。薇拉很快就把这些吃得差不多了。吃饱了以后,她说,从现在起,这个城堡的一半是你的了。

薇拉说,你不想要吗?

我说我当然想要。

薇拉说,那你现在就拿去吧。

我点头,感觉上已经把半个城堡装进了自己的口袋里。我看四周,还是课桌上的那些刻痕,这次看得更仔细了,那些图案是乳房、男性生殖器、女性生殖器。生殖器和生殖器在相望,好像马上要做些什么。

我差不多就是在这个时候看到吕老师的,她从操场那头过来了。薇拉轻轻地吹了声口哨。吕老师擦着礼堂的墙根走,然后去了后面的小树林里。她看四周,确信无人,就解开了裤子蹲在树丛中尿尿。薇拉说请你闭上眼睛。其实在薇拉叫我闭眼之前,我已经闭上了。我的脑海里显现出学校厕所的盛景,污水遍地,屎尿横溢。已经有多少日子无人打扫厕所了。

接下来吕老师就开始背书,她掏出了毛选来,她把毛选贴在胸前,仰着脸翻着眼背书,那是一篇很陌生的我根本无法理解的文章,好像是边区八路军的一个布告。我压低嗓子问薇拉，她怎么背得下来。薇拉看着吕老师说，她可以背下一本书。吕老师继续背，随后她开始背一篇我们都很熟悉的《纪念白求恩》：白求恩同志是加拿大共产党员，五十多岁了……这是什么精神，这是国际主义的精神……

薇拉突然控制不住地接出了下句：这是共产主义的精神。出口以后，她才意识到自己的失态，赶紧捂住了嘴。

我看到吕老师在薇拉的话音中惊跳起来，她紧张地看四周。但是她一时找不到声源。后来她总算看到了我们身边的这扇窗，她跑了过来。

薇拉叫我低下低下，我就赶紧埋下了头。

吕老师的影子在晃。一会儿，外面的吕老师在喊，出来！出来！我知道你是谁。我很紧张，但是薇拉只是掩着嘴笑。吕老师说，是铁栓吗，是苗苗吗，是雷雷吗，肯定是你小三子，你是跑不了的，我马上去你家，喂喂，军军，你以为我不知道是你吗？

她差不多把我们班里的那些人叫了个遍，我突然也想笑。我终于笑出声来，那个被压抑的声音一定很怪，像蝙蝠叫一样。吕老师一定是听见笑声，不再说话了。

吕老师终于走了，她的样子好狼狈。我们目送着她提着鞋，赤脚踩着操场的泥巴跑去。

薇拉说今天过得很有意义。我说是的。

后来我们累了，就睡着了。醒来的时候，好像已经很晚了。我说要回家了，家里人肯定急死了，他们肯定在到处找我。薇拉说，好的。我问她今天还住在这里吗。她说不知道，可能住也可能不住。

反正她是跟她妈妈说过的,要去乡下过一些日子。

我们相约一个礼拜之后再来这里见。

回家的路上,我看到了漫天的星星,夜空就像一张麻脸,有点恐怖。在经过薇拉家那栋楼的时候,我看了看她家的窗,暗着灯,没有什么特别的。我不知道薇拉她家人都去哪儿了。

到家之后,我被父亲揍了一顿。我外婆和我妹妹都在哭,她们怎么都找不到我,以为出大事了,以为我在这个乱世中突遭横祸死了。

我再一次去了那个城堡,并带去了更多吃的,我想我已经喜欢上那个秘密空间了。但是这次我爬进去之后,就找不到先前熟识的那条通道了。感觉上格局好像变掉了,不知道是不是有人来过,对这个地方又重新改造过了。四周的课桌椅在嘎吱嘎吱响,随时要塌了一样。我先是吹口哨,没有响应。于是索性就喊,薇拉薇拉薇拉……我这么喊听上去就像是在呼救似的,可依然没有人理我。后来总算找到了那个熟悉的地方,可是不见薇拉,只看到了一张留言条,那是薇拉写的。她说她来过了,不能再等了,她妈妈病了一直住院,她要去照顾她妈妈,又约我明天来这里见。

我就一个人呆坐着。看窗外,什么也没有。没有那两个恋爱中的老师,也没有吕老师在背书。薇拉不在,这个课桌椅堆放的地方毫无意思,感觉上非常无聊。

我把带来的那些食物吃掉了一半左右,然后就往回爬。

可是第二天,大礼堂就被搬空了。我去的时候门是敞开的,任谁都可以在那里进出。礼堂内空空荡荡,一览无余,没有内容。好像这个地方从来就是这样的,什么事也没有发生过。

一个校工跟我说,他们搬了一整夜的课桌椅。要复课了。

过了些日子,我在学校操场看到薇拉,她在跟几个男的踢足球。操场干了,就是坑坑洼洼的。球滚落到了我的脚下,薇拉跑来捡。我说,小姑娘踢什么球?薇拉说你管不着吧。然后她又去踢。踢不到球她就踢人,那几个男的就嘻嘻哈哈躲。上课铃响了,就像没人听到一样。我也不去上课。反正大家都这么做,想上就上,想不上就不上。后来他们总算踢完了,去沙滤水龙头边喝水。薇拉看到了我叫我一起回家,路上她说她妈妈心情好多了,认罪书好像通过了,又说早上看到小三子在弹一只麻雀,她还七七八八说了些什么,可就是不说大礼堂和那堆课桌椅的事。她不说可能是因为觉得事情太小,根本不值一提,或者是干脆已经忘掉了。她不说我也不说。他们在踢球的时候,我看薇拉,看球,还看后面不远处的大礼堂。大礼堂趴在那里好像更脏了,我也不知道它里面又装了些什么,有个穿旧军服的人坐在礼堂门前抽烟。

那天薇拉梳了两条普通的小辫,太一般了。

稻草人

我在听课，听课的没几个人，没有见到薇拉，以为她不来了。可是门突然"嘡"的一下打开了，薇拉跑了进来，她匆匆地在我前排坐下，然后她扭头对我说，你爸爸站在垃圾箱上。她说话的声音很大，像打雷一样，我说你轻点轻点。

有一晚我父亲下班回来，神色黯淡。我父亲说要批他了，还可能来抄家。我母亲问是谁跟他说的，我父亲说是马师傅悄悄通报的。马师傅原先跟我父亲是一个班组的，他们都是在胶鞋厂里扛板的。后来马师傅加入了造反派，整天搞运动，不再扛板了，可他跟我父亲的情谊似乎还在。我母亲环顾了一下屋子，她说让他们来好了，抄吧，随便。

那些人果然来了，先是抄家，然后还让我父亲登上了垃圾箱。那个时候哪户人家遭到了冲击，先是刷大字报，再是抄家，再是登上垃圾箱认罪，在我们这个新村不少都是这样的流程，像是标配。

我家楼前的那个垃圾箱突然热闹了起来，有不少人上去过了。新村里的垃圾箱都是编了号的，那只垃圾箱的箱身上刷有一个"九"字。有人索性叫它九号。九号处在新村的主干道上，人来人往，很能夺人眼球。

　　最先上垃圾箱挨批的居然是我们班的小三子，小三子几乎是被黑脸那些人抬上去的，那些人在逼问小三子看到了什么看到了什么。小三子爬在树上弹鸟，据说是看到了晨起的不设防的林阿姨。小三子就是不说，瘦弱的小三子其实很坚强。有时候九号是要抢的，特别是礼拜天，差不多同时来了几家造反派，都带着他们的批斗对象，撞车了，一言不合就大吵。那次楼下的三室爷叔也被人家押了过去，他是区政府办公室的干部，轮到他登垃圾箱的时候，居然生生地被人家拽了下来，衣裤都撕碎，几乎要露了。三室爷叔急了，三室爷叔说抢什么抢什么总有个先来后到吧。三室爷叔登上去之后，就有人往他的头颈上挂牌子，牌子上他的名字被倒着写，还打上了红叉，他被定义为走资派。有人在叫，低下你的狗头！

　　那天放学我没有马上回家，在外面逛。我不想看到我父亲站在垃圾箱上。我在新村里逛了几圈，天差不多黑了，才往家里走。在楼前，我都不敢扭头往垃圾箱的方向看。

　　在公用阳台上，我看到我妹妹在哭。不用问我也知道她在哭什么。她跟我说，爸爸站在那里跟人家吵架。我妹妹边哭边说，语焉不详，她那个时候还没有上学，整天就看东看西，她应该是什么都看到了。后来我知道我父亲在垃圾箱上跟人家辩了起来，本来是让他读认罪书的，可是他去辩论。后来我母亲一提到这个事情就生气，说他从来就是图一时之快，根本不计后果。

　　有一个晚上大卫爷叔来，他住得离我们家挺近的，大卫爷叔是我们家最受欢迎的人。最让我和妹妹喜欢的是他的戏法，他会把五分硬币从这只手变到另一只手，还能让硬币从桌面上穿越下去。他在桌面上敲硬币，敲敲敲，然后他摊出手来，空的，而差不多同时，丁零当啷，硬币已经落到了地上。我们根本不知道怎么回事。

可是这天晚上，大卫爷叔灰头土脸的样子，看上去一点变戏法的心情都没有。他和我父亲是同学又是同事，解放前都是上海地下党搞学生运动的，两人从这个学校读到另一个学校，完全根据党的需要。解放后他们都在区委工作，五七年又同时戴上了右派的帽子。后来我父亲下放到了胶鞋厂，大卫爷叔去了轮胎厂。

大卫爷叔跟我父亲说，礼拜天造反派要抄他的家了，还会要他登垃圾箱。我父亲问他哪里得到的消息，大卫爷叔说他是有内线的，其实要斗他的就是胶鞋厂的人，就是斗我父亲的那一派的。据说那天同我父亲辩论没有占到便宜，就想拿大卫爷叔出气。我父亲说，胶鞋厂的造反派怎么可以斗轮胎厂的人？大卫爷叔说有什么不可以的，他们说我们两个是穿连裆裤子的。我父亲朝着大卫爷叔苦笑。我父亲说让你受苦了。大卫爷叔摆了摆手，意思是不提这个。大卫爷叔说今晚他来只有一个目的，就是想了解一下那个垃圾箱的情况。

你肯定已经研究过了。大卫爷叔说。

我父亲点点头，然后他就说垃圾箱的情况，高度多少，宽度多少，坡度多少，中心圆的直径多少，从哪一边上去更合适，上去后脚应该往哪里放，重心落在什么地方。大卫爷叔用笔在工作手册上一一记下。我父亲说完后，大卫爷叔合上工作手册，他说放心，我会烧掉的。我父亲点头。大卫爷叔矮胖，他的腰椎在一次学生运动中受了伤。他经常会去医院找我母亲，要我母亲带他去看专家门诊。我母亲每次回来都说大卫这个腰不会好了，还能走路真是万幸了。

大卫爷叔走的时候我父亲送他，到了门口他停下了，他问我父亲，你想得到会有今天吗？然后他又摇头，阿拉三个人阿拉三个人，搞不好了。我父亲常提起的一个姓蔡的，也是他们地下党支部的，解放那天，蔡同学控制不住去街上庆祝胜利，就在苏州河边被流弹击中太阳穴当场毙命，我想那个第三人或许就是蔡同学。

  第二天早上我醒来，看到我父亲趴在窗前。我母亲悄声跟我说，他一夜没睡，就在看那只垃圾箱，都把它看成花了。

  站在我家窗前就可以看到那只垃圾箱，九号，它在右前侧路边，有一些树的枝叶在它的上空摇曳。现在无论白天黑夜，它坐落在那里总是显得理直气壮的样子。而在它出名之前，不过就是个臭气熏天的大容器而已，谁会对它的尺寸和坡度什么的感兴趣。我父亲说礼拜天他要上班的，他要我待在家里，找机会帮帮大卫爷叔。

  他受过伤的，我担心他未必能登上去。我父亲说。

  我父亲的忧虑完全传递给了我。

  礼拜天，大约三点钟左右，锣声响了。随着锣声，我看到大卫爷叔被人押着匆匆地往九号走来。他的两个手臂被人抬得很高，走路跌跌撞撞，像是随时要跌倒一样。敲锣的是一个叫扁头的家伙，他和我一个年级，是别的班的。扁头大喊大叫，我都听不清他在叫些什么。我和我妹妹站在楼前看，我妹妹突然哇哇地哭了起来。

  那几个人押着大卫爷叔到了九号前，他们松了手，又示意他上去。大卫爷叔想了想，要求换边，显然另一边会矮掉几公分，他一定是根据我父亲的情报并做好了功课。可他还是上不去，人越来越多了，在起哄，在挤。我也往人堆里挤，想去帮他，想托着他的屁股推他上去。但是根本进不去。后来我爬到了树上才看清前面发生了什么。

我不知道大卫爷叔是怎么登上去的。现在他就高高地立在那里,上身前倾。重心要前,那天晚上我父亲这么说过。他的那顶鸭舌帽不知去哪里了,他几乎没有了头发,秃了,太阳底下他的光头显得很亮。我突然觉得他太陌生了,一点不像堆着笑脸的会变戏法的那个人。

后来下雨了,先是小雨,众人散场,几个造反派跑来树下躲雨,他们掏出烟来,但是点不着火,然后他们也走了。雨大了,我从树上下来。树干很滑,我在下树的时候有一根刺扎进了我的大腿里。大卫爷叔依然立在垃圾箱上,他闭着眼,雨水从他的光头上往下流。我去叫他,告诉他没有人了。可是他不理我,还是那么站着,像是睡着了。这时候我看到了他的那顶鸭舌帽,帽子在地上滚,差一点就滚落到了阴沟里,我赶紧跑去把它捡了起来。

我父亲刚好下班回来了,他在楼前见到我,他问我情况怎么样。我说你自己看。天差不多已经黑了,我父亲透过雨幕看到了垃圾箱上的那个竖着的阴影。

僵掉了,下不来了。大卫爷叔说。

我父亲就仰着脑袋看着他,好像是在用眼神鼓励他坚决不能倒掉。他们两个一个在上一个在下,面对面好长一段时间,这幅受难图我以后再也忘不了了。

你慢慢来,慢慢来,先动动脚趾头。我父亲说。

脚趾头也僵掉了,没有知觉了。

大卫爷叔在寻找他的脚趾头的时候,楼下的三室爷叔打着伞过来了,三室爷叔的手里还拿了把小竹椅。我和我父亲挤在了三室爷叔的大油布伞下，三室爷叔说，他是僵掉了，根本动不了，和我上次的情况一模一样，要想办法先让他横着下来。

我已经忘了大卫爷叔是怎么横着下来的，反正先是横着下来，再折成了九十度，再把他放在三室爷叔拿来的小竹椅上。竹椅很小，大卫爷叔很大，根本不成比例。

我父亲说，抬到我家里去吧。大卫爷叔赶紧摆手，他想说什么，但是他筋疲力尽完全不能发声了，他只是摆手。我父亲说，那你是想回去？他赶紧点头。我父亲说也好，也好，免得让人家看我们又在穿连裆裤了。大卫爷叔笑了，他朝我父亲跷了跷拇指。我把他的那顶鸭舌帽戴到了他的头上，他扭头看我，也朝我跷了跷拇指。他的手很胖，拇指很短，又是雨夜，你不注意看还以为他是挥了挥拳头。

我父亲说大卫爷叔其实挺可怜的，五七年他爱人就离开了，他是一个人过日子，有时候他姐姐会来看看他，他姐姐一条腿不好，住得又远，也不方便。我父亲说，要爱你们的妈妈，你们的妈妈为了你们，为了我，为了这个家，抵制了各种诱惑，哪里都不去，不离不弃。

我与鲍小军他们去郊外，本来是不想去的，我外婆一直关照不要乱跑，外面不太平。但是鲍小军坚持要我去，他说他养的蚕宝宝没吃的了，要去采点桑叶回来，要多去点人。

那次的行动很顺利，我们在一条黑色的河的岸边找到了一家蚕农，那户人家的院子里有桑树，屋里屋外都很安静，显然没人。然后我们就扑上去采，几个书包一会儿就塞满了。

回来的路上大家心情很好，沐浴着金色的阳光，走在绿色的田野上，扑面而来的是浓浓的泥土气息。在农田里竖着不少驱赶麻雀的稻草人，鲍小军突然心血来潮，跑过去拔起一个稻草人就走。大家哈哈笑。我知道他没有任何目的，就是好玩。然后他就扛着稻草人领头走在土路上，稻草人是用竹竿撑着的，很高，套了一件红底白点的娃娃袄，不知为什么我总觉得那个假人是有脸的，它看着我，而且还在笑。

　　起先鲍小军把稻草人插在我们楼前的小林子里，但是隔壁楼里的林阿姨不同意。林阿姨的大嗓门一叫我们全都能听见，这是谁弄来的啊，干什么啊，要吓死人啊！有人就告诉林阿姨这是鲍小军搞的鬼，林阿姨就找到了鲍小军，林阿姨说把它给我扔了！鲍小军显然对稻草人已经有了感情，鲍小军说我不扔，林阿姨说，你就这么喜欢它啊，它是你什么人啊？鲍小军说他就是我哥！

　　那天晚上我已经睡着了，我父亲把我摇醒，他那几天上的是中班，要很晚才回家。他要我去窗前看看。然后我就去窗前看，我看到垃圾箱上有个人站着。我父亲问我怎么回事。我摇头我说一点不知道啊。我在想会不会又有人僵在那里了，就像大卫爷叔那样。

　　那个稻草人被莫名其妙地插在了垃圾箱的那个大孔里，在夜里看不清，像是僵掉了的真人。谁把它从林子里移到了九号，我猜不着，感觉上任何人都有可能。据说有几个小孩子不敢去林子里玩，稻草人让他们夜里做噩梦。起雾了。我围着稻草人转了两圈，后来我想到了草船借箭。稻草人有了点变化，戴上了帽子，肩上披了块布，它变潇洒了。

　　稻草人就一直插在那里，没有人去动它。大家就在它身边倒垃圾,尽可能地不去碰。新村里的人都有点忌惮鲍小军他们的,他们几个是有点势力的。稻草人的脖子上又挂了块破烂的小黑板,那个东西一定是从垃圾堆里翻出来的。小黑板上会不断地出现某人的名字,写了擦,擦了另写一个。被写了名字的人就像站在了垃圾箱上认罪一般。鲍小军他们在不远处的空地上打弹子,有时候输了的人也去小黑板上写自己的名字,他们就这样玩了好多天。

很快地小黑板上就出现了林阿姨的名字。这个事情肯定是鲍小军他们干的。傍晚的时候,他们的注意力就集中在了进村的主干道上。要等的人终于出现了,林阿姨牵着她女儿的手匆匆而来,可是林阿姨只顾跟女儿说着什么,根本没有看稻草人和小黑板上的字,也没有看其他的什么人。母女两个就那么一晃而过。有人急了,嗷嗷地叫了两声,可林阿姨从头至尾就是没有回头。

我妹妹死活不肯从南门进楼,她说怕稻草人。我说有什么好怕的,她说像爸爸。我父亲上垃圾箱那天戴了一顶工装帽,稻草人现在也戴工装帽,都是蓝灰色的,很像。我知道我妹妹在想什么,就趁别人不注意把稻草人头上的帽子取下,塞进了窨井里。可我妹妹还是不愿走南门,理由是那个人没了帽子像大卫爷叔。那天,大卫爷叔起先是戴了顶鸭舌帽,后来帽子掉了,他就一直光着头。大卫爷叔的光头很圆,稻草人在没了帽子之后的脑袋也圆,不能说我妹妹的想象和类比一点道理没有,但是她不能老是让我走北门。

在北门的砖墙上刷有两条打倒我父亲的标语,自从有了这两条标语之后,我是基本不走北门。我妹妹是宁可走北门也不走南门,我识字她不识字,我们的区别就在这里。我说你不识字,你懂个屁。她说她识字的,认得自己的名字还有我的名字。

那天我领着她去商场买吃的,出楼时走北门,回来时我要走南门,她还是偏要走北门。我就拖她去南门,她就耍无赖躺在地上不走,哭,骂我咬我。可我还是把她拖进了南门。进门以后,她安静了,她迅速地起身,扭头恶狠狠地看了我一眼,就自己噔噔噔地上楼去。进屋后见到我外婆,才又号啕起来。

夜里,我下决心去把那个稻草人拔了。我是偷偷地去做这件事的,尽管鲍小军和我关系好,可要是让他知道了,他总归要不开心。稻草人已经移位到垃圾箱外面去了,它本来是位居中央位置的。一定是有人实在觉得难受,拔掉扔了,可又有人捡起继续插上。

我把稻草人扔到了别处,它很结实,而且很重,扛起来有点累的。这么多天过去了,它除了断了个手臂,肚子有点开裂之外,别的都还好,还是很有型,不过它现在躺在我的脚下了。借着一点光亮,我注意到了它的破损之处,那些密杂的稻草就如同它的筋脉一样。突然有了灵感,我就想下次在给我妹妹编童话的时候,就说那些稻草会流出蓝色的血来。

第二天下午,放学回家,走南门。老远就听到了我妹妹的叫声和笑声,随后我就看到她和几个小姑娘在南门前玩。奇怪的是稻草人又竖了起来,它依然站在九号的边上,毕竟是经历过一场灾难,它的样子有点难看,可谁也别想把它弄走。

我不明白我妹妹是怎么回事,她不是怕的吗?她看到我来了,不理,从前一天的下午开始她就不理我了,因为我死命地拖她,一定要她走南门,她就像一条癞皮狗往地下躺,可我还是拖。

那几个小姑娘手上都握有一根枝条,细长的,枝条的顶端不知道粘了些什么脏东西,她们用枝条去撩拨稻草人,还戳它。有一个脏不拉唧的难看的小姑娘指着稻草人跟我说，它是你！小姑娘们大笑，包括我妹妹，她们笑得捂着肚子蹲在了地上，我妹妹根本合不拢嘴臭口水拖得老长。小黑板还是挂在了稻草人的脖子上，我看到那上头写了我的名字，名字有意写得七颠八倒的，还打了叉。我问，是哪个乌龟王八蛋写的？我妹妹终于搭理我了，她指了指鲍小军他们。

鲍小军，五一，还有几个人在西边的空地上打弹子，我看向他们，他们也看我，这个时候他们已经不打弹子了，都呆在那里等待我的反应，就像那天他们在等待林阿姨的反应一样，可是那天他们失望了，因为林阿姨根本就没有看一眼。我喊了一句脏话，又伸出了中指。他们满意地也朝我伸了伸中指，然后又去打弹子，还吵了起来。

晚上我在拔稻草人的时候肯定是被人看到了。

我妹妹回家去了。外婆在楼上叫，要吃晚饭了，她蹦蹦跳跳地毫无心理障碍地进了南门。

绣花鞋

我的最初记忆包括了这么一些内容：凌晨，没有罩子的灯泡泛着黄光，老太太（我的太外婆）拄着拐杖走过，奶妈在给妹妹穿袜子，外婆尖着嗓子说着些什么，她的眼镜片在闪光，有人在提醒关于厨房的煤炉一定要熄火的事。然后是夜半，河，水是黑色的。我和妹妹站在船甲板上，船靠上了码头。外婆带来了一个男人，男人戴有斗篷，他端着一只大碗，在喝粥。外婆跟他说这里有两个小孩，一男一女，几天没有好好吃东西了。男人的粥碗就到了我的手上，我就喝粥，还有一点小菜也在粥碗里。粥又香又暖，我妹妹又端过碗去喝了。再后来老太太、外婆，还有我和妹妹到了安徽寿县老家。我外婆说我们是送老太太回老家的。那是一个很大的宅子。老太太到了老家之后就不见了。我走在这个幽暗的宅子里很快地就失去方向，我听见我妹妹在叫我，她大概也迷失了。在门口有一个死人躺在板上，能够看到死人的脚，脚很大，是男人的脚。死人的脸和身子被破布盖住了。一个女人跪在边上哭，又像是在唱。很多年以后我在本土电影上看到了这种连哭带唱的表演，显然女演员都是一流的，她们的表演完全激活了我的记忆。我外婆告诉我说，那个人是饿死的。后来我好像还看到了一些死人。老太太出现了，她蹒跚而来，塞给我一只白煮蛋，热的，又要我去门背后吃了。以后她天天都塞给我一只白煮蛋，但是我妹妹没有。老人们都重男轻女。我躲在暗处吃蛋，妹妹叫我，我就把蛋整个地塞进了嘴里，然后就噎住了，喘不过气了，眼前发黑，我觉得自己要死了。我妹妹突然看见了我，尖叫，那只塞在我喉咙里的蛋在她的尖叫声中终于喷射而出。

我们全家在吃晚饭，突然来了一个电报。我母亲看了电报之后脸色大变，我母亲说老太太要来了。

老太太后来离开了老家寿县，去了西安她儿子那里。"文革"了，舅公公家里被冲击得一塌糊涂，舅公公就要老太太来上海避些日子，但是他一点也不了解我家的实际情况。

我母亲就叫我父亲赶紧拟个电报发过去，坚决制止他们这么做。我母亲说，要是老太太住在这里后果不堪设想，西安方面的造反派会追过来，上海这里的几路造反派都有可能上门查，接下去不知道会发生什么事。

我父亲饭也不吃，就去邮局发电报。

当天半夜，我在睡梦中被楼外的喊声惊醒，一会儿就有人敲门，原来是老太太来了。老太太是躺在担架上被人抬进来的，抬担架的是她的孙子和孙女，孙子叫小山，孙女叫小红。我母亲说，下午才收到电报不是明天到吗？小红说电报局晚送了一天。

然后他们就关在前屋开家庭会议，我和妹妹就在外屋守着老太太。她可是真老，她的脸已经皱成了一团。我听外婆说过，老太太风瘫了，脑子不灵了，一直处在清醒与糊涂之间。

老太太睁开了眼来，她的嘴翕动了两下。我听不清，我妹妹也说听不清。我妹妹说她看着老太太心里很怕。我问她怕什么，她说不知道就是怕。我说，你还记得那一年我们送老太太回安徽老家的事吗？我妹妹说她唯一记得的就是我躲在门背后吃鸡蛋，有一次她还看到我突然从嘴里吐出一个整蛋来，还骗她，说她只要听我的话，我就可以吐出一只金蛋来送她。

老太太又说话了，这回我终于听清了。老太太在说，这是在哪儿啊。

后来我和妹妹都注意到了老太太的脚，我们就笑，那是缠足，真的好小。老太太脚上套的是绣花鞋。

从小，我和妹妹穿的鞋都是老太太做的，无论她住在哪里，上海，安徽，还是西安。她从来不会忘了替我们做鞋。每人一年两双，单鞋和棉鞋。鞋面上都绣有精致的图案，荷花、龙凤、麒麟，等等，什么都有。据说九十岁那年，老太太在老家坐在二楼的窗前替我们做鞋，因为过分专注，不小心突然就从二楼跌了下去。老太太是摔到后院里的，当时家里没人，她哼哟了几声没有应答，就自己站了起来，拍拍屁股上楼，继续做鞋。老太太的绣花鞋是我妹妹的最爱，可是我上学以后就不好意思穿出去了。我外婆不管的，外婆一定要我穿，如果尺寸不对，太小了，就用鞋拔子。我外婆有各种各样的鞋拔子，这些鞋拔子多半是用来对付我的。

后来我总算穿跑鞋，不再穿老太太鞋了。但是老太太在中风之前，还是每年都要寄，因此在我们家的箱子里塞满了鞋。

我妹妹指着老太太脚上的鞋，她的意思是这个鞋太破太旧了。

我从箱子里翻出了一双新鞋,那是老太太做给我妹妹的,单鞋,柔软,精巧,有好看的图案。我要我妹妹替她换上,我妹妹有点舍不得,但最终我们还是替老太太换了新鞋。

老太太好像知道我们在替她换鞋。她突然说,换什么鞋呀,又没有过年。

里间的家庭会议差不多一直开到天亮,我听见了外婆的哭声,还有小红的声音。小红说,他们打我爸爸,也打我妈妈,还在奶奶的床前开批斗会,每天都来,说奶奶是地主婆,要打倒地主婆。然后家庭会议好像开不下去,我外婆的哭声更响了。我母亲就劝我外婆,又说轻点轻点,当心让人家听到。

我外婆后来就抱着老太太一直坐在那里。外婆在喂老太太喝粥,外婆在叫娘哎娘哎。老太太喝粥,就一点点。她老是问,这是哪里啊这是哪里啊?外婆就一遍遍地告诉她这是上海啊,是上海啊,是自己家啊。老太太说,唉,好亮堂啊。又问,庆庆呢?我就走上前去。外婆对我说,那一年去寿县,老太太每天给你吃个鸡蛋,你要谢谢老太太啊。我就说谢谢老太太。老太太又问,鞋呢鞋呢?我外婆就说鞋做得好呢,小孩子就是穿着你的鞋长大的呢。老太太又晕乎了,她说一会儿她喝完了粥就起来做鞋,这次她要绣上龙虎豹。

我母亲和我父亲,还有小山、小红从外面回来。外婆问怎么样。我母亲说还是要转走,越快越好。我母亲说他们去邮局打了长途,南京那里还有人家安全,可以让老太太暂住些日子。南京那里有我外婆家亲戚,不少人都是在部队的。"文革"时期部队还好没乱。

外婆问,是去三姨家吗?

我母亲说三姨家去不了，三姨和三姨夫都转地方了。只有大姨两口子还穿军装。外婆问，就不能再住两天吗？我母亲说一天都不能住了，马上走。刚才她在大门口遇到了楼上十三室的，那个造反派问我们家昨晚出了什么事。我母亲就说是小孩子玩得太疯，梦游了。但是我母亲觉得那个十三室的多半不会相信的。

我母亲说现在最担心的是很快会有人上门来看，然后一个个地传讯，怎么说得清楚。说是避风头，还是说逃亡？看看老太太这个样子，又怎么禁受得了？

来了两辆三轮车，我外婆抱着老太太坐在前一辆车上。小山、小红还有我挤在后面的车上。我父亲叫来三轮车后就赶紧去厂子里，再不去要迟到了。他往前走，突然停住，然后踅回，又对着楼前的毛主席像三鞠躬，这才快步地离去，那些天正是我父亲被斗得最凶的时候。小红看到了，小红说他爸爸也是这样，天天要请罪的。小红比我大不了几岁，但是论辈分我要称她小姨。我父亲走后，我母亲也是急着去上班，她已经调了班头，本来应该是夜班的，现在调成了日班。我母亲正在发愁怎么编，必须替调班的理由写个说明。

火车站在闸北，三轮车就往闸北去。天很阴。小红说她和小山本来还想在上海玩几天的，外滩、国际饭店、城隍庙、杨树浦发电厂，都想去看看，可现在肯定是去不了了。

小山说为什么我们家的房子和他们家的机关大院差不多，一点不像上海。洋房和石库门在哪里？我就说我们家是城乡接合部，是下只角。小山就问那火车站呢，昨晚上来的时候灯火通明的。我说那是闸北区，当然也是下只角。

这时候有人在路边倒痰盂刷马桶。

小红问，上海人都这样吗？我说不是的，我们家就用抽水马桶。一个楼面，两户人家用一个厕所间，四户人家用两个厕所间。说到厕所间小山突然说他想尿尿了，他说昨天晚上到今早还没有尿过呢。小红说她也没有，她连一口水都没有顾上喝。车夫停了车，然后就要小山下车去方便。小山下车后找不到厕所，车夫说哎哟喂，随便撒吧。小山就随便撒，突然窜出两条瘦狗来朝他叫。好在小山已经结束了，赶紧上车。狗还在追着车叫，小山就掏出半块坚硬的饼来砸向狗去。

小红告诉我，她爸爸以前是解放军总后的，后来转业到了西安在地方上工作。小红说他们家好大，整栋楼都是他们家的，什么时候太平些了，她希望我们去玩。突然她哭了。我觉得她哭泣的样子和我外婆母亲很像。小山还在看风景，往火车站去的路上越来越破，空气也不好，有臭味。小山捂住了鼻子。

到了火车站，小山和小红去买票了。外婆坐在长条椅上，她还是抱着老太太。才过了几个小时，我感觉老太太又整整地小了一圈，在体量上就像个小孩一样。

她脚上套的是那双新鞋。

鞋子大了点。我外婆说出门的时候她就注意到了，她就知道鞋大了，她往鞋里塞了些布，这才不会掉。

小红过来了，票总算是到手了。票是相当难买的，后来小红找了她爸爸的老战友才买到。那个人是这里的领导，很快就帮忙搞到了票。就是什么时候发车说不好，沿线有人拦车，要去北京闹革命。

我外婆松了口气，说，有票就好办了。等等也好，让我好跟我娘多待一会。

车站内乱极了。小山小红还有我就围着外婆和老太太站在那里，生怕她们被跑来跑去的人撞到。

一会儿那个站领导来了，他客气地跟我们打招呼，又看了看老太太。

领导问老太太多大年纪了，小红说一百岁了，领导笑了。领导又问，老太太吃过了吗？我外婆说早晨喝了粥。领导的身边有跟班的，领导对跟班说了几句，一会儿跟班的就拿了两瓶牛奶过来。领导把牛奶塞进了小红的包里，领导说路上吃。领导又问小红她爸爸怎么样。小红就说他们打他。领导跟小红说他爸爸身体不好，胃都切掉了，要不然不会转业的，你们代我问候他。领导说，妈勒个逼的那些狗娘养的！

小红说你也是安徽人吗，口音和我爸一模一样。

领导说我就是你爸带出来的。

领导要去开会，告别走了，又转回来指示跟班的：把他们都给我弄到值班室去！

担架拿来了，有两个人抬着老太太走。我外婆一直在老太太的身边捏着她的手不放。她知道此番就是她娘儿俩的诀别，不会有下次了。

我和小山小红他们跟在后面走。要穿过愤怒的人群，要走很长的路。老太太的身上盖着那种草绿色的军用毛毯，牺牲了一样。但是她的绣花鞋露在外面，感觉上很不协调。有佩着红袖章的人来问，抬担架的就说,走开走开,这是军代表他妈!

小红突然停下了脚步,小红说坏了。小红问我,老太太原先的那双鞋呢?我说扔了。小红一下子瘫在地上起不来。小红说,她在老太太旧鞋内塞了两百块钱,还有一百斤全国粮票。他们家全部家当几乎都在老太太原先的那双鞋里了。

我外婆听了也是急死,我外婆说旧鞋她扔在公用阳台的畚箕里了,是用旧报纸包了的,很难说还在,邻居倒垃圾有时候会顺手把我们家的垃圾一起倒了。我外婆又说小红,你啥时学会了你爸爸的这套,把什么东西都往鞋子里塞?小红说是她妈妈教的,她妈妈也是跟她爸爸学的。小红说她妈妈告诉她这是革命传统,战争年代老太太做鞋,几乎每双鞋都是有夹层的,有的是鞋底夹,有的是鞋帮夹,这个技术只有老太太才掌握。密件情报什么的都可以往鞋里塞,从来没有出过错。

我外婆毕竟是经历过大事情的,很快地就镇静下来。我外婆要我立刻回去找鞋,先去畚箕里找,如果没有就去垃圾箱找。刨垃圾的时候要戴口罩,要带上棍子,就用她的那根拐杖好了,人家问起来就说作业本当废纸扔了。

我外婆关照我之后,就要我跟老太太告别。她说肯定是最后一面了,去!

我就到了老太太跟前,握住了她的手。她问我去哪里啊,我就说老太太我要去找你的鞋子了。老太太看着我不说话,她的眼角边有泪。

从火车站到我们家应该是坐 69 路车的,可是我上错了车。那个时候还小，被一连串突如其来的事情弄昏了头。等到坐上了车之后，才知道根本不是 69 路，而且还是反方向的。于是赶紧下车，但是口袋里的钱不够坐满全程了。后来只能中途下车，又步行了好几站地才回到家。

到家时已经是傍晚了，赶紧去阳台上看畚箕，垃圾被倒了，那只铅皮畚箕干净得像是舔过了。我妹妹说是下午倒的垃圾，而且就是她的作为，垃圾倒在了楼前的那只垃圾箱里。

我用外婆的拐杖在垃圾箱里刨。我舅舅在部队，那年探亲来看望外婆，带来了这根拐杖。据说是黄杨木做的，他们军区司令员用的也是这一款。我妹妹也跟着我刨，她手上握的居然是一根擀面杖。我说擀面杖脏掉啦，我妹妹说洗洗就干净了。我妹妹又问，我们在找什么。我觉得她还小，有些事情不便告诉她。我就跟她说随便找，只要耐心找什么都有。

那天傍晚的垃圾箱已经清理过了，其实也没有什么好刨的了。真是事与愿违。在我父亲不得不站在垃圾箱上低头认罪的时候，垃圾堆成了山也没人管。可现在我要找绣花鞋了，倒是弄干净了，整个垃圾箱内几乎就像个空屁，什么也没有。

连个影子都没有找到。

我妹妹突然刨到了一个发卡，粉色的，她尖叫起来，还要我帮她把发卡戴在她的头上。

全家人又坐在了一起吃晚饭。昨天就是这个时候来了第一份电报，然后就短短二十四小时左右，发生了太多的事。

老太太的事算是基本解决了，我外婆说南京大姨外婆那边肯收就说明他们日子还好过,大姨外婆基本上也是老太太带大的,一直以来对老太太很有孝心的。我外婆说就是心里难受,闷得透不过气来,亲娘来上海都没有亲手为她做一顿饭。

她又哭了。

除此之外,那双绣花鞋也是让人郁闷。两百元人民币,一百斤全国粮票啊,这个在当时就是一大笔财富了。我母亲难受得心口都在痛,她说想想受不了,要死了,心肌梗塞了。我父亲就一直瞪着眼看我,责备我为什么偏偏要多此一举换什么鞋,老太太又不能走路,穿什么不都一样吗!

为什么?他拍桌子问我。

我说,老太太换上新鞋看上去要精神多了。

果然里革委和派出所的人上门来问了。来人问昨晚谁来了,来做什么。我父亲就把准备好的书面材料给了他们。

百岁老人?来人扫了一眼汇报材料后问。

我父亲说是。

真有百岁吗?

是。

怎么突然来上海?

是要去南京的,先来上海看看,老人以前在上海住过两年的,如今风烛残年,来日无多,就是故地重游,看上一眼,没别的意思。昨晚四世同堂,老人十分满意。

好福气,那她说了什么没有,一句不要漏,都要告诉我们的。

我父亲答不上来,转过头看我。

来人掏出了小本,问我,说了什么?

我说，她说好亮堂啊。

嗯嗯，还有呢？

还是好亮堂啊。

来人就把这两句话都记下了。

我母亲说还好不是楼上十三室的那个造反派，要是那个人来问就麻烦了。

那时候流行口头文学"一只绣花鞋"。只要不是冬季，隔壁楼前的一号花园就成了书场。天书是最会讲故事的，他的故事无穷无尽，讲起一只绣花鞋也可以搬出许多版本。我们都坐在小板凳上听他讲故事，只要我去听故事，我妹妹就会跟着，她就是跟屁虫。那晚她在发烧，见我去听故事，也一定要跟着去。我不能带她去，我说不去了都不去了。但是我妹妹不从，我就说我也有故事的，也是一只绣花鞋。

我跟她说这是一个真实的故事：一个小姑娘把绣花鞋连同钱和粮票都扔进垃圾箱了，后来她去垃圾箱里找，就再也找不到了。我妹妹小我三岁，有时候我会以为她不懂，其实她什么都懂。听完了整个故事之后她点点头，她说那个小姑娘就是她自己。

有一天放学回家，我妹妹神秘兮兮地跟我说，她找到了。我说什么找到了。我妹妹说她找到了老太太的那双绣花鞋。然后我妹妹就告诉我就在中午，她看见了三十四号楼门前有个阿婆在晒太阳，那个阿婆脚上的绣花鞋就是老太太的那双。

她的话我不能全信，但也不能全不信。一切眼见为实。

次日我妹妹就拽着我去三十四号楼前看。起先没有看到什么阿婆，只见几个老头子进进出出的，老头子脚上都是老头鞋，跟绣花鞋毫不沾边。好在后来那个阿婆总算出门了，她是慢慢地挪出来的，莲步轻移，颤颤巍巍，然后坐在了一张藤椅上。

阿婆的脚上的确是绣花鞋，和我们家老太太的那双长得很像，鞋上绣有两只蝴蝶。可即便如此，也很难确定这就是同一双鞋。我妹妹却说就是就是。鞋上的蝴蝶有一只是蓝色的，我妹妹说她从未见过蓝色的蝴蝶，这两天还在花园里找蓝蝴蝶。

如果那双鞋是老太太的，推断下去，那就是这户人家有人在垃圾箱里捡到了鞋，觉得还可以穿，洗洗晒晒就又让阿婆穿上了。可能在洗晒的过程中，被天上突然掉下的大馅饼砸晕了，当然还有一种可能是这只馅饼依然踩在阿婆的脚下。

三十四号是粮食局的职工宿舍楼，我很快通过大刘就把这户人家的情况摸清楚了。大刘的父亲以前也在粮食局做，他们家以前也住那栋楼，后来大刘父亲调化工局去了，他家就搬离了，因此大刘和那栋楼的人熟。大刘告诉我，那户人家的爸是处长，妈是科长。阿婆是爸的妈，不长住，有时会来。家里有两个孩子，一个女儿，一个儿子。他家的儿子我肯定是认得的。

哪个？我问。

天书。

我更倾向于我妹妹的判断了，那就是老太太的鞋，很有可能就是天书捡的鞋，要不然他怎么会对绣花鞋的故事那么感兴趣，讲个没完。我把事情经过告诉我母亲了，没想到我母亲坚决地制止我再深究下去。我母亲说不要瞎闹了，那双鞋到底是谁的你怎么证明。还有就是钱和粮票，这个要是张扬出去还得了吗？人家说你是转移资产怎么办？说这个是阶级斗争新动向怎么办？

我本来去学校是不经过三十四号的，现在上学放学我都会不由自主地从三十四号门前过，这要多拐几个弯。

太阳出来了，就能看到阿婆，太阳不出来，就见不到阿婆。阿婆喜欢坐在暖洋洋的太阳底下，她不和任何人说话，她只是专心致志地晒太阳，她的身上一定有棉花和稻草的味道。有的时候她穿绣花鞋，有时候不穿，有时候她就穿一双老棉鞋。阿婆在穿绣花鞋时显得很贵气，但是她在穿老棉鞋的时候就像个捡菜皮的。

在一号花园，天书又开始讲他的"一只绣花鞋"：那天某某人走在了河边，突见不远处有一物，不似碎石，也非活虫，近前，拾起，借月白光照细观，原来是一只绣花鞋。

不是一只是一双吧。我忍不住插嘴。

天书恶狠狠地瞪了我一眼，未理，继续他的故事：那是一条烂河浜，入夏后更是蚊蝇结团，恶臭扑鼻，这只绣花鞋倒是软底缎面，精致玲珑，那么啥道理会落在这种地方呢？

什么臭河浜啊，明明是在臭垃圾箱里拾到的好吧。我又插嘴。

天书再也忍不住，斥，还想不想听了，不想听就走，走走，滚滚，滚滚滚！那些听故事的人都恼怒起来，有的叫我走，有的叫我滚。

关于我们家老太太的事其实我所知甚少，我就知道她来过上海，回了老家，又去西安，最后流落南京。她会做鞋。她后来去了南京又是怎样的我也是一无所知。但老太太的去世我是知道的，那应该是在"文革"中期。我外婆闻讯免不了要痛哭一场的，让她最不能释怀的还是没能给她的亲娘做一顿饭。

春节，我看到天书在搬一只不大不小的火腿，那天我和父亲一道出去，他也看到了。火腿是我父亲最喜欢的了，就是囊中羞涩，只能偶尔买点火腿骨头回来煮汤解馋。那只火腿被油纸包着，天书费力地把它从黄鱼车上拖下来，再往家里搬。

我父亲悄声问我，这个是买的吗，还是送的？我摇头。我好像听到我父亲在咽口水。

墨迹

是一辆黄鱼车，过来了。一个人在踩，另有两个人坐在后面。车上有墨汁桶，还有几把刷子。黄鱼车在我家的楼前停下了，车上的人核对了门牌号，下车。他们在嘟哝，好难找。

　　新村里的楼房样式是差不多的，兵营式的，四层楼，坡顶，红砖红瓦。外来的人往往会在新村里绕来绕去把自己绕晕了。

　　他们开始干活。先是把墨汁桶抬下，又取出刷子。某人提起刷子去墙上写，他工工整整地刷上了两条标语，黑体字，大而厚重，他一个字都没有写错，同来的人在说，赞，赞赞。

　　那是午后，应该没有什么人围观，都在上班或是上学。

　　标语是针对我父亲的，号召大家起来把他批倒批臭，我放学回来看到了，感觉到自己的胃被一只手狠狠地捏了一把。立中姆妈坐在楼前拣菜，看到我，她摇摇头，她说你爸爸都已经是死老虎了，还不放过。后来我知道立中姆妈那天下午一直在楼前拣菜，她目睹了全过程。我想弄清楚死老虎的深层意思，有一天我就问外婆什么叫死老虎。我外婆的回答简单明了，就是老虎死了呗。

　　那晚，我父亲因为心情郁闷晚饭时喝了点绍兴黄酒，闭着眼躺在藤条椅上,活像只死过去的老虎。但是家庭会议还是要开的,会议只能是我母亲主持了。

我母亲说,你们都看到了,运动才刚刚开始呢,接下去还会有事的。我父亲突然睁眼,张皇地看四周,然后长吁一气倒头继续睡。我母亲说不要在外面玩,尽量待在家里。我外婆说其实也不算什么,楼里好几家都被刷过标语的。我母亲摇头,她说人家的标语都是写在纸上的,刮风下雨,过不了几天就没了,就像没贴过一样,可是我们家的那个是用油漆漆上去的。

是墨汁。我纠正说。

标语刷在北门两侧的墙上,所以我尽可能少走北门,可是南门经常会被停放的自行车堵住。有一次放学归,南门又进不了了,只能走北门。在我进门的时候要穿过人堆,有人侧目看我。突然从上面扔下两只烂番茄来,一只掉在了身边的水坑里,一只击中了我的脸。到家后,一脸"血污",我外婆吓死了。我知道这是谁干的,后来就一直伺机报复他们,大概差不多就是从那个时候起,我就渐变成了一个敏感的、不易释怀的小心眼的人。

有好多次,进不了南门,只得环楼绕一圈去北门,如果北门前的人多,那我就宁可在外面瞎逛,一直要到天黑人少了再进楼。苏州河边是我常去的地方,那里不远,走走才半个小时。我站在岸边看,脚下有船,有精瘦的赤膊男人用黑色的水做出了雪白的米饭,他们大口地吃米饭,还吃萝卜头,嚼。感觉好吃极了。他们抬头看我,以为我也要吃,就用筷子敲敲碗边,发出叮叮的响声,意思你也可以加入一起吃。我在想,我也是这些船民有多好,可以终日漂来漂去，自由不羁，没有什么右派不右派的，没有标语。

我母亲看出了我的情绪低落，她说你不要这样，好多人家遭难了，都不要活了？还有，你要好好学你爸爸，你看看他，多开阔，男人嘛，要像大海一样。

从北窗可以看到楼下的小道，小道拐个弯通向大马路。在工作日的傍晚七点左右，我父亲下班，他走小道，手中提着一只女里女气的皮包（是我母亲扔了的）晃荡而来。他那时候年轻，三七开分头，喜欢穿染成咖啡色的旧军服（旧军服是我舅舅的），始终装得精神饱满、神气活现的样子。

七点左右楼前还会有人，我父亲见人就打招呼：好好，好吗？好，好好！他微笑着点头。然后他就在楼前立定了，并对着红砖墙上的毛主席画像三鞠躬。这个是造反派勒令他每日必做的功课。

在墨汁标语的上方画有一张毛主席像，白漆打底，红漆绘就，画的作者不是别人，就是我。早些日子，楼组长找到了我，她说，你会画图？我说会，学校黑板报比赛我总是拿第一。楼组长就说，那你就去门前画个领袖像吧，别人家都有了，我们还没有。这个其实我也是注意到了，许多栋楼前都画上领袖像了：正面像、侧面像，俯仰之间，大招手，小招手，等等。有一个完全陌生的瘦子一直在画，他已经画了十几栋楼了，那个瘦子肯定不是我们新村的人。有一次他在某栋楼前画，从头至尾我看了一遍，其实技法一般，不过平涂而已。不过我佩服的是他可以不打草稿，直接上色定型。

因此我也不打草稿，其实打打草稿也没有什么，画领袖像原本应该更慎重一些的。但那时少年气盛，看人家这么画就觉得自己也能做到。我是踩着梯子提着油漆桶上去画的,下面有人在围观。画好了以后,绝大多数人说像,也有极个别的说不像。关于这件事,有另一个故事的版本,这里不再展开。

有一天我父亲问我,那个像真是你画的吗?我说是的。

怎么没听你提起过?

说什么你都听不进的。我说。

他看着我,表情尴尬,又抽烟踱步,还呵呵地独自摇头笑。我想问他有什么好笑的,可我没有开口。后来我注意到我父亲不再鞠躬了,他一定是觉得自己是老子,我是儿子,老子每天对着儿子的习作三鞠躬实在太说不过去了。我父亲就是不鞠躬,也没有人管他,其实那个时候造反派也很忙的。

别人家的纸糊标语早就没了,有的人家被贴了好多次,现在也都干净了。就我们家的那两条坚硬地挺在那里,不怕风吹雨淋,甚至越来越清晰,一条顶十条。我外婆终于忍不住了,她说哪天她去把它刷掉算了。我母亲说不行,会有人告上去的。但是我外婆不听她的。

天暖了,礼拜天楼组长就通知各家各户出去大扫除,我外婆也去了。她就盯着那两条标语干,用一把钢丝刷使劲地对付那些字,根本不管别人怎么看。中午大家都收工了,就她还在刷。连我父亲都有点紧张了,他说差不多了吧差不多了吧。我也怕的,根本没敢下去帮外婆做点什么。有许多人在阳台上,在窗前往楼下看,都不发声,那是一种难以判断的非常古怪的氛围。沉默的大多数。楼下就我外婆一个老太太了,她还在干活,在大扫除。她要把那些东西刷掉，不顾一切，就这样，她的目的非常简单。

　　有一天派出所来人要找我外婆，当时家里没人，后来还是隔壁邻居告诉的。我母亲说很可能是冲着我外婆刷标语一事来的，她要外婆下次千万别干了。可我外婆不管。又是大扫除日，她照样下去刷，这个很难刷的，要一次一次反复刷也未必能刷得干净，而且她还是个老太太，又没有人帮她。

　　派出所的人又来了，这次总算弄清楚了，他们找我外婆和刷标语无关，而是要查我外婆的历史问题。

　　我外公和外婆都是安徽人，我外公早年参加中共，抗战后又在上海苏州一带做间谍，解放后扯不清了，竟成了战犯坐牢吃官司。好在"文革"后得以平反，说来话长了（这又是一个故事的版本）。

　　现在还是说我外婆。派出所的人问我外婆三个问题，一是哪年入共产党的，二是哪年脱党自首变节的，三是认不认识一个叫维奇的人。我外婆年轻时也算潮人，读公立女子师范学堂，跟着左翼人士混，一些人在里屋策划造反，她们几个女的就在外间放风，装模作样地搓麻将读杂志什么的。来人要我外婆好好想，要写交代材料。

　　我外婆字好，当过书记员。据说战乱时期，她就是靠写字谋生，养大了两个小孩。可如今她眼疾重了，再一笔一画地写啊写，真是吃力。我外婆写的那些，母亲是不让我看的。可我还是有意无意间看了一些。我外婆说自己根本不是党员，从来没有人跟她说过她就是党员了，脱党变节更是无稽之谈，至于那个叫维奇的，只有耳闻，但从未见过面。

　　我外婆是这个家的大家长，户口本上她就是户主，家就是她的全部世界和生活,她整天有忙不完的家务。她是不允许我们叫她外婆的。外婆外婆,就是外人,要叫奶奶。后来我就叫她阿奶,隔壁邻居是本地人,我是学本地人的叫法。

有好多天,外婆写材料都要到深夜。这时候我父亲的呼噜声已经穿透三堵墙了。她就在台灯下脸贴着桌面写,我母亲站在她的身后紧张地盯着。灯光幽暗,投影巨大,她们没有声响,不走动也不喝水,像旧照片里的人物。

我母亲越来越神经衰弱了,早上起床她总是要摸摸头,然后她就会摸到一把掉落的头发,她说用不了多久就要掉光了。我外婆的事让她格外焦虑,那次吃早饭时她低声地跟我说,你要当心阿奶,你阿奶经历多,许多事情都能扛住,可如果冤枉她,那她会受不了的。我明白母亲的意思。我忍不住问姓维的是谁?我母亲说那个人后来去苏联了,我们不认识他,以后也不要提他的名字。我又问阿奶到底是党员吗?我母亲说,那个年代的党员或者成了烈士,或者就在中央了,你阿奶要是党员,可能就不会有我,更不会有你了。

十三室一家是后来搬来的,我们这栋楼原先是区委机关的家属楼,每户人家彼此间都是熟悉的。后来楼房加了层,新搬来的人家就不知道来路了。十三室爷叔是厂子里做的,但具体做什么事我们都不清楚,他老婆是托儿所老师,她在上楼的时候会夸张地扭动肥臀。

有一段日子每月的月头楼内要开会,楼组长会在大门口张贴会议通知,原则上每户人家要全体出席,至少要有一个成年人参加。初始,大家觉得好玩,以为是纳凉晚会性质的,可以看表演,也可以听故事。我还拖着我父亲去会上讲（那些天还没有大字报），我父亲懵懵懂懂地就去讲了个盖世太保的故事。故事前后不搭，逻辑混乱，许多人包括我在内完全没有听懂。但是很快地，大家就知道这种楼会是要干什么了。

　　十三室爷叔不知什么时候当上了楼会的主持人。我印象深的是他的主持风格：沉着，利落，话不多，直捣人心痛处。楼里最先被批的是二楼五室爷叔，五室爷叔是区商业局的科长，据说这位爷叔的前史是苏北富农。富农杵在那里，垂着两臂，衣袖比手长许多并且在晃荡。十三室爷叔说看你的样子就是富农，认罪吗？富农赶紧点头。十三室爷叔说那你抽自己的耳光吧。富农就抽自己的耳光，两个，左一个右一个。十三室爷叔说再加两个。富农又加了两个。全场鸦雀无声。后来我听到有人在议论十三室爷叔，真是个狠角色。

　　对我父亲的批判是需要拉大场子的，楼会的这种小打小闹不会有他什么事，但我外婆还是轮上了。那次，十三室爷叔对我外婆说你站起来。我外婆就站起来。十三室爷叔又叫我外婆低下头去。我外婆就意思了一下。十三室爷叔说，你老实说，什么时候入党的，又是什么时候脱党变节的？当时我在场，我想跑掉，但是挤不出去，整个楼道里都塞满了人。让我惊讶的是我外婆应对得非常得体，她就像拉家常一样耐心地解释。钩沉往事，去伪存真，娓娓道来，她的一口淮南话表达得非常清晰，几乎所有人都听得津津有味，剧场效果远胜于我父亲胡扯盖世太保的那次。

　　那次楼会十三室爷叔好像再没说什么，一开始他说了两句之后就基本上闭着嘴。所以我对他的恨是有保留的，不像楼下富农家的小孩子简直恨死他了。后来富农家的反击也是非常激烈的，十三室有两个女儿，如花似玉，那两个女儿所有的恶俗下作的绰号大多源自富农家。

　　我外婆讲完之后全场依然安静，大家在思考。突然九室爷叔说话了，他指着我外婆的手说，你抖什么？九室爷叔原本是区委组织部的，后来调去市公安局了，好像越来越一本正经了。因为同在一层楼住，在我印象中，我们两户人家好像是结了盟了，九室阿姨老是夸张地要我做他们家的上门女婿。九室爷叔的那句话落在我的心头，再也抹不去了。我外婆老了，站不动了，她手抖是生理反应，有什么好指责的。后来我们全家就对他避而远之。

　　一个周日的上午，突然不见外婆了。我母亲紧张极了，要我赶紧去找。我去找外婆，在路上还遇到了九室爷叔。他好像没有休息日的，天天要上班。他斜了我一眼，问我去哪里，我说找外婆。他说看好她，不要让她乱走乱动。听了他的话我胸闷，我想你等着吧，肯定也会有事情轮到你们家的。可整个"文革"期间，就他们家风平浪静，抄家，标语，站垃圾箱，什么都没有。就是偶然会起点小的家庭风波，有一次他家的小儿子耀耀被他追着打，耀耀跑来我家，钻在床底下死活不肯出来。

　　到了中午还没有找到外婆，我母亲要崩溃了。然后就让我去河边找。我母亲曾经跟我说过的，外婆有三个小姐妹都是自杀的，一个撞墙，一个投井，还有一个就是跳河。

　　我去苏州河边找，东跑西跑就是找不到。有船上的小孩子一直注视着我。他们一定以为我是在练戆。跑不动了，我就立在那里喘息。那几个小孩还看着我，他们的脸上都挂着讥讽的笑。我朝他们喊，喂！他们不笑了，静等我还会有什么话。但是接下去我不知道再喊什么了。其实我是想问问他们是否看到我外婆，但我始终开不了口。他们看我没有往下喊了，就也喂喂了两声，没见回音，就索性脱下裤子对着我撒尿。

后来我觉得外婆不可能跳苏州河，她就是想跳河也不会来这里跳。这条臭河，怎么跳得下去？我外婆懂平仄，会哼吟，《红楼梦》的诗词她可以背出多半，还有一手很不错的蝇头小楷。她懂得雅文化。她怎么会在这种地方结束自己？

天色将晚时我无奈回家，就在楼前，我看到了外婆。

是礼拜天，大扫除日，全家人都因为外婆的消失把这个事情忽略了。但是我外婆居然就在这里劳动。现在我看到她就在楼前忙，完全像前几次一样，她只是刷刷刷，不抬头，脚边的桶里的水已经是墨黑的了。我站在外婆身后发呆。立中姆妈从我身边过，轻声地对我说，好了，叫她休息来，好几个小时了，吃力哦？然后她又冲着我外婆喊，阿奶休息来！回去吃夜饭来！

我外婆停下了，直起身，歇歇，没有转身也没有说什么。继续看标语，看那几个字，看被她已经刷去了多少，可能她在估算还有多少工时可以把它们清除干净。那个时候我外婆短发齐耳，灰白，戴有深度的黑边框的眼镜，她的样子辨识度很高。

我外婆一夜没睡，心气郁结。她思来想去吞不下这口气，无论如何她要证明自己的清白，她是非党，何来脱党，更不存在什么自首变节行为。后来她想到我的大姨外婆，还有二姨外婆，包括三姨外婆和五姨外婆（不知道四姨外婆在哪里），我外婆要去找她们，因为她们对那段历史最为清楚,那些姨外婆们应该依然住在南京的部队大院里。因此我外婆就想去南京一趟,她要去找证人。我外婆叫了辆人力三轮车去了火车站。到了那里,在售票厅,她有点发懵,人太多,乱极,视线模糊,她想要是重新配副眼镜就好了,起码可以看清了。这时候有人对她说,老太太你的口袋被人割破了。我外婆摸口袋,果然有一道口子,然后再摸,见鬼了,皮夹子没了。我外婆十分沮丧,心想南京不能成行了,还是回吧。好在另外一个口袋里还有几张小钞票。当然这点小钞票再坐三轮车肯定是不够的,只有挤公交车了。谢天谢地,我外婆总算上了辆对头的公交车,然后回到了家。进门,空空的,我外婆想解释她今天的行为,但是她找不到家人。楼外众声喧哗,她细听了会儿,突然意识到今天是大扫除日。于是她想到了那两条标语,然后她就拿了工具干活去了。

整个过程就是这样。

标语的痕迹一直还在,但是我父亲的名字在我外婆的重点关照下完全被抹去了。知道的人知道,后来的人就弄不清了。

画像

小淮海就倚在树干上，一直那么斜着眼在看我。他好像天生就是个斜眼，他就是正眼看你也是斜的。他叼着烟，脚在抖，典型的流氓腔。小淮海的家沿一条街，在三楼，从我家的北窗可以看到他家的南阳台。他家阳台上好像永远有竹匾架在晾衣竿上，那些竹匾中多半都是些农副特产，譬如长生果红枣之类，都是他家乡下亲戚送的。小淮海的父亲是山东南下干部，参加过淮海战役，有人说他是推小车的，不是打战的。说起淮海战役，小淮海滔滔不绝，二野，三野，粟裕，黄百韬，如数家珍。小淮海有个哥哥叫大淮海，大淮海的眼睛也有点斜。

小淮海在斜眼看着我的时候，我在跟薇拉讲话。

前些日子，黄桥告诉我，小淮海喜欢薇拉。黄桥说小淮海用他爸的一只望远镜天天趴在窗前看薇拉。黄桥这么说，我的眼前就是一幅小淮海偷窥薇拉的画面，小淮海家的南窗刚好对着薇拉家的北窗。我很担心薇拉被小淮海看去了什么。

我们家也有一个望远镜，那个是我外公留下的，是日本货。这个望远镜可以把对过屋里人牙缝中的韭菜叶子都看出来。可惜我没有窥视薇拉的条件，我们家和薇拉家的楼是平行的，而且隔得老远。

小淮海恨我，这个我可以感觉到。他以为我和薇拉好。其实很冤枉，人人都喜欢薇拉，我当然也不例外。可人家薇拉的态度是最重要的。薇拉根本就没有对我有过什么特别的表示，那么小淮海为什么偏偏跟我过不去呢。

我和薇拉要去一个什么地方，小淮海上来挡住了我们的路。他说哎哎，你爸是右派分子，你还神气什么？薇拉看不过去，上去推他。薇拉说，那你爸又是什么，不就是人家在打仗，他在后面推小车吗？

小淮海最讨厌听见这个，他多次说过，他爸是三野的尖刀班班长，在向黄百韬兵团发起总攻的那次，他爸冲在最前面。望远镜就是那晚缴获的，后来上级就把那个望远镜奖给他爸了。可小淮海的话难辨真伪，他这个人给人感觉总是很虚，反正我是这么看他的。

如果打架，那我应该不是小淮海的对手，他尽管眼斜，但是发育充分，人高马大，要是跟他打，多半是自取其辱。而且他们家还有一个大淮海，每次打架兄弟两个总是一起上。我只有一个妹妹，她除了要我替她梳羊角辫，还能做什么。薇拉要我赶紧走，薇拉说，不要理他。

有一天黄桥跟我说，小淮海又去告我了。小淮海这个人不仅虚，而且挺阴的。有好几次，他都去老师那里说我坏话，说我考试作弊，上课放屁，跟在女生后面用泥巴砸她们，偷外婆的钱去乔家栅买粽子吃，乱七八糟，无奇不有。可这次问题好更严重了，黄桥说小淮海告我反动，是个小右派，丑化伟大领袖。

我吓出一身冷汗。

黄桥说，小淮海说的，你在你们家楼前画的毛主席像根本就不像，是瞎画。

班主任把我叫去。我们几乎每个学年都要换班主任。现在坐在我面前的班主任是个年轻女教师，姓唐，她很美，就是右腿有点跛，真是可惜。唐老师说你是不是画过毛主席像？我点头。她说有人说不像。我说都说像的，就小淮海说不像。唐老师说听说你在画像的时候，没有打草稿？我说是的。唐老师问，为什么不打草稿？我说毛主席在我心中。唐老师想了会然后转移话题，唐老师说，为什么总有人跟你过不去？

自从小淮海告了我，说我是小右派，丑化领袖什么的，我就开始萎靡起来。在人少的时候，我也会去楼前看那幅画像。

前一年我提着漆桶登上了竹梯，竹梯由楼组长张阿姨还有里革委的干部小心地扶着，不少人在看。已经有人在红砖墙上面打了白底，所以我只要提着刷子挥毫就可以了。画之前，楼组长问我，是用黑漆还是红漆？我说还是红漆好。后来就用了红漆。很快我就画完了。其实这个对我来说一点不难，所有的线条因为看得多了早已烂熟于心。那次的绘画就是我一个人的表演，就是一场很过瘾的炫技。记得当时画完了之后，下面看的人都鼓起掌来。有人说我是天才，以后一定是个大画家。

我父亲在受冲击最猛的那些日子里，每天下班回来都要朝着画像三鞠躬。当然一开始他并不知道那是我的作品。他应该知道我喜欢画图，他一定还以为我不过就是在八开或者四开的铅画纸上随便画点鸡啊鸭啊什么的。

　　我就坐在楼前花坛的石阶上看画。四室阿姨过来说，你这个小囡发痴啊，已经看了好几个钟头了。

　　那是青年毛泽东，就是戴军帽的四分之三侧面的那张。原本我并未怀疑过画有什么问题，可是现在好像越看越觉得不对头了。譬如说，人物的眼眉之间的距离好像窄了些，另外，还有耳朵，好像比例也不太对，还有眼神，眼神起码是不够深邃。关键是那顶帽子，怎么看都像是没有戴好，就如同早上匆忙出门胡乱扣在头上一样。

　　我还在那里看画，心情沉重。底楼的四室阿姨去倒垃圾，倒完垃圾她又过来拖我走：走啦走啦，喜欢画以后再画好了，回家啦！

　　在往楼内走去的时候，有一瞬间，我突然看见墙上领袖的面容动了一下，那是不满而又不屑的一瞥。我的感受是画中的人物很明确地传递出了一个信息，那就是画得不好，不像，那不是他。

　　我突然想哭了。

　　心思越来越重，根本没有食欲。外婆急了，要我母亲带我去医院看病。外婆说我脸色不对了，怎么黄了，肝脏会不会有问题。我母亲就拖着我去医院查，拍片正常，血报告正常，查不出什么名堂。家里又半正式地开了个会议，这次会议好像是由我外婆主持。外婆提出要给我订半磅牛奶，要不然体质太弱，到了秋天哮喘病发作就更难治了。

　　就这样，我每天有牛奶喝了。我妹妹没有喝，她不画画，更没有能力画领袖像,还不打草稿,因此她没有烦恼,每天吃喝没有节制,养得滚圆。就是她看到我在喝牛奶的时候,有点馋,有时候我就会偷偷让她喝两口。

我还是忍不住地要去看画,一看又是老半天。问题越来越严重了,越看越不像了。又发现了两处错误,嘴角,还有下颌的线条,都不对了。

下雨天,我打着伞往楼内走,在门口自然又要看一眼画像,这次又有了新的发现,画像在经过雨水的清洗之后,又变得非常像了。不仅像,简直就是一幅杰作,青年毛泽东的气质以及神韵在我的寥寥数笔的勾勒中跃然其上,光彩夺目。

那些天一直下雨,我就打着伞立在楼前对着画像发呆,每日数次,据说脸上还露着痴呆般的微笑。四室阿姨好几次看到了,四室阿姨跟我外婆不止一次说还是要带我去看病,要查。

外婆说,不去医院了吧,就是有病也没有办法啊,已经让他喝牛奶了。四室阿姨就说,还是要查,不要查肝也不要查肾,要紧的是查查脑筋。

四室阿姨和我外婆的对话被刚好在边上的黄桥听得一清二楚,黄桥就来跟我说。对她们的这些话我是毫无兴趣。我的专注点,依然还是我的画作。黄桥说他也被我弄糊涂了,你一直看看看,不知道看了多少天了,那你说到底是像还是不像。我说有时像有时不像,下雨天像,雨过天晴,就不像了。

黄桥在我说完之后,直愣愣地看着我。他说,看来看去你也不像你了。

我在空地上看五一他们打弹子,薇拉过来看着我说你好像戆掉了。那些玩弹子的人都停下了手里的活,关注我们。五一笑,五一说,他一直老戆的,你不知道啊。因为要过节了,薇拉换了一件新衣服,很鲜艳,她还穿了一双白色的球鞋。我说我一点不戆,要戆是你们戆,我觉得自己越来越聪明了。薇拉说还不戆啊,你衣裳的钮子都扣错了。然后她又靠近了我,替我解开钮子,重新再扣一遍。薇拉在这么做的时候说,你不要回头,小淮海正在看我们呢,我就是要让他看到。我问,小淮海在哪里?薇拉说屋顶上,有望远镜。

薇拉说小淮海找过她了,要她别跟两个人说话,一个是我,还有一个是丰丰。我问丰丰是谁,薇拉说你不认得的,是马路对过的。我说你要跟我说话,但最好不要跟丰丰说话。薇拉说滚你们的,我跟哪个说话那是我的自由。我在脑子里寻找丰丰,在想丰丰到底是谁。薇拉告诉我小淮海还送了她一块手帕,她说怪哦,我又不拖鼻涕,他送我手帕做啥?

那天下课,黄桥跟我一道回家。黄桥说事情弄大了。我看黄桥的脸色很正经的,一点不像胡说的样子。黄桥说小淮海坐在教师办公室里不肯走,坚持说我在瞎画,一点不像。说应该让我站到垃圾桶上被大家斗,就像我父亲那样。要是唐老师不批判我的话,那他就要告到工宣队潘师傅那里去。

我问,唐老师怎么说?

黄桥说唐老师答应他,下周一抽个时间,她会叫上潘师傅还有两个美术老师一起去看那幅画,如果情况真如小淮海说的那样,那学校方面会有态度的。

我和黄桥已经走到了楼前,我们就不约而同停下了。抬头,看画。

那天上午是下雨来着,但是下午停了,在放学的时候居然还出了太阳,因此看上去真的不像。我觉得我流泪了,泪水在流,内心塞满了绝望。

黄桥后来出了一个主意,黄桥说他认得一个人,画得老灵。最好叫他来看看。我问,画得有多好?黄桥说,这个新村楼前的毛主席像几乎都是他画的。我想起曾经看到过的一个潇洒作画的瘦高个,我想黄桥指的是他。

黄桥就带我去找。那个人住在苏州河边的棚户区,棚户区的地形相当复杂,很快我就没方向了。在一户人家门口黄桥停下了。然后他说,就是这里。

有一扇窗开在低处,在我的膝盖下面,从那扇奇怪的窗看进去,可以看到地下空间的一些情况。有画架和几块肮脏的调色板,还有一些杂七杂八的草图,就是看不到人。门口坐着一个老太,老太朝着我们摇摇手,表示里面没人,她显得很严厉。

黄桥要我记住这个地方,又说这两天家里有事,父母都出差了,他要在家带弟妹。黄桥要我自己再来,那个人叫什么名字其实他也不知道,反正叫他画家就可以了,不过一定要说清楚是黄桥介绍去的,是请他帮忙的。

我记住了那扇窗前有一枝夹竹桃。

但是第二次来的时候我还是有点糊涂，因为到处都有夹竹桃。后来我看到了一扇窗，我爬了进去。画家在，他在作画。

我站在画家的身后，他是精瘦的，很高，那个曾经在我们新村里画像的人也是瘦高个，可我无法判断他们是否同一个人。画家赤膊，肩胛处和腰处都有疤，像是烫伤，也像是以前的什么时候得过毒疮。热，其实外面的气温并不高，这个逼仄的空间却很热，他的汗在流淌。他的身上好像有狐臭味，可能是因为多日没有洗澡，也可能是天生如此。不过还好，这点味道尚在我可以忍受的程度之内。他在画布上涂抹，画幅的下端有三分之一的位置是蓝海，往上是岩，再往上就是月亮。整幅画看上去已经差不多完成了。现在，他正在加上一颗星星，那就是一颗孤星，那个小点是暗淡的、模糊的，但是它的确是一颗星星。

画家转过身来，搓搓鼻涕，看了我一下，但是我好像根本就没有入他的眼，他从桌上拿起烟抽，又转回身去画。

我喂喂了两声，他这才停住了画笔。他扭头问我到底想做什么。

我就说是黄桥叫我来的。

他说哦，什么事？

我说你认得黄桥吗？他想了想，说认识。

画家同意去看看我的画，如果有问题他也可以帮忙修改一下。画家说他愿意帮忙，完全是因为黄桥。又说，他和黄桥是老朋友了，他们是在苏州河边认识的，在苏州河边他结识了不少朋友，后来这些朋友基本上都成了他的模特。黄桥也被他画过。但是黄桥胆子小，要他脱，起先他就是不脱。说到这里画家笑，抽烟。画家说，我告诉他这是艺术，怕什么，而且我们家祖祖辈辈都是无产阶级，我爹爹就是踏三轮车的，绝对不会有人来抄家。

我是从未听说黄桥当过裸模的事。我问画家，我可以看看画黄桥的那些画吗。画家说，他拿走了。

画家约好是晚上十点钟来看画的。黄桥说，你看这个人画得怎么样？我说我也不太懂。我跟黄桥提起他当模特的事。黄桥说哦那个你也知道啦。黄桥捋了捋一头杂发，不好意思的表情。他说，你不要外传啊。我说你哪天把画让我看看，我们两个关系那么好。黄桥就笑，他说那些画已经被他妈妈撕了，他妈妈认为那几张画让她想起当年在苏北打仗时的国民党战俘。

我妈说就这样的，当年那些俘虏兵大冷天地站在那里，就着一条裤衩，还是破的，一个个瘦得脱了形。我妈看了画认为我和那些人一样，还把画给我爸看了，我爸也生气，我爸说这样的儿子要他做什么，扔出去喂狗吧。然后我妈就把它们都撕了。

楼前有路灯，但是光照不好。我和黄桥都带了手电筒，是怕画家看不清楚。楼梯和油漆也都准备好了，如果画家要改的话，那就改好了。黄桥肯定地说，他要是愿意改，那你就可以放心睡大觉了。

我多少有点疑惑。

他是画家。黄桥说。

画家姗姗来迟。早过了十点，已经是深夜了。我和黄桥坐在楼门前都已经快睡着了。画家喝了酒，人未到，酒味先是扑面而来。

你们这个地方好难找，画家说。怎么房子都是一式一样的。

我说我们这里是新村，是单位宿舍。

画家看到了黄桥，拍拍他的肩说，不好意思，刚刚跟人家喝了点老白酒，后劲老足的。你们这哪里可以方便？但是画家还没等我们说话，就自己跑到不远处的树丛中撒尿去。

黄桥吃惊地扭头看我，一脸苦相。黄桥说我弄错了，这个人不是那个人。我说他认识你，还画过你。黄桥说那算什么，我只要去，那些人就拉着我画。有时候是一个人画，有时候是一群人围着我画。棚户区里的人好像什么事都不做的，就是画。

那这个人的水平怎么样？我问。

黄桥摇头，不怎么样。

画家就站在楼前看画，他用我的手电筒照来照去的。他眯着眼看，看了会儿，他问，这就是你画的？

我点头。

画家在笑，又像是牙疼。

黄桥问像不像。

画家说瞎画。

黄桥说下礼拜一学校工宣队和老师都要来看画。事情搞大了，吓死人的。

画家问怎么啦，不像又怎么啦，吃官司吗？他拍拍我的肩头，别紧张别紧张，有我呢。不过你以后不要瞎画，就是想画，也要有我在场的时候画。随后画家就从包里取出了调色板，他在调色板上挤上了油彩，还取出了一把画刀。他说，我替你修修就好了。

画家爬在竹梯上画，他的整个身影挡住了画面。根本看不清他在做什么。后来他用刀子刮，发出一种锐利的让人牙根发痒的声音。

已是深夜，人家都睡着了，许多人天一亮就要去上班，但是画家不管，就是刮。墙粉纷纷扬扬而下，有风，那些粉末就飘落在我和黄桥的脸上。

画家忙完了之后，下楼梯。他又把楼梯搬到了一边，然后眯着眼看了会儿。他说不好意思，我有点近视，没戴眼镜。黄桥问，为什么不戴眼镜啊？画家说镜腿断了，等有钱了去修，哎你们看看怎么样。你们眼睛好，看得更清楚。

黄桥就看，煞有介事地像个鉴赏家似的近看远看忙了好一会。黄桥说其实他也看不懂画。黄桥转向我，那你说呢？画家说都是自家人了，要讲心里话，要讲心里话。

事实上我已经完全被画家的修改图弄糊涂了，有一个瞬间，我都弄不清那到底是谁的画像了。他一定是喝得太多了，他这么随意用笔，胆子也太大了。画家还在追问我，怎么样怎么样？有话直说，艺术问题不能虚假。

画家走了。画家的酒意似乎一直没有消散掉，他踩着夜光的长腿在打飘。他高声地喊，头也不回，扬着手臂。他说走啦走啦，不要谢啦不要谢啦！他肩上的大包和画板在晃，并且投下了极不稳定的恐怖的阴影。

不知为什么，这个时候路灯突然灭了，什么都看不见了。黄桥说，我说他水平不怎么样吧。可以听见送牛奶的车子叮叮当当过，我突然想到这里面有我的半磅牛奶。

后来的几天一直下雨。被画家改过的画像即便在雨天也不像了，那种奇怪的画风完全把我击垮了。我索性不再出门,在喝过半磅牛奶之后就睡觉。醒了之后还想喝,我妹妹说没有了,你已经喝过了。然后我就很失望地继续睡。

那天早上起不了床了,外婆说我乱喊乱叫吵了一夜。又摸我,说我发高烧了。然后我就吃了好多药,但是吃药不解决问题。还是继续发烧。

黄桥又来了,他带来了确切的消息。他说潘师傅跟他说了,明天会找人组成一个小组来看画。潘师傅说不看不行了,那个小淮海每天去办公室吵。黄桥还转达了潘师傅的意思,潘师傅希望我无论如何要和小淮海搞好关系,不然麻烦会很多。

我跟黄桥说这几天病了,没有下楼,我问他有没有看画。黄桥说当然看了,刚才进我们这栋楼的时候他还看了。我说是不是像一点了。黄桥挠头。

那几天我一直赖在床上,黄桥来我也不起。

黄桥说你还在发烧吧。我说让它烧好了,死掉算了。黄桥说不要太悲观好,就算他们看下来有问题,最多也就是吃几年官司,死是肯定不会让你死的。

那会判几年啊?

这个吃不太准啊,不过只要不是砸坏了石膏像肯定是不会死的。

要是砸坏了石膏像会怎么样?

那第二天就拉出去枪毙了,大刘家外地农村的一个亲戚的邻居就是这样的,先是开大会,大会之后就被民兵拉出去,一枪,那人狗吃屎一样扑通就完了。是大刘那次亲口说的,许多人都听见了。

当天夜里，我又乱说胡话了，还在屋里边哭边转圈。这些都是家人后来告诉我的。这晚我母亲在医院值夜班，我父亲无奈，只得把我送我母亲那里去。在路上，我问父亲，这是去啥地方？我父亲不回答我，只是背着我吭哧吭哧地往前走。我又问他，像不像？我父亲肯定是一头雾水，不明白什么意思。我就是盯着他问，像不像？像不像？我父亲吭哧吭哧跑得更快了。他大概有点慌了。

我躺在妇产科的治疗室里，周边的情况我可以看得很清楚，所有的人穿着白色制服，我母亲也是。有的时候，我会觉得我母亲穿白制服很好看，好看得有点不像我母亲。

杨医生也在场。杨医生是妇产科主任医生，声音浑厚，有共鸣。我很少听到这样好听的嗓音。显然，我母亲很信任杨医生，每次我去医院她总是让杨医生替我做预检。我甚至想过，我母亲当年要是嫁给杨医生也是不错的选择。

有一个小护士睡意蒙眬地匆匆跑来，急促地问，羊水破了没有？然后见是我，就吐了吐舌头，朝我挤了下眼，不再吱声。

杨医生在听我母亲陈述病史。我母亲说我近两个月来食欲不振，夜睡不稳，盗汗，谵语，消瘦，小便赤黄，便结，精神抑郁，逃学，社交恐惧，日加半磅牛奶，还买了一只老母鸡熬了一锅汤，鸡吃了汤也喝尽，但是病情丝毫不见好转。

我母亲转身又要我父亲补充当晚的情况。我父亲就把我当晚的表现说了，还说我在路上一直问他，像不像像不像。

杨医生正在按我的肚子，他为什么要按我的肚子？我又不是产妇娘。听到我父亲说到像不像像不像的时候，他止住了。他抬头问我父亲，什么像不像？

我父亲说他也不知道，就是听我在说像不像。

杨医生思考。又问我母亲，什么像不像？

我母亲说这个应该不是重点，重点是这个小孩子为什么变得日不思食，夜不成寐。到底发生了什么？

杨医生还在思考，现在他已经起身，在诊疗室的空间里踱步：像不像像不像。当时我就心想，到底是主任，水平就是不一样。很快就能找到病因。

杨医生对我母亲说，依我看像不像才是关键，一定要弄清楚什么是像不像。然后杨医生就开医嘱：注射一针苯巴比妥，镇静下来。我在想杨医生是对的，现在应该是深睡眠的时间，像我这么胡闹一气肯定是说不过去的。杨医生看我呼吸急促，并伴有哮鸣音，又说接点氧。

杨医生说什么我母亲都同意，我当然也不会反对。尽管我有点疑惑，杨医生水平高那是肯定的，但是杨医生毕竟是妇产科的，他怎么就对我直接下手了呢。我想跟我父亲交流一下这个问题，可是我父亲已经在打盹了。他一直在被别人监督劳动，每天都很辛苦。

护士替我打针。就是那个问我羊水破了没有的小护士。她的手势很温柔，我确定以后打针就找她。接着我的脸上就被扣上了蓝色透明的面罩，有风徐徐吹来，吹入我的鼻腔，并进入了我的肺。很快地我就昏沉地睡去，失去了整个世界。醒来是次日的傍晚，五点多了。

我在中心医院的妇产科观察室熟睡，班主任唐老师他们就去我家楼前看画，工宣队长潘师傅当然是去了，随去的还有两位美术老师（其中一位是美院下放的著名画家）。

天朗气清，一行人来到我们的楼下。四室阿姨认识唐老师。四室阿姨热情地打招呼，又问唐老师来找啥人。唐老师就笑笑，说看看，就看看。

他们在楼前看画，神情凝重。四室阿姨也抬头跟着看，她平时肯定不怎么注意这幅画，而且她老是赶我走，不让我看画，要我别发痴，回去吃夜饭。可是这次四室阿姨跟着看的时候，好像也看出了问题，四室阿姨说，哎哟好像变了哎。

他们在看画的时候，有两个人在看他们。一个是小淮海，小淮海在他家窗前举着望远镜幸灾乐祸地享受着这个场面。还有一个就是黄桥，黄桥是我真正的朋友，他是在替我担心。

唐老师他们看完画走了，回校。黄桥就尾随其后，想听到点什么，可是一无所获。他们一路走去，互相间没有任何交流。

下午，小淮海就去找唐老师，当时唐老师也快下班了。唐老师说哦你又来啦，你可真是揪着人不放啊。又说还是要谢谢你的，美术老师说你帮他们发现了一个艺术天才。

两位美术老师的评语已经形成了书面文字，唐老师就把评语给小淮海看，字草，小淮海根本辨不清。唐老师说看不懂吧，拿回去，慢慢看。

那张评语是黄桥给我的，小淮海无论如何看不懂，就拿去要黄桥看。黄桥也看不懂，又拿来我看。我其实也是看得半懂不懂的，美术老师的大概意见是：笔意准确洒脱，既现实又浪漫，充分表达出了伟大领袖的风采。块面运用大胆奔放,有立体感,如同浮雕的效果,画风独特,让人耳目一新。作者年龄虽小,但是很有前途,这是"无产阶级文化大革命"在美术教育领域里收获的又一硕果。

没过几天,我的半磅牛奶就停了。家里没钱了。

几十年以后,我在纽约的一家大画廊里看到了一幅青年毛泽东的画像,几乎一样,基本色调、笔法运用,甚至大小尺寸都差不多。作品的落款是个法文,看不懂。我在那幅画前站了许久,脑子里出现了那个画家,棚户区的,来了,在深夜,喝了酒,然后爬上去涂抹,还用刀片刮,细粉飘洒,落下来,路灯光很暗,在我身边还有一个叫黄桥的玩伴。当时面对那幅画想了好多,你可以想见我想了有多么的多。

不久,学校在操场上竖起了一个大牌子。校领导决定要在大牌子上画毛主席去安源。主画是美院下放的美术老师,美术老师点名要我做他的助手。

我站在数层楼高的脚手架上画,远远地我看到了人堆中的小淮海。小人,我一点都不想理他。他爸肯定就是个推小车的。

小调

楼西侧的那片空地热闹起来了，大家从楼里跑出，聚在那里。新村里许多户人家被造反派抄了，家里气氛很压抑，待不住了，都出来玩，在玩的时候就把烦恼抛在了脑后。经常会玩一种斗鸡的游戏，还有刮绫角、拉响铃、咪洞洞，等等。咪洞洞就是在泥地的四角挖四个坑，然后将玻璃弹子打进这几个洞坑里。几种游戏里面我最喜欢玩的还是斗鸡，架起一条腿冲进对方阵地，不是他撞翻你，就是你撞翻他，很过瘾。

逐渐地，人又少了。抄家风过去了，有些人家的问题基本解决了，转为人民内部矛盾了，那些人家的小孩就很少再来空地。五一就直截了当地告诉我，是他们家大人说的，要少和我们这种家庭的人交往，要避嫌。五一说我爸的问题和他爸的问题有本质上的不同，他爸是走资派，是站错队，一时错误，写了检查通过就好了，而我爸五七年就戴上了右派分子的帽子，是敌我矛盾，这种矛盾是你死我活的。五一在这么说的时候，我感觉得出来，他没有恶意，他只是告诉我一些生活真相。

不过五一还是要我去他家玩。五一说最近换到了几张三角邮票，我可以在他家里没人的时候去他家看。后来我去五一家看过三角邮票。但是仅有五一根本解决不了问题,那种深刻的孤独感自卑感时常让我觉得暗无天日。

那片空地依然是我经常去的地方,也不知道去那里做什么,往往就是靠着西墙站一会。那面墙是有温度的,温度是有变化的,有时候会让我舒服一些,可有时候恰恰相反。

未未会经常出现在我的视线内,她父亲也是毫无希望的敌我矛盾,也是右派。未未会一直盯着我看,就像追光一样,我其实想摆脱她的注视,但是很难。未未看我一定是有种亲切感,我们毕竟是同一类的遭人鄙视的贱民,是差不多的人。我跟她说你回家去吧,要吃夜饭了。但是她摇头,意思很明白,我不走,她也不会走。

未未长得一点不像她爸,她简直就和她母亲一模一样。都是极瘦的脸,下巴很长并且往前突,见面打招呼总是先把下巴伸过来。她是属于比较丑的那种女孩。

未未的母亲被捕过,受过刑,两个乳房都被割掉了。他们家的几个小孩全是吃奶妈的奶长大的。很多人都知道这个事,好像不是什么秘密。

后来在放学的路上,也会不断地出现未未,她随时都可能冒出来。她会在我的前方突然出现,朝我做个鬼脸,伸伸下巴,有时候,也会游荡在我的身后,就像一个影子。

很快地,班里的那些人就开始起哄了。见到我和未未在一起就乱喊乱叫起来,还吹口哨,还会编出一种莫名其妙的低级的小调来嘲弄我们：

> 两只右右是一对
> 两只右右在一道
> 两只右右手拉手
> 一根油条一块糕……

唱小调的什么人都有，起先是我们班的，后来别班的也加入进来。有一段日子，他们好像特别喜欢唱这个，让我无地自容。

同一层楼的九室人家有婚事了。从前九室阿姨一直和我们家保持着特别亲热的关系，但是"文革"了，我父亲再度受冲击，我外婆又被审查，事情一桩接一桩，她就疏远了我们，即便是近邻也是不理不睬的样子。至于九室爷叔早已和我家划清了界线，根本不说话的。他从区委调到了市公安局，有人说他是高升了。

结婚的是九室爷叔的亲弟弟，那人是个大学生，好多年了都住他们家，毕业后很快就结婚了。我对大学生的印象很好，他是那种儒雅文静的人，与任何人都很客气但又保持距离。新娘子看起来比较土，似乎与他并不相配。但是我外婆说，新娘子面相好，脸大有肉，助夫的。

那个时候结婚已经不作兴有婚礼排场了，要移风易俗。但是喜糖总还是要分给大家吃的。那天，九室一家就开始发喜糖了。是一个玻璃纸袋子，袋子里有几颗大白兔奶糖，还有几片小甜饼。喜糖的分发范围好像是本栋楼和隔壁那栋楼，当然也不是每户人家都有的，我们家就没有。他们家的二儿子耀耀见到我像逃一样，转眼就不见了。后来我看到一些人在吃糖，吃小甜饼，有滋有味的。我妹妹也只能看着别人吃，那个馋相实在让人尴尬。

我去楼西侧的空地。空地上本来是有人在的，我一出现他们就散伙了。他们聚在那里应该没什么事，就是吃糖和小甜饼。我看到大学生和他的新娘子从楼里出来，两人笑眯眯地走过。大学生跟我打招呼，他是研究数学的，对生活细节毫不关心，那些让我们家难堪的事情他或许并不知情。新娘子好像又胖了些，大喜日子她穿上了红袄，好像更土了，但是她真的一点不难看。新娘子只是专注地看着脚下走路，生怕一脚踩错弄脏了鞋，无论是楼前还是西侧空地到处都是泥坑积水。两人的胸前都别着领袖像章。

我靠着墙站了许久，那天的墙很凉。我看到太阳落下去了，它在下坠的时候被商业街上的某根旗杆刺破了，它的液体是灰色的。

我又看到了未未。这次她是搂着树干看着我，她还是那么丑，一点进步没有。她的下颌似乎更长了，更硬更锋利了，也更像一把铲子了。她朝我走来，嘴里含着糖，居然她也吃到了糖。她在我的面前停下了，又把手中仅剩的一颗糖塞给了我。这样，我也就吃到了糖。那是不折不扣的大白兔奶糖，有回味无尽的奶味。她说这个是九室耀耀给她的，不仅她有，她的两个哥哥和一个姐姐都有。我说我知道，耀耀家有人结婚了。未未说，好像你没有，你们两家吵了吗？我说瞎说什么，我怎么会没有，我当然有的，就是吃完了。未未笑，她说你真会编。

吃完糖，未未提出去苏州河那里，我就跟她去了。

其实我跟她在一起根本没有共同语言，她不停地说话，说她哥哥和姐姐的那些糗事，而我想听的还是她爸爸的事。后来我就忍不住问起她爸爸。她说她爸爸被关了。然后就没有话了。我问她爸爸关哪里了，她说她也不知道。

不过，未未说，他很快就要放出来了。

未未在说这个话时候，眼睛发亮。天完全黑了。苏州河边有路灯，有一束灯的光亮刚好打在她的额头和眼睛上，她的脸的下半部分处在暗处，隐去了。这个时候，她要好看许多。

从前，我的前排坐着薇拉。薇拉坐我前排时，我就一直对她的秀发想入非非，有一次居然伸手把她的发髻抓了下来。鬼知道我当时是怎么想的。后来前排就不断地换人，什么人都有，连我最厌恶的小淮海都坐过。再后来，坐在我前面就是未未。但是我对未未的脑袋彻底无感。她的后脑勺更像弄乱了的毛线，一团糟，看了就心烦。

教室里在任何时候都可能冒出那个小调：两只右右手拉手，两只右右在一道，两只右右是一对，一根油条一块糕……接着就有人拍桌子顿脚，兴奋异常，开心极了。哪怕老师在场也有人心血来潮突然就唱了起来，唱的时候就往我和未未这里看。老师不明白发生了什么，老师就说，唱什么唱什么，啥人在唱？早饭没有吃吗？什么油条啊糕的！

有几次，我和未未坐在苗圃的栏杆上胡聊，我父亲下班就看到了。未未看到我父亲就叫叔叔好。我父亲就点点头。未未在我父亲离去之后说,你爸爸好年轻,看上去比我爸爸年轻多了。我说他们好像是差不多年龄的。我问她,你爸爸出来了吗?未未说还在受审查。

那天晚上,就我和父亲在。父亲突然问我,你和秦家二女儿是同学?我说是的。我父亲就说,你要多关心她。我不太懂。我父亲说,有件事情你不晓得,她爸爸已经不在了,死了。这个事情就她妈知道,她没有告诉那几个小孩子,你也不要说,你就当不知道好了。

我的心里很难过,觉得未未真的是最可怜了,比我还可怜。未未的母亲和我母亲也是有来往的,她们好像是在家长会上认识的。我母亲一定是知道未未父亲的事的,所以那次在做了泡菜之后就要我送一碗去未未她家里,未未的父母都是四川来的。我很乐意送一碗泡菜去,要是以前,类似的事情我一定是转交给我妹妹去做。

未未家就在隔壁楼,但是我从来没有去过。她家是二楼。未未打开门,见是我就露出很吃惊的样子。我就把一大碗泡菜给了她。未未母亲刚好也在。她真是瘦极了。每次看到她,我都会想到电影上的那种酷刑。未未母亲接过了泡菜,闻了闻,她说谢谢你妈妈,这个我们都喜欢吃的。他们家本来就有一股泡菜的味道,好像还有麻辣豆腐的味道。墙上有照片,我看到了未未父亲,他好像在北京人民大会堂开会。那是一个胖人,在开怀地笑。照片比他本人还要胖。但是他已经死了,未未她妈和我们都知道他已经死了,就他们家几个小孩不知道。他们肯定还在等他们的爸爸归来。我大概有点发呆,未未就问我怎么啦。我说没什么,我在看你爸爸的照片,他好胖。未未说是胖,我爷爷也胖,我以后可能也会胖。我说你不会胖,你可能像你妈妈,瘦。未未说,那我宁可胖。

又有几个人出现在空地了。有新来的,也有的是来过的,走了,又来了。空地就是个窗口,基本上可以判断出他们家里的情况。我们又在一起玩,大家相互间也不多说什么。

后来有一个叫长脚的高年级生经常来,他家住的那栋楼临街。五一有次指给我看,他说,喏,长脚就住在那里,那是二层楼的最西端的几间屋子,有好几扇玻璃窗都是碎的。长脚是那种相当冷漠的人,别人在空地上玩,他不玩,他只是看。从开始就看,一直到结束。他坐在花园的栏杆上,那不过是一根细细的铁管子,他就一直坐在那里,好几个小时。

有一次空地上就剩下我、未未,还有长脚。长脚依然坐在栏杆上,他突然说,喂,你们两个是什么关系,敲定了吗?我觉得他还是不说话的好,他说这种话和班里的那些人唱小调没什么两样。未未应该也不喜欢长脚,长脚说什么,未未都不想听。未未走了以后,长脚就跟我聊天。长脚喜欢说女人,他在说女人的时候表情十分生动,神采飞扬。这个时候他就像变了个人一样。他说那天他在长风公园的山洞里看到六号王建家的表姐,表姐跟一个男人搂在一起打开司,那个男的手伸进王建表姐的上衣里。王建表姐我认识,有几次我去王建家玩,王建表姐就和我们打牌。王建表姐很漂亮,就是脸上有点雀斑,像淡淡的鸟屎。我不知道长脚说的是真是假。长脚还说他有办法在他阳台上看到楼下厕所里女人的屁股,还说如果我要是表现好的话,哪天他可以带我去开开眼。他家楼下以前住过一个混血女人,他也看过那个女人的屁股。长脚说没什么两样,差不多。

我说我要回去了,听见外婆在叫我吃晚饭了。

他说你敢,你要是现在走,那今晚你们家的玻璃就不会有整块的了。

长脚的个儿太高了,而且他的脸上有一种凶相。也是五一告诉我的,那次造反派抄他们家,他跟人家打起来了。人家三个人围着他打,把他打趴在了地上,但是长脚根本不服输,一直骂。

我就和长脚一直坐在花园的围栏上,其实,我们已经没有话可以说了,关于女人的话题,他说的也差不多了。他要听我说女人,我实在说不出来,就是能说出来,我也不会说。长脚又问我,哎,那你说实话,你喜欢什么样的女人。我说漂亮的。长脚说怎么个漂亮法,要有多漂亮你才喜欢。我说像王建表姐就可以了。长脚点点头。

我还是回去吃晚饭了。等我吃完了饭出来倒垃圾,长脚居然还坐在那里,他坐在那里就像练功一样。他的身影在月照下拉得细长。我有意踩上了他的影子,他说你不要踩,我要痛的。

有些日子,我成了长脚的尾巴,跟着他跑东跑西,去永安公墓捉蟋蟀,去静安公园看大字报什么的。未未也是一定要去的。她就是尾巴的尾巴,不过长脚很不把她当回事。

有一天去师范大学看大字报,长脚看累了,就去了一个僻静的地方休息。他掏出了一个小本子出来读俄语,后来我知道长脚其实功课很好,以前的梦想就是进师大学俄语专业。长脚在背俄语单词的时候,两眼发直,而某个单词的发音又像是喉管里有痰卡住了一样。未未见状冷笑，就扭头独自跑去玩了。等到长脚决定要回去了，却找不到未未了。

长脚说，不管了，我们走吧。

我是担心未未的，她根本就是个路盲，完全没有方向感。

找了好久才找到了未未，果然她是迷路了。

长脚就对着未未大嚷起来，他说未未是个小×养的，一个几百年都不见的丑八怪。带你出来还老是找麻烦，有你在身边真是男人的面孔都丢尽了。

长脚在骂未未的时候，未未没有看长脚，而是直勾勾地看着我，就好像是我在骂她一样。

以后凡是有长脚的时候，未未就不再出现了。当然她还是坐在我的前排，她好像注意些发型了，有时候还会有一两个红的绿的发卡别在上面。班里的那些家伙依然会心血来潮地朝着我和未未唱小调，小调的源起与本意已经不重要了，要的就是起哄，取乐而已，我已经是麻木了，我想未未大概也是麻木了。她在小调的此起彼伏中就石化在那里，像个碑。

父亲问我近来未未怎么样了。我说不太清楚，除了上课，她好像不大出来玩了。我父亲又叮嘱我，要多关心她。

那天下午放学回家，我看到未未在前面走，我就叫她。但是她不理我，我就一直跟着她走，到了她身边她还是不理。在空地上，我看到长脚坐那里发呆。我随着未未穿过了空地，长脚哎哎地叫了两声，我们都没有扭头。

未未一直往苏州河边走,我也跟去了。原先我们常去的那个废墟不知道什么时候被清除了,当然,在周边又有更多的破烂堆了起来。我们就坐一块锈迹斑斑的冰凉的铁上。

未未说,其实你不用同情我的。

沉默。我不明白她的意思。

未未说,其实我爸爸死了,我知道。

我吃惊地看着她。

那天晚上,未未做了一个梦,梦见她父亲的嗓子被堵住了,说不出话,她父亲只是对着她伸长手臂,像是有千言万语。然后她就再也找不见父亲了。未未说,就是这个梦让她特别地想看到爸爸。第二天,她就去了区委机关找父亲。有一个车队的司机刚好在,司机以前替未未父亲开过车,也认识未未。司机就直白地告诉未未她父亲已经死了,是自杀的。未未就坚持一定要看爸爸,司机说已经在殡仪馆了,看不到的,正要通知家属呢。未未问她爸爸是死在哪里的。司机就带着未未去了车库。"文革"后车库已经被隔成了小间,专门关人的。在一个小隔间里,未未看到了她父亲的一只布鞋。然后她就把那只布鞋捡起,装进自己的书包里。

未未说这个事情她一直没有告诉家里人。母亲瞒着她,没用。我们这些人都瞒着她,也没用。所有的人都不知道,她才是最早直面死亡的人。

未未打开书包,取出了那只布鞋。我想接过来看,又有点怕。未未说她已经洗过了。我后来还是把这只鞋拿在了手上,这是一只圆口的布鞋，普通极了，那时候大家都穿这种鞋。是右脚的鞋，死者的脚好大。

接下去未未要我发誓，要我向毛主席保证我回答她的每句话都是真的。

我就保证。

你以为我什么都不知道是吧？未未说。

嗯。

那你和我在一起，是可怜我是吧，请说实话。

我爸爸要我多关心你。

那你本来是不想和我在一起玩的是吧？

……

说实话，你保证过的。

这个，可能吧。有时候我更喜欢和别人一起玩。

说实话，如果我是薇拉，或者是小美，那你会很开心的是吧？

可能吧。

我长得很难看的是吧？

这个……

实话！

有时候看上去确实，有点，难看。

嗯，我懂了。那长脚那天说的，我跟你们在一起，丢了你们男人的脸，你也觉得他说得有道理的是吧？说！说实话！

反正我也是习惯了。只要你愿意，我会一直陪你玩的。我知道你心里很难受的。

未未沉默。

我爸爸年轻时很英俊的，我两个哥哥都像我爸，未未说。可是我妈妈就长得一点不好看，但是我妈妈的级别要比我爸爸高，我爸爸本来就是她的助手。我会像我妈妈的，就是胸都没有了，这个你们都知道的吧，我也不隐瞒了……

我点头。

就是这样了也没什么，她一样还是很了不起。当年还是我爸爸追她的。

我侧头去看她。夜光下她的面部线条依然是那么不合理，怪里怪气的，甚至把她的表情都弄得难以捉摸。我使劲去发现她的外在的美，但就是一点都找不到。我可以听见自己心中的某种绝望的断裂的声响。

后来她说你走好了。我说我还是陪你坐会吧。她还是执意要我走，说我身上有股韭菜的味道。她生来不吃韭菜，甚至厌恶韭菜的。这样我就走了，想到晚上外婆会做韭菜炒螺蛳肉这道菜，我就吞口水，就走得更快了。我还回望了一下，我看到未未在搬动我们刚才坐过的那块铁。一会儿，就听到有东西掉落到了河里的扑通的响声，我是在回跑了几步，在确认了就是那个铁块，而不是别的什么落河之后才放心地离去的。

那天下课，又有人在唱小调，他们先是唱另外的一个什么人，随后就唱到了我和未未。这时候我看到未未从坐椅上起身，然后她就朝着大王走去。大王姓王，习惯上就叫他大王。这个大王经常起头，唱得最响，也叫得最欢，他在打架的时候会动刀子的，谁都不敢惹他。但是未未根本不怕，未未到了他的面前，突然从兜里取出了一支没有笔套的钢笔就朝着大王的脸上扎去。大王在未未的突袭下吓蒙了，那支钢笔就直直地插在了大王的多肉的腮上，如果不是大王躲避及时，后果一定会更严重。事后他们说未未的那支派克笔原本是直奔大王的眼珠子去的。

  大王的父亲来了，王父是产业工人，据说还当过劳模，高大健壮。老师把事情经过说了，又告诉了王父未未家的情况。王父沉默良久。然后他拍了拍未未的肩，王父说委屈你了小姑娘，也对不起你死去的爸爸。

  然后王父操起一把椅子转身去抡他的儿子，大王见势不对赶紧夺门而逃。王父说操你妈的，我砸死你！

  小调没有了，谁也不敢唱了。有未未坐在那里，教室里会安静许多。不久分班了，我和未未不再是一个班。她逐渐地淡出我了生活。

  空地还是那块空地，就是很少还能见到未未。一开始是有点惆怅的，但很快就什么都忘了，小孩子是不长记性的。

  几十年以后，小学同学聚会。未未也来了，她是某投行的执行董事，她跟我握手。片刻，她想起来了，她笑笑，哦，记得你记得你，还好吗？她是职业套装，直发齐肩，看上去洒脱干练，非常帅。

直角转弯,直角转弯

七室爷叔是那种彬彬有礼的人，我们小孩子从来不惧七室爷叔，他原先有一辆自行车的，偶尔那辆车子停在楼前忘了锁，那些会骑的人就骑上去乱兜。七室爷叔见了也不生气，只是喊，要当心啊要当心啊！我记得那是一辆凤凰牌的轻便车，黑色的，可是后来那辆车就不见了。我母亲说七室爷叔在交大读书时拿过跳高冠军、跳远冠军，还有短跑冠军什么的。总之，在交大的田径场上他一直都是冠军。

　　"文革"一开始，七室爷叔就被打倒了，说他是国民党特务。他好像是最早被关进所谓"牛棚"的那一批。出了"牛棚"以后，七室爷叔就被勒令不得乱说乱动，除了上下班坐坐公交车之外，平日里绝对不允许他走出四条马路，据说为的是防止他串联串供。那个勒令布告就张贴在楼下，目的是要众人监督。

　　四条马路指的是南江路、北江路、青山路和紫英路，我们这个新村就是被四条马路圈起来的，有二十几栋楼。记忆中小时候很少与四条马路以外的人交往，尽管外面的世界大至无疆。

傍晚，七室爷叔就在外面散步。看到谁，仍然是客气地点头微笑，他始终很淡定，没有那种苦大仇深活不了的样子。即便落难，七室爷叔依然保持着他的风度，他瘦高，走起路来也是一板一眼的。当然七室爷叔百分百地恪守着造反派定下的戒律。他始终把自己局限在四条马路之内，从不越雷池一步。

我看到七室爷叔沿着南江路一条线似的笔直地走来，到了和青山路交汇处就立定转身，在转身时他的支撑腿会就地拧过一个九十度，另一条腿再横敲在支撑腿上，然后双腿并拢，顿住，再起步走。到了和北江路接口处又停住，在重复了上一个直角转弯的动作后，继续前行。他的行走和直角转弯都很有仪式感，我甚至觉得他应该去仪仗队，有时候我又觉得他像只忧伤的鸵鸟。

那次我看到七室爷叔笔直地走在一条线上，到了青山路中段的某处他不走了。然后他就看马路对过，对过是商业一条街，一条街是我们这里最热闹的地方，那里还是附近几个街区的政治文化中心，橱窗上贴的大字报根本看不过来，还经常会有人在那里宣传演出。七室爷叔站着，看着，他的样子十分可怜，他不能去那里。一条街已是禁地，在四条马路之外，是彼岸。

七室爷叔朝我招了招手，我过去了。七室爷叔问我，你们现在还上学吗？我说基本不上了。他说是啊，娜嘉好像也不去学校了。娜嘉是他的女儿，和我同班。七室爷叔说完微微地摇了下头。然后他压低了声音问我，你帮我一个忙好吗？我说好的。他掏出一点钱来。他要我帮他去对过一条街买包火柴，他说他想抽烟可是没有火了。我拿了钱就往马路对过跑，他又叫住了我，他要我再加两颗大白兔奶糖。

　　我就跑去青山一条街替他买火柴，又加两粒糖，果然钱是刚好不多一分也不少一分。七室爷叔后来把两粒大白兔奶糖塞在了我的兜里。后来我在吃糖的时候被我母亲看到了，我母亲问，你哪来的糖？我说是七室爷叔给的。我母亲说他请你吃糖，有什么开心的事，他解放了吗，可以随便乱走了？我就把事情经过跟我母亲说了。我母亲叹息，她说他要是真的跨过去了，又能怎么样，那些人真能吃了他？

　　一个下雨天，我又看到七室爷叔站在青山路边上发呆。我想他大概又遇到难题了，就走了过去。我是小伞，他是大伞。他的那顶黄色的油布伞已经破了，即便是打着伞，他的头发也是湿的。

　　你替我去买包烟好吗？七室爷叔说。

　　我当然是愿意，然后我就替他去买烟。七室爷叔以前抽的是大前门烟，逢年过节偶尔也会开个荤，抽点牡丹什么的。他的香烟壳都是我们要抢的。他曾经也给过我香烟壳子，有大前门，还有牡丹。但是这次他只要劳动牌的烟，他以前抽的大前门的价格差不多是劳动牌的两倍。这次他没有说要加两粒大白兔奶糖。

　　我在买烟的时候遇到了麻烦。那个卖烟的女人脸熟，一定是哪个同学的母亲，她好像也认得我。她说你这个小赤佬，这么小就不学好。我解释说并不是我抽烟，我是替别人买的。那个女人根本不卖烟给我，还赶我走，还说要告诉我的班主任。

　　七室爷叔说没关系没关系的，但是他的眼睛依然死死地盯着对过的商场。我说你自己去买好了，没人会看见你的。

看得出来他的内心在挣扎，我觉得他的整个身子绷得很紧，突然他说，你肯定？

我说下这么大的雨啥人看？你用伞遮住了脸就好了。

七室爷叔呵呵地笑了笑，然后就说我和别的孩子不一样，特别的聪明，以前也听他女儿娜嘉说过，我的成绩一直很好。接着他果然用雨伞罩着去过马路，他在过马路的时候险象环生，风大雨大，大卡车公交车乱开一气。划过划过，只差那么一点点。七室爷叔只是躲在伞下，埋着头往前走，感觉上是宁可被车子压死，也不想让人看见自己的脸。

有一段日子，我没有看到七室爷叔。我问娜嘉，你爸爸呢？娜嘉别过头去不理我，她飞快地过了马路跑远了。后来我再次遇到了娜嘉。我问她为什么不理我。娜嘉说她忙，要照顾她爸爸，要替她爸爸去医院拿药。她爸爸被人打伤了，一直躺在床上养伤。又说是造反派打的，那个打他的人还是他爸爸一手提拔起来的。我说，为什么要打？娜嘉说，有人揭发告密，说我爸爸违令去一条街买烟。

娜嘉说完直直地看着我。我说肯定不是我告发的。娜嘉说，那你是不是叫我爸爸去买烟？我说是的。娜嘉说她爸爸也就买过这一次烟。我急了，我说肯定不是我。娜嘉说，你急什么。哪个说是你啦，你不要心虚好吧？若要人不知，除非己莫为，你自己好好想想，对吧？

真是奇怪，七室爷叔去一条街买烟，这个事情我根本就没有跟任何人说过。我也只跟母亲说过替七室爷叔买过一盒火柴，还吃过他给的两粒大白兔奶糖，如此而已。

我跟母亲说七室爷叔被人家打了。我母亲说知道，髋骨碎了，那天她在医院的骨科门诊看到他了。我母亲说七室爷叔人老好的,他上一辈是资本家他又不是资本家,人家也是革命干部,就算是被捕过又怎么了。为什么老是揪着人家不放,老是查查查,还动手打。

七室爷叔的腿伤好了之后,又出来散步了。他走路的样子略略有点跛,不过还好,如果不知内情一般人看不出来。有人说他也是因祸得福,正是因为腿坏了才没有去五七干校,要不然苦死。到底是五七干校苦,还是限制在四条马路内转圈苦,这个真是无从对比。中学毕业后我去农场务农,去五七干校看过,当时地里油菜花黄澄澄地开,大片大片的,那种澄黄在烈日的照射下简直亮瞎了眼。一些人在地里劳作,有戴草帽的也有披头巾的。当地人说那些都是从上海来的要改造的人。我当时就想,啊,原来这就是五七干校啊。

七室爷叔的老母亲也同他住一起,我们叫她七室好婆。以前七室好婆一直是深居简出的,很少走出楼门。但是七室爷叔被禁足了之后,七室好婆就经常外出了,她是要去一条街购物的。七室好婆拄着拐杖蹒跚而行,感觉上走得很艰难,越来越难,她儿子的腿伤似乎也辐射到了她。七室好婆通常是挎着一只小小的精致的竹篮子,那只篮子的底部编织有一个紫罗兰色的六角星。

那个傍晚,七室爷叔又沿着四条马路转圈去了,家里除了好婆之外,不再有其他的人,娜嘉在外面忙,娜嘉的妈妈也在外面忙。晚饭肯定是好婆做的,好婆炒菜,她打开盐罐后意识到有问题了,还要炒三个菜,可是罐子里的这点盐肯定不够的。

这样七室好婆就关上了煤气,挎上了小竹篮去一条街买盐。

上午下午一直在下雨,在七室好婆出门的时候,雨是停了,但是路上有积水，而且很滑，那天不知为什么，好婆连拐杖也没有拿，可是一个腿脚无力的老人在这样的环境中出门是很危险的。

好婆过了马路，去了一条街，她买了二两盐，好婆真的想多买一点，因为到了月底可能会不够用的，但她家的配给额度已经用满了。好婆在买了盐了之后，又买了半块洗衣用的臭皂。

然后七室好婆就从商店里出来，暮色厚重了起来，五米开外就有点看不清了。

好婆来到了一条街青山路的路边。正是车流高峰时间，那些车子飞快地驰过，尖利的车喇叭嗷嗷地叫着，像是哪里发生了不得了的事。好婆开始慌乱，她突然感觉到来时容易回时难，现在要穿过这条马路是一件相当困难的事情。

青山路是四条马路中最宽的一条路，是上海西区的一条主干道。青山路上的交通事故也是最多的，我们的小学在青山路对过，即便读到三四年级，上学过马路也经常有大人接送。可无论怎么当心，车祸还是时有发生。我就亲眼看见有人被一辆解放牌军用卡车轧死，当时正在楼门口玩，突然一声轰响，我们赶紧跑去看。但见一个男人被死死地压在那辆车的轮胎下，是压在颈部。那人在挣扎着试图起身，但是动不了。一会儿血就流了出来，看上去血是黑色的。不知道为什么车上的驾驶员迟迟没有出现。有个老头在边上急声叫：轧死人来轧死人来！

七室好婆在青山路边眩晕的时候，七室爷叔刚好沿东江路散步走来。他在路口完成了一个标准的直角转弯之后，又沿着青山路前行。这个时候他抬头，看见了他的母亲立在马路对过不知所措的样子。七室爷叔喊，姆妈！姆妈！当心！好婆也看到爷叔，好婆心里急，不住地朝他摆手，好婆就是怕爷叔穿过马路去接她，如果那样后果不堪设想。上一次越过马路被什么人告了，被人家打断了腿，要是再犯那就不知道会打成什么样了。

七室爷叔的脑子其实是清醒的，他意识到了眼前局面的危险性。七室爷叔也顾不了那许多了，他左顾右盼了一小会儿，然后就抬腿往马路对过去。

七室好婆是在看到她儿子要过马路的时候，决然地冲向马路的，让好婆下决心的是，她刚好遇到了红灯。她是偶然听什么人说过，马路上信号灯改了，现在是红灯走，绿灯停。其实这个不过是运动初期那帮子红卫兵乱说的，好婆也没有弄清楚其实也不想弄清楚，因为本来她是根本用不着出门，更是用不着去穿红绿灯的。就这样七室好婆被车子撞了，就在她儿子的眼皮底下。据说是一辆小车刮倒了七室好婆，她就那么倒了下去，轻飘飘的，如同一片晚风吹落的残叶。

那辆小车连个刹车都没有就驶远了，可能是没有意识到车祸，也可能是存心肇事逃逸。总之它消失得无影无踪，没有人再能找得到它。

大概是十几天以后，七室好婆就死在医院里了，当时的那个地段医院是在四条马路以内，那些天我可以看到七室爷叔一直往地段医院跑。我母亲对七室爷叔说还是转到中心医院去吧，那里医疗条件好些。七室爷叔说老人现在更需要亲人照顾，地段医院要方便些。中心医院在四条马路圈外，我母亲理解他的苦衷，就不多说什么了。

某一天,我看到娜嘉把一些旧物扔进了垃圾箱里,她的臂上佩有黑纱,我问,你奶奶死了吗?娜嘉对我依然冷淡,娜嘉说她是被人害死的。

又过了几天,我放学,看到一只竹篮子在地上滚动,可以肯定的是,眼前的这个带六角星的篮子就是七室好婆用过的那只。它真的在滚动,当时没有风,可它就像是装了小马达一样,一直在地上滚。

对于七室爷叔来说,生活又回到了常态,他继续在马路边走直角绕圈。

比较起来,紫英路最为僻静,几乎不通机动车,路边是高大茂密的白杨,就是树上有刺毛虫,那是一种美丽而邪恶的虫子。一旦被那些小刺毛刺中,真是钻心地疼。西江路是穿越菜场的一条路,菜场的那一段,脏乱臭,几个刮鱼鳞的女人几乎就把摊设在了路的中央,一旦和什么人争吵起来,她们就会大声叫骂,还会把烂带鱼当作鞭子啸啸地往人家身上甩。东江路就是一条土路,小学三年级时我转过一次学,后来的小学校就在东江路上,逢雨天,一定是要蹚水去学校的。沿着东江路往北走,差不多在路的尽头,是一个不小的池塘,夏天那个池塘里可以捉到泥鳅和青蛙。我的堂兄弟们住在上只角,暑期他们来,就一定要我带着去池塘玩。

至于青山路,不再多说了。有时候,它简直就是一条血路。

七室爷叔不再引人关注,那是因为十六室爷叔也被囚禁了。谁都知道十六室爷叔和七室爷叔在区委机关里原先是一个办公室的,但是两人面和心不和。据说是十六室爷叔忌妒七室爷叔，总以为是七室爷叔挡住了他的道。十六室爷叔后来也受审了，他的活动范围被限得更小，索性不让出楼。除了上下班，凡是出楼都要向楼组长汇报，回来也要汇报。十六室爷叔是闲不住的人，进进出出，依然很忙。每天他都要向楼组长汇报好多次。人家楼组长也是要忙家务活的，楼组长说烦死了，你的事情你们单位自己管，我不管。楼组长如果不准假，十六室爷叔就跟她吵。他们一吵我们就当西洋镜看。有一次楼组长点着十六室爷叔的鼻子说，像你这种没有底线的告密分子，就是要让你吃吃苦头！那些天，我们可以听到十六室爷叔的号叫，他是把自己关在家里叫的，不知道他在叫些什么，没有具体内容。

我后来想告密分子是什么意思，会不会七室爷叔去一条街买烟的时候，十六室爷叔就跟在身后。那天下大雨，一些真相被雨伞掩盖住了。十六室爷叔目送着七室爷叔打着黄油布伞过了青山路，然后哼哼冷笑两下，以为机会来了，从今往后他的仕途就一帆风顺了。楼组长肯定是知道什么的，要不然她也不会这么说，但是我们小孩子怎么可能从楼组长的嘴里掏出真话来。

十六室爷叔后来得以适度解禁，进出楼自便，但是他的活动范围和七室爷叔一样，也是不能突破四条马路。有关他的勒令布告同样贴在楼前，机关造反派的整人手段没有什么新意，就那套，可是我从来没有看到十六室爷叔绕过圈。十六室爷叔每天都要去菜场的，他的篮子里都是菜，可菜场明明就在西江路对过。十六室爷叔不同任何人打招呼，他是个冷面胖子。

绕圈的还是七室爷叔，往前，直角转弯，继续往前。他的人生目标和路径好像已经锁定了,就这么不紧不慢地绕下去,走下去。后来听说他有了点精神障碍,不过还能正常上班。在我读中学的时候,他们家搬走了。

灵异事件

十二岁那年我患了肾病，腿突然肿了起来，小便赤黄，还呕吐。后来就住进了医院。在医院里待了有两个多月，在两个多月的时间里，基本与世隔绝。

出院以后，我去学校上课，在路上遇到薇拉。我在住院的时候，薇拉来看过我两次，她老是说根本用不着去学校，在医院住着好了，愿住多久就住多久。薇拉见我去学校就要我回转，她说这些天不少老师都政治学习去了，学校里不会有人的。我说我还是想去看看，我有点想去课堂上坐坐了。薇拉说，好吧，那我陪你去，反正去了也白去。

学校里果然是空荡荡的。我们到了三楼，我们班的教室原本是在三楼的，但是现在找不到了，到处是乱七八糟堆放着的课桌椅和杂物，好像在大搬家。我问薇拉，教室呢？薇拉说她也不知道，上个星期好像还在的，怎么突然就没了？

薇拉提议去四楼看看。学校办公室集中在四楼，到了四楼没有看见一个人在办公。多半的办公室的门都锁着，也有敞开着的，譬如教导处的门就开着，还有图书馆的门也是开着的。以前，图书馆是我们最向往的地方，但是我们肯定不能随便进去。要有图书证才能进去，而图书证每个班级只有几张，要轮的，我的感觉是每一个轮次的周期会很长。

　　分管图书馆的是吴老师，我们叫她吴老太。吴老太是极其严肃的一个人，未婚，他们说她是老处女。吴老太家在淮海路，没有人去过她家，只是知道她住在那个地方。有人还看到过吴老太在淮海路的美发厅做头发，据说做头发时她嘴里还含着一根雪糕。但是吴老太一般很少回家住，平时她就睡在学校里。吴老太跟好多人说过，她每次回到家以后，第一桩事情就是把所有屋子的电灯打开，这样她会感觉到热闹些。如果从这个角度上想，住在学校里肯定要热闹许多，即便在晚上也不会寂寞。

　　学校里有一个很小的黑白电视机，那个是值班老师的特权，但是每个晚上都会有学生翻墙去看。我当然也做过这样的事。电视机就在四楼的会议室里，黑暗中我们潜入。会议室有两扇门，门上有窗。我们就趴在窗前看那个小屏幕上的黑白变幻，其实什么也看不清，就是可以听到些声音，但是在说什么也不知道。

　　这种时候就会遇到吴老太，她就立在我们的身后，一点声响没有。待我们转身过来的时候才看到她站在那里，大家都吓得半死。还有一次她也凑着跟我们一起在窗前看，当然我们谁也没有意识到旁边的那个脑袋就是吴老太。一会儿，吴老太就幽幽地说，看到什么了吗？

　　在夜晚，吴老太总有事做。学校里有好多只野猫，吴老太就会送吃的去。那些猫都认得吴老太，只要她一出教学楼，就会窜到她的身边。吴老太就说，哎哟乖囡乖囡，不要急不要急。学校大门那时候是铁丝网状的,什么都能看见。如果是晚上十点钟左右路过学校,经常会看到这一幕。有一次薇拉看得发痴,薇拉说她要是老了,也会养许多猫,黑的白的花的,然后每天晚上给它们弄吃的,再叫它们乖囡乖囡。

我推门走入了图书馆,那里面已经没有什么书了,我看到地上有半本《红楼梦》,还有几页《伊尔绍夫兄弟》的残片。这个时候,身后的房门突然关上了,"砰"的一声。没有风,我不知道房门为什么会突然关上。去开门但是拉不动,像是锁上了,喊薇拉也没有回音。后来心想应该是薇拉在跟我开玩笑。这个时候天暗了下来,看窗外知道是下雨了,我被关在了图书馆里,偶然一瞥居然看到书架上有一本《海底两万里》的精装版,这本书是我的最爱,不知道为什么它会劫后余生,书上满是尘土。就在我翻这本书的时候,我好像听到了鼻息声。这时候突然冒出了一个声音,你在看什么?我扭头,什么人也没有。可那个声音是确实的。我想起来了,应该是吴老太的声音,那个时候我们偷看电视,吴老太在身边说,看到什么了吗?就是这个声音,完全一样。难道吴老太还在图书馆里吗?可我甚至连书柜底下都去找了,根本没有吴老太。突然间我觉得恐惧,心想无论如何要逃出图书馆,在一个破柜子里我找到了一把锈迹斑斑的扳头,这个东西十分坚硬,应该可以把门锁砸开,就在我对着门锁扬起扳头的时候,薇拉推门探进头来了。

你怎么啦,在里面待了这么久?

为什么要锁门?

没有啊,我一直都在走道里等你。这里面好脏,我粉尘过敏,也不想进去。走吧，要下大雨了。

薇拉就拽着我出门，下楼梯，往楼外跑。但是已经下雨了，雨如同闪光的水帘一样挂了起来。薇拉摇头说回不去了。天黑得已经像晚上了。风很凉，一并带来了远处的水腥气。我说，薇拉，吴老太在图书馆里。薇拉扭头看我，她眯着眼，那是我熟悉的表情，那说明她真的是非常的疑惑。我说我还听到她的声音。薇拉突然嘿嘿笑，薇拉说真的啊，那她都说了什么。我就重复刚才我听到的吴老太的话。

那你看到她人了？

鬼知道她在哪里，找不到。突然说了一句话就消失了，也可能她已经离开图书馆了，你在走廊上遇见她了吗？

薇拉突然大笑起来，薇拉说我这个人真是太可笑了，说我住医院住傻了，人死了怎么还会说话。薇拉告诉我一个月前吴老太就死了，别处的红卫兵来学校开会，然后就批斗了吴老太。有人揭发吴老太不结婚是在等她的男朋友，而她的男朋友是国民党军官，四九年就去了台湾。批斗吴老太的那天，许多人都朝她身上扔东西。

黄桥说他天天梦见吴老太，黄桥说这个话的时候，移山、薇拉在场，鲁鲁也在。那天晚上我们在乘凉，月亮很好。我说你梦中的吴老太在做什么。黄桥说也不做什么她就是一直跟着我，我说你走开走开，她还是跟着我，她一面孔的僵尸表情。黄桥说完之后，大家沉默，每个人的心里都有点紧张。鲁鲁说她奶奶说过的，鬼是有的。薇拉说鲁鲁在乱讲，人死了就像青烟飞上了天。但是鲁鲁坚持说鬼肯定是有的，她奶奶从前在乡下的时候，经常看见鬼，各种鬼，有的鬼是长舌的,那根舌头是猩红色的伸在外面。有的鬼比纸还薄,穿过你的时候你没有感觉。又说她奶奶最害怕的一种鬼就是没有脑袋的,而且还能叫出你的名字。薇拉说,你奶奶要是再说这种话就要被批斗了。鲁鲁说批斗什么她奶奶早就不在了。

我奶奶还说过,如果一个人死了,那个死人还跟着你,那就是你欠了那个死人的,死魂灵是来讨债的,你有可能欠了钱,也有可能是别的什么东西。我奶奶说那时候乡下有一个人死了,那个死灵魂就跟上了一个活人,原来那个活人就是凶手,死灵魂是来讨命的,其实就是那个活人欠了那个死人一条命。

我看到黄桥的脸色已经变了,他的眼睛空洞了起来。我叫他黄桥黄桥。但是黄桥并不理我,他只是摇了摇头,又摇了摇头。

她是自己死的,和我一点关系没有,我就是朝她扔了石头。黄桥说。

那天吴老太的批斗会是在操场上举行的,本来是要批判校长的,但是校长去教育局批斗别人了,吴老太是临时被叫上台的。许多人都朝吴老太丢了石头。黄桥也丢了石头,据他后来自己回忆,他应该是丢了三块。一块扔在了吴老太的身上,另一块扔偏了,重重地砸在了旁边的女红卫兵的太阳穴上,但是女红卫兵金刚一样丝毫知觉没有,继续拷问吴老太。还有一块黄桥怎么也想不起来扔到哪儿了。移山承认他也扔了,他扔的是泥巴。他扔泥巴不是他想扔泥巴,而是他已经找不到石头了,石头都被黄桥这些人抢掉了。后来他挖出了一大块泥巴,捏成丸子,一个接一个地扔,大概扔了十几个。薇拉说她没有扔,肯定没有,她只是朝着吴老太吐唾沫。她挤到了操场的领操台前,就跳起来朝着吴老太吐唾沫,她很想把唾沫吐在吴老太的脸上,哪怕身上也可以。但是她的力气还是太小了,而且其实嘴里也没有多少唾沫,那天风又很大,她吐出的那些唾沫星全飘回了到了自己的脸上。

其实那时候大家最恨的是一个体育代课老师,那个代课老师会找出各种理由去体罚男生,俯卧撑,立壁角,最让人不能接受的就是让学生自抽耳光。他还长得一副下作坏的面孔,其实面孔和本质都下作,女生在翻垫子的时候他就去摸她们的屁股。尽管吴老太并不讨喜,但是也没有什么人真正地恨她。她分管图书馆,如果你有阅览证,那么她就让你进,如果你没有,她也会客客气气地拒绝你进,并说明理由。到了晚上,吴老太才稍微地活络些,她的瘦削的身影如同半个隐形人那样移来飘去,但是绝对与人无碍。还有在喂养流浪猫这件事上,你也不会去憎恶她,只是觉得她有点怪。

再看到薇拉是几天以后了,那天我去一条街打酱油,看到前面走的人是薇拉,我就叫她,薇拉,她突然惊跳了起来,她的这种反应把我吓了一跳。她说我声音这么大,吓死她了。我说没什么啊,以前也是这么叫你的。她说以前是以前,现在是现在。我看她的脸色真的不对。我说她有点奇怪,像是出了什么事。薇拉说,我大概要死了。薇拉说她有两个晚上看到了吴老太,一个晚上是在卫生间看到的,吴老太还替她锁了卫生间的门,还有一次,她看到吴老太站在窗外。当时外面很黑,玻璃窗上有蒙蒙水汽,她突然看到了一张惨白的脸。再细看,居然是吴老太。薇拉说她当时叫了起来。现在她爸爸妈妈也被她弄得睡不着觉,一天到晚帮她寻找吴老太。

还有一晚，我在楼前跟人家玩牌，薇拉急匆匆地过来，她拽起我就走。薇拉说她看见吴老太了，我就跟着她跑。在学校附近的一个废渣堆边上，薇拉停下了。她指指前边，她问，我看见了吗？那儿果然有身影在晃动，时高时低，终于又升了起来，定格了。薇拉说得没错，那就是吴老太，以前我们翻墙进校，去看电视的时候会看到同样的身影。这时候有一个冰凉而潮湿的东西贴到了我臂上，我哆嗦了一下并叫了起来。但是很快地就弄清楚了，那不过是薇拉的一只手。可能是我的叫声惊动了那个身影，身影便开始移到了小路上。小路曲里拐弯，是通往学校的。路边就是臭水沟，一不小心滑进臭水沟也是完全可能的。有一盏路灯亮在那里，那张脸原本可以在灯光下完全显形的，可是被口罩罩住了。只能看到眼睛，那是两只黑洞。随后身影便在暗夜中消失了。

吴老太住在复兴路的康美大楼，教美术的小吴老师也住那个大楼。吴老太居住在十层，小吴老师住底层。关于吴老太的死法有三个版本，一个版本说就在吴老太遭批斗的第二天早晨，小吴老师去买菜，在出楼前她看到有殡仪馆的人在楼梯下忙，还有人在围观。小吴老师走近细看，她看到的是吴老太躺在冰冷的大理石地上。吴老太是在半夜跳的楼，当小吴老师看见的时候，吴老太已成冰冷僵硬的尸体了。还有一个版本是说，头一天小吴老师被红卫兵叫去，关照小吴老师次日一定要把吴老太带来学校，第一场批斗会后吴老太的态度不好，有必要召开第二场批斗会。次日早上小吴老师去十楼敲吴老太的门，没有回音，门也没有锁，小吴老师推门进去，吴老太也不在家里，小吴老师退出。在旋转楼梯口小吴老师伸头看了下，见有人躺在地上。小吴老师下去之后看到的竟是吴老太，吴老太还有一点点气息，但是她很快就死了，什么话也没有说。还是小吴老师打的急救电话。第三个版本是那个早晨小吴老师送她的女儿去学游泳，刚出房门，突然旁边的楼梯口掉下了吴老太。小吴老师的女儿心理坚强，只是说了句已经是第五个了，然后就去游泳了。但是小吴老师立刻回到屋里狂吐，以后就不肯再出门了，好像精神上有了问题。

又是一个晚上，我们聚集在一号花园。黄桥说他还是会梦见吴老太，黄桥问，薇拉你呢？薇拉抱着自己的肩不住地摇头，薇拉说她不想说了。移山说薇拉一直看到吴老太的。黄桥又问，移山那你呢？移山说他没有事。移山要大家不要疑神疑鬼的了，哪有鬼魂，人死了就死了，什么也就没有了。薇拉突然尖叫了起来，不是这样的，吴老太的鬼魂到处都是，她不走，她是来讨命的。移山说你什么意思啊。薇拉说就是这样的，吴老太就是被你们这些人害死的，谁叫你们用石头砸她的。她就是那天在批斗会上被你们这些人砸死的。移山说那天她根本没有死，那天她肯定是活着的。薇拉说其实那天她的心已经死了，她跳楼自杀就是她连自己的肉身也不要了，又说移山肯定逃不掉的，鬼魂一定会缠上他的。移山说再说一遍再说一遍，他那天根本没有用石头是泥巴是泥巴。移山又指着黄桥说，是他是他是他！薇拉说一样的一样的。移山说还有你，你朝吴老太吐口水。薇拉蹲在了地上，两手捂着耳朵，不住地摇头。

不说了不说了。

黄桥后来提议大家集体向吴老太请罪，意思是说那天大家不过是玩玩的，根本没有考虑后果，希望吴老太能够原谅大家。又提议他们几个面西而跪，因为据他所知灵魂的最终归宿应该是在西天。移山冷笑。移山说鬼没有碰到，碰到神经病了。又说他肯定不会跪，而且他还是认为自己没有做错，吴老太平时就像个吊死鬼一样吓人兮兮的，她的男朋友是国民党军官在台湾，那天在批斗会上都承认的，朝她扔几块泥巴又怎么啦？

移山说完就说回家睡去了。

移山走后，黄桥还是坚持他的主张，他就那样朝着西天跪了下去，还双手合十，嘴里念念有词，就像他家的阿奶一样，他肯定就是向他阿奶学的，当然，念些什么经文，怎么念，要是不学我们根本不知道。

薇拉本来也要走的，但是想了想还是走到了黄桥身边，也跪了下去。薇拉跪了之后又不知道说什么才好。薇拉就捅了捅黄桥。薇拉问要说些什么？黄桥说你只要念南无阿弥陀佛就好了。我对他们说那我走了。薇拉说，你肯定走吗？我说是。薇拉说，你不是也听见吴老太在说话吗？我说那也不用请罪啊。

我往回走，想着薇拉的话，薇拉提醒说我是听见吴老太说话的。到了楼前，我突然又想回去看看他们。雨季来了，白天下晚上也下，现在远处已经有闪电划过。我又回到一号花园，然而找不到他俩了。后来总算看到黄桥，他移了位置，去了芭蕉树下，那个地方要隐蔽许多。他的身边已经不见薇拉，薇拉多半是念了几句南无阿弥陀佛就走了，她肯定是认为自己不过是吐了点口水，而且多半还吐在了自己的脸上，不必和黄桥这种石头党同日而语。而黄桥还是跪在那里，一会儿又不住地磕头，捣蒜一样。

我一直在想那个事，就是死了的吴老太为什么要跟我说话。整整一夜我都在想，后来差不多想明白了，然后我才睡着。

吴老太死了，但是她的幽灵还在人间流浪，就像她照顾的那几只流浪猫一样。幽灵白天就寄居在图书馆里，因为那里是吴老太工作了几十年的地方，再熟悉不过了。那天我突然出现在图书馆，肯定是惊搅了正在小憩中的幽灵。幽灵就随意说了句什么，算是打招呼。随后幽灵就躲了起来，它根本不想同我有什么交往，免得招惹麻烦。到了夜晚，幽灵还有许多事情要做，它要讨债，还要索命。

我母亲看我早晨起来脸色不好，问怎么回事。我就说听见死人说话了，我母亲说不要瞎讲。我说真的。我母亲要去上班，匆匆往门外去，她头也不回地说，那是幻听，谁都有过的。

和平那时候玩起了拍照。他哥哥是电影厂的摄像师，有不止一台照相机。和平十四岁生日那天，他哥哥送了他一架 135 的海鸥牌照相机。那时候的相机都是用胶卷的，而且很贵，因此和平按快门一直是很慎重的。有一天，和平突然兴奋地告诉我，他哥哥从电影厂的垃圾堆里捡到了好几卷 135 胶卷，他哥哥说了让他拍个够。另外他哥哥也在电影厂的某些破烂的地方捡到了不少相纸，有了相纸也就可以自己洗印了。照片洗印这一套和平也会，他的那个放大机还是自制的。为了自制放大机他还拆掉了一台老式的徕卡照相机，为了这个事他哥哥还说他了，他哥哥说徕卡是德国货，是最好的。和平说知道它是最好的，所以要拆了它，他就是要徕卡的那个镜头。

和平叫了十几个人去长风公园拍照，整整一天，拍掉了两盒胶卷。然后和平说洗印出来后，他会分发给每个人的。

那天晚上和平洗印照片，我去当他的助手。是在和平家的暗室，窗被布蒙上了。有一盏红灯，我们就在红光下操作。相纸曝光之后就浸在显影水里，再转入定影水里，再夹出晾干。有不少相片照得很成功的，比如薇拉的，薇拉本来就漂亮，而且特别上相，她跟谁在一起照，肯定她就是主角。还有五一、鲍小军他们也上相，自以为本人照得也不错。我又看到了移山的全身照，移山的身后是长风公园的铁臂山，铁臂山是远景，中景是湖，湖面上的游船也拍出来了。近景是一棵杨柳树，正值夏季，枝条长垂，荡在水面上，还有飘落的柳叶顺水而下。人物清晰，景美，曝光和焦距也没有问题，但是我总觉得有哪里不对。和平见我一直盯着这张照片看就问，哪能啦？我叫和平看移山的表情，和平看了一会说，移山好像很紧张的样子。我说，他为什么不笑？和平说不知道啊，我在按快门前总是叫他们笑的，他们要是不笑我是不会按快门的。我说从来没有见过移山会有这种表情，好像哪个地方很痛的样子。

我用镊子把移山的单身照夹了起来，晾在了细绳上。晾的时候照片是倒挂的，这样我看照片就是反的。可就是因为是反的，我才有了新的发现。移山痛苦不堪地歪靠在杨柳树上，而就在树的后面居然有一张脸。是的，我反复看，那就是一张脸。那张脸的表情也是痛苦的，脸的痛苦和移山的痛苦好像是出自同一种原因，因为他们的痛苦表情是一样的，也可能是互相感染的，就是不知道到底是谁感染了谁。

我说和平你来看，一张人脸。

和平过来看，他先是说不会吧，就是光影的效果，阳光从左上角射来，然后有了一个投影。河面上肯定有水汽，会有点反光。我说和平你再细看，好好看。

和平就再细看，这次他也慎重起来。和平说越看越像，是一张脸，就倒挂在树上，眼睛空洞得像鬼一样，像个老太婆。我说肯定是个老太婆，而且我觉得她很像吴老太。和平问哪个吴老太。我说就是批斗会后回家跳楼的那个吴老太。

和平默视着我，他的脸在灯光下很怪。

你说这是个鬼？

是的。

不要乱说不要乱说，再乱说我要吓死的，拍照片拍到了鬼，那以后啥人还敢拍照片。

我把照片拿去给他们。薇拉照得最多，她看相片，还是不满意的样子。我说很好看的。她还是说不好看，她本人肯定比照片上的好看。她非常不满意和平的技术。

然后我又把照片给了移山。移山就三张，一张是十几个人的群像，还有一张是他和另外一个人的合影。最重要那张就是他的单身照。我叫移山重点看他的单身照，我说这张照片里有重大问题。移山就仔细看，但是他看不出什么重大问题。移山说就是他的表情蛮怪的，难看了点。我问他为什么要做这么难看奇怪的表情。移山说他也不知道，他只是很正常地立在那里，但就是不知道拍出来为什么会是这样。

照片是我和薇拉送去移山家里的，移山的照片就摊在他家的桌上。我叫移山把他家门关上。移山就听我的去关了门，移山说到底怎么了，这么神神叨叨的。我就把他的那张单身照倒过来，然后要他们再看。薇拉只看了一眼就噢的一声捂着嘴叫，薇拉说吴老太！移山也看到了，他僵在那里不会动了。那张脸的奇特之处就在于，你说她不像就不像了，也完全可以解释为是水汽反射的光影效果。可如果你说她是吴老太，那就越看越像，她就是吴老太，一点没错。吴老太的脸就倒悬在移山脑后的杨柳树上，深邃而空洞的眼睛死盯着移山的脖子，尖削的鼻子好像已经触到了移山的颈动脉处，而双唇微启已经做出了一种想吃的姿态，但不知为什么吴老太仅有一颗犬齿，显得并不对称。

空气凝住了。

桌上的三五牌座钟在嘀嗒嘀嗒响，突然又当当地敲了起来。薇拉说她要走了，我也说要走了。但是移山死活不让我们走，这样我们就陪着移山坐到了天黑，也不说话。他家房门总算开了，是移山的姐姐回家了。移山姐姐打开了灯，看见我们三个呆坐在那里吓了一跳。移山姐姐说，哎哟妈呀，你们这是干什么啊，出鬼了啊。

几天以后，移山姐姐找到了薇拉，她把薇拉叫到了一号花园单独谈。移山姐姐说薇拉你一定说实话，那天出了啥事体，你们和我弟弟到底做了啥？薇拉装糊涂，薇拉说没有什么呀，我们就是在瞎聊天。移山姐姐说就那天开始，她家移山就不太平了，晚上乱讲梦话，吵死了。又说昨天晚上更不得了了，半夜她起来去厕所间，看到她弟弟在公用走廊上梦游，走来走去，边走还边自说自话。

薇拉问，他说什么？

他老是说她来了她来了。

薇拉听了已经快吓哭了。

还有更吓人的，后来移山完全变成了个老太婆的样子，脸是板的，头颈是僵的，轻手轻脚地飘来飘去。到了我面前还学老太婆的声音问我，你们看到了什么？你们看到了什么？你们看到了什么？

那你为什么不叫醒他。薇拉问。

移山姐姐说，不能叫的，梦游的人是不能叫醒的，他要是被叫醒了，那他一辈子就糊涂掉了。可是早上起来问他他什么也不知道。

学校又要抓教育了，还是要上课。我们的好日子像是到头了。薇拉提议在正经上课之前去淮海路逛逛，许多人赞成，有人还想去牛奶棚吃攒奶油。

那天下午我们就去了，大家都是走着去的。天气很好，快入秋了，一点不热，风很爽朗。到了淮海路的牛奶棚想吃攒奶油的就去吃了，能买攒奶油吃的说明还是有点钱的，而我那时候穷极，我父亲的薪水也是一降再降，他已经不给我零花钱了，兜里就还有五分钱，那还是我外婆资助的。买一根牛奶棒冰是四分钱，这样我就买了根牛奶棒冰吃。我看到还有人比我更穷的，只能吃盐水棒冰，盐水棒冰只要三分钱。薇拉拿了一瓶攒奶油从牛奶棚出来，她看到我吃牛奶棒冰就说你好省钱哦。

就在这时候我看到了吴老太。吴老太从前面走来，感觉上她也是来牛奶棚的。那天我们去了大概有十个人，黄桥和移山也在。大家几乎都是同一时间看到了吴老太。还是如同从前一样，吴老太一脸冷漠地走来，不过她看到我们还是笑了笑。

她果然进了牛奶棚。

薇拉的攒奶油已经把她自己的脸涂得一塌糊涂了。薇拉僵持在那里,她说天啊。

过了片刻,吴老太从牛奶棚里出来,她的手里也拿着一瓶攒奶油。她再次笑笑,又往来的方向回走。我们知道这个地方距离康美大楼不远。

薇拉突然朝着她的背影叫了一声:吴老师!

吴老太转过身来,不过这次她没有笑,她只是点点头。然后她就扭头而去。即便是在淮海路上,吴老太走路样子的辨识度也是很高的,她直挺挺地把自己往前推进,落脚很轻。

几个知情的同学告诉我们说,他们早就知道吴老太没有死,死的是小吴老师(她被揭发了,具体情况不明)。吴老太住的是一层,小吴老师住在十三层。是小吴老师跳楼自杀了,七传八传传成吴老太死了。不过吴老太已经辞职了。吴老太喂养的那些流浪猫差不多也都死了,吴老太去过学校几次,是去把它们葬了。

以后我又去过图书馆几次,还是狼藉景象,除了七歪八倒的书架橱柜,还有就是些破烂的书报和废纸。有一次我又去翻吴老太先前用过的办公桌,看到一张很小的纸片上有字,是用红墨水写的。歪歪扭扭的字,不过尚可辨识:

我还活着,形同虚设。

我不能肯定就是吴老太写的。

姨外婆和她的太行山上

有一年我外婆带我去南京玩，我的姨外婆住在南京。我外婆就带了我一人去，我妹妹老是跟屁虫一样的，但是这次为什么没跟上我有点诧异。就这个事情我问了外婆，我外婆说去两张嘴就可以了，再多人家就扛不住了。

那个时候全国大饥荒，我们家还好，没有挨饿，但是已经很馋了。有一次为了碗里一块肥肉我外婆和我父亲吵了起来，外婆要挟给我吃，理由是我自小身体不好，需要营养，而我父亲打抱不平说我外婆重男轻女，经常忽视丫头。那次他们两个吵得很凶，我外婆甚至想一走了之算了。

姨外婆家就在玄武湖边上，很大的房子。那次是我头一次见到姨外婆，她高大，肥胖，我注意到她的手臂和小腿上都有很重的汗毛，唇边也有。她抽牡丹牌烟。

姨外婆看着我，不笑。又说了一句，这小子太弱。我的感觉是姨外婆很蔑视我。姨外婆家里除了她和老公之外，就不再有别的人了。我外婆告诉我姨外婆在部队文工团当领导，忙，没时间生小孩。

去姨外婆家的头天晚上我就吃到了肉罐头，姨外婆说这是苏联货，放了几年舍不得吃。我在吃的时候感觉有股奇怪的味道，当晚半夜就开始拉肚子，我外婆就说可能是那个罐头的问题。我外婆因为没吃什么，所以她不拉肚子，姨外婆倒是也吃了不少，但是她一点事没有。姨外婆就哼哼说，太娇嫩，以后怎么搞革命。我外婆就说，和平年代了，还搞什么革命。

那个时候尽管吃不饱肚子，还饿死人，但是天下太平。姨外婆家的墙上也贴有宣传画，美少妇抱着孩子，四十五度角仰视蓝天，画上有字，和平万岁。

有一天，姨外公拿回家一大坨血淋淋的肉。动物园的一只老虎饿死了，然后就把老虎肢解了，大家就吃老虎肉。

那天晚上我就一直在想，老虎肉会是什么味道的。我问外婆她说她不知道，因为这辈子也没有想到会吃老虎肉。我外婆说她吃过兔子肉，肉粗，不太好吃。

第二天一早家里的佣人就煮老虎肉，佣人说赵书记（姨外公）关照，这个肉不容易烂，要煮一天。

老虎肉很香，香味从厨房里溢出，充斥了整个房间。

下午，因为一件什么事情我和外婆吵了起来，她要我这样，我偏要那样。肯定是极小的事，记不得了。外婆说不要闹了不要闹了，我大概一直闹，从屋内闹到了花园里，对外婆的态度肯定也是比较恶劣。后来姨外婆来了，一脸怒容，姨外婆说你小子无法无天，对待长辈什么态度，今天我非要治治你不可。

我被她拎了起来。她拎我就像拎小鸡一样，从花园那头拎到这头。在她家的后院有一个堆杂物的小间，姨外婆就把我往里面一扔：去吧，你！随后我就听见她在喊：钥匙呢钥匙呢！一会儿就听到佣人跑来的脚步声，还有钥匙锁门的声音。又听见姨外婆高声在说，今天我一定要关他的禁闭，谁来劝我也没有用，钥匙在我手上呢。

那一年我才六七岁吧，当时肯定也不知道关禁闭的意思。

杂货间里又脏又黑，与主楼间还有一些距离，头上有扇小窗，小窗半开着，可以透进一点亮来。小窗不仅透进亮来，而且还带来了虎肉的香味。那真是一种蚀骨的香，让我馋得恨不得把自己给吃了。

后来累了，睡着了，醒来之后已经夜晚了。又饿又渴，又闷。进来的时候我还想大便，那只罐头吃了之后一直断断续续地拉，可是现在连便意都没有了。生命好像已经中止了。我想我快死了，没有人来救我。如果在上海，黄桥、五一这些人一定会来救我，但是在这里我没有朋友。我外婆就是想来救我她也肯定过不了姨外婆这一关，姨外婆实在太强壮了，她提我起来只要一只手就够了。我在空中悬荡的时候，可以看到她的脚在草地上走，凡是她踩过的地方，就是一只坑。

门响了，是佣人。佣人说还不能出去，禁闭还没有结束呢。佣人塞进了水，还有一大缸肉。佣人说这是老虎肉，很好吃，多吃点。她的样子倒是很和善。

我就是在那个小黑屋里吃老虎肉的，很快就把一缸子的肉吃完了。好像它根本用不着嚼就能吞下肚去一般。小屋门又开了。佣人说忘了给你拿酱油了，老虎肉要蘸酱油吃。但是她看到那个缸子已经空了。佣人问，肉呢？我说吃了。她就哈哈哈笑，她说你这样吃要撑死的。

那次从南京回来之后,我母亲觉得我整个人有点呆,外婆跟我母亲说在姨外婆那里关过禁闭了,现在要乖多了。我母亲不置可否,她对这种教育方式或许是持保留态度的。而我父亲是大加赞赏,我父亲的意思是男孩子绝对不能太娇纵了,像关禁闭这种惩罚我们家以后也可以借鉴。后来我又在家里被关过几次,那是我外婆关我,就关在公用的卫生间里。那是做做样子的。我们这栋楼是一层四户,有两个卫生间。我外婆刚把我关进了甲间,我已经从隔断木板下方的空当处爬去了乙间,然后就逃之夭夭了。

后来我就开始尿床。早晨起来看到自己又尿床了,会很不好意思。我外婆会把床单拿到窗外去晒,那个尿印子清晰可见。有邻居注意到了,我就成了笑柄:哈哈哈哈,这么大了,还在画地图呢。

我外婆就带我去看老中医。那个老中医我现在还记得他姓曹,曹医生干瘦威严。他替我搭脉,看舌苔。然后问我外婆这个小囡有无受过刺激,我外婆说其实也没什么,就是前几个月去南京的时候被关了一天一夜的禁闭。曹医生绍兴人,旧社会过来的人,像我一样也不知道关禁闭的意思。我外婆解释说就是被关到了小黑屋里。曹医生又问打了没有,我外婆否定。曹医生又问我。我也说没有,就是把我拎起来走了好长一段路。曹医点点头说,哦,你碰到大力士了。然后曹医生就开了几帖药让我吃,还对我说,小朋友关黑房间是大人跟你白相的,你不必记在心里的。我心想这种事有什么好白相的。

每次尿床都盗汗,做噩梦,有时还梦游。吃了曹医生的药之后,这种事情少些了。但是也没有断根，时而还是要尿。我外婆不管，还是在窗前晾床单，床单如同旗帜般飘扬。又有邻人注意到了，他们还是哈哈哈笑：哦哟不错啊，有进步啊，地图越画越小啦。

过了几年，"文革"就开始了，南京姨外婆那里很快就有不好的消息传来。姨外公被关了，姨外婆也被批斗。但是我外婆说不怕，我问为什么不怕。我外婆说你姨外婆那个身体肯定扛得住，她零下十度都能跳到冰河里去游泳，又说她延安都去过，不会有什么事的。后来，好几次我听外婆说起姨外婆，说她多半就是脾气不好得罪些人罢了，人家出口气打骂她几下很快就会过去的。

某天中午，我从学校回家。未进家门就听见有人在高声说话，进门后一眼就认出是姨外婆了。她真的是没有什么变化，不像是挨批过的人，看上去反倒是更威武了。在她的脚边有一袋水果，那是她带来的礼品。

姨外婆说，哦小子你长高了，在路上我肯定认不出你了。她又问外婆，他是不是长高了？我外婆说能不长高吗，距上次去南京已经有五年多了。姨外婆说，是啊，已经五六年了哎。小子哎你怎么样，长进了没有，做人要讲礼数对外婆要孝敬懂吗？你要是再不听话，我还是要关你禁闭的你给我听好啰。我好像没怎么搭理她，敷衍了几句后我进了另一个房间做自己的事去。

即便在隔壁房间，姨外婆的话我基本上都能听得清楚。她说她这次是来道个别的，接下去她要去远方，而且很有可能再也见不了了。我外婆问她要去哪里，她说她们几位女同志已经说好了，都打算回延安种地去，如果延安不让去的话，那就去太行山。反正也是差不多的,就是不想在城里待下去了,工作也不想要了,就像年轻时那样,自给自足,肯定饿不死的。我外婆说你真的想好了吗?姨外婆说想好了,本来还在犹豫的,但是大姐来信了。大姐也说要去。

我不知道姨外婆说的大姐是谁,后来我问过外婆,外婆说你不要问了吧,这个不是小孩子家应该知道的事。

姨外婆来上海要住几天,我们家小,住不下。她会住在别的人家那里。我外婆坚持留姨外婆吃一顿午饭,那顿饭就我和两位老太太一起吃的。姨外婆是突然而至,家里毫无准备。父母在上班,妹妹在学校,那天她要在学校跳迎宾舞,中午不回家。我外婆拿出私房钱要我去对过一条街的饭店买几个小菜来。我就去了饭店,买了黄豆汤,还买了猪头肉,烤麸什么的。我想到那年去南京,尽管被关进了黑屋,但是老虎肉并没有少吃,这次姨外婆来,还是应该好好回报一下的,后来我再添加了一个爆鱼。反正把外婆塞我的私房钱全花完了。

吃饭的时候,姨外婆表扬我了。嗯嗯,她边吃边说,会做点事了啊,这几个菜的味道都还行。不过那天她的心思显然不是在吃饭上。她就一直在说要去延安,要去太行山。她说他妈的老娘我实在受不了了。

我外婆一直低调地规劝,她说你再好好想想,现在其实去哪里都一样,都不太平。

姨外婆突然生气,她"啪"地放下筷子。然后她就开始指责我外婆的种种不是,她说我外婆这一生就是贪生怕死苟且偷生,叫她去北京不去,叫她去苏联不去,叫她去延安也不去。不仅自己不去,还拖她的后腿。以前是这样,现在还是这样,又来拖她的后腿。

我外婆哭了，抹泪。我外婆说都这把年纪了还翻这些个老账做什么。姨外婆拍拍我外婆的手，叹气。哦对对，姨外婆说，我忘了，你是你们家独女，就一个就一个。

姨外婆问我有没有烟。

我好不容易找到了我父亲的半包飞马牌烟，姨外婆拿过，抽出一支，闻闻，还是塞了回去。姨外婆说算了，不抽了，还是戒了吧。我不知道她是嫌飞马牌太次呢，还是确实正在戒烟中。

那天的午饭，姨外婆还喝了一小杯黄酒。酒精的作用下，她的脸通红。她突然唱歌了。她唱的是《在太行山上》：

红日照遍了东方
自由之神在纵情歌唱
……
在太行山上，在太行山上
……

我外婆说姨外婆早年就是唱歌的，她们在读女子师范时姨外婆就唱。我外婆弹风琴，姨外婆唱。姨外婆胆大，后来去部队文工团唱，解放后当了领导就基本不唱了。我外婆说，她嗓门大，一个人唱抵得上十个。姨外婆是浑厚的女中音，她的声音就像是从一只大水缸里拱出来的，震得整个空间嗡嗡作响。那次她其实也就哼了几句，歌声就通过我家的窗子飘扬了出去，随即便在新村里荡漾开来。

后来五一、海洋、移山、鲍小军都说他们听到了，不仅他们听到了，他们的家人也都听到了，还以为我们家装了大喇叭了。

我问外婆你年轻时为什么哪儿都不去。外婆就说是老太太不让，吵也没用。外婆说有一次她和她母亲在客堂间吵架，后面灶台上着火了都不知道，差点酿成大祸。我外婆说那时安徽老家很多人都出去了，有的人死了，有的人做了大官。谁知道好还是不好。

奇怪的是姨外婆来的那天晚上我又尿床了，还做了梦，有人提着我去太行山上唱歌，但是我却憋不住在山上尿尿。

又过了一两年。

那个时候我迷上了装半导体收音机。我父亲给了我三十块钱，我父亲说就这点钱了，如果能装成一个，他就带到厂里去听新闻。五一也是电子爱好者，我俩就成了搭档。徐家汇有一家电子商行，我和五一就经常去那家店淘元件。我装的是四级晶体管再生式机，而五一的要高级一些，他装的是六级来复式的。当然那是因为他比我有钱，他爸竟然给了他五十块。

去徐家汇一般都是走去的，虽然远，但是可以省掉车费，这样省下的钱就可以多买几个电子元件了。我们通常走的是虹桥路，通往徐家汇的虹桥路很破也很窄，路的两边平房工房混杂，绿化也有，但是很少。

那天，在虹桥路的尽头，已经差不多到徐家汇了，我看到了一个老太坐在路边的石凳上。

她肥胖，一头蓬松的鬈发，穿的是一身的旧军服，脚上是圆口的布鞋。我突然觉得她很像姨外婆，而且越看越像。我跟五一说前边坐着的那个老太，是我家亲戚，是我姨外婆。五一说，哦那么巧啊。我说她应该去延安了啊，怎么坐在这里。五一说我一定是看错人了。

然后我们两个就盯着那个老太看，好长的一段时间里，她居然一动没动。五一说她好像是假的一样。

五一冲她叫了一下，喂！

老太没有动。

五一又叫，喂！

老太还是不动。五一就拾起了一块泥巴朝着老太扔了过去，泥巴扔在了老太的裤腿上。依然不动。我忍不住走近了再看看，这时候我可以确定了，她就是姨外婆。

从徐家汇的半导体商行出来之后，已经是傍晚。我的脑子里还都是虹桥路上的姨外婆。五一本来想坐车回的，他走累了，说脚上都磨起了泡。但我还是想走回去，五一无奈还是跟着我走。从华山路拐弯至虹桥路，然后我看到姨外婆还坐在那里，五一也看到了。

五一说她还在。

她就坐在那里注视着前方，她的前方就是居民区，普通工房，窗前晾有乱七八糟的东西，衣裤、袜子、尿布什么的，实在没有什么好看的。

我说我们也坐会儿吧。

五一本来脚上有泡，听我说要歇就赶紧坐下了，我也坐下了。姨外婆坐在绿化带前的石凳上，我和五一隔着小道坐在这边绿化带的石阶上。小道很窄，又在挖地下管道，因此几乎没有车辆行驶，行人也很少。这样的环境下姨外婆应该是很容易注意到我们的，有一瞬间，我觉得她真的是看到我了。她的鬈发随风飘动了起来，她的身子动了下，又动了下，像是要起身朝我走来的样子。我开始紧张，可那不过是我的幻觉，她依然是如同假的一样的存在。她的眼睛也像是假的，就像是玻璃弹子塞进去的。

我说，五一帮个忙好哦？

什么？

你过去跟她说几句话。

说什么？

随你，只要说几句就可以了，你也可以问问她为什么就坐在这里一动不动。

五一不愿意去。五一问我自己为什么不去。我就告诉五一我怕她，有一年去她家被她关了禁闭，吓得我尿裤子尿床，不过在她家吃了老虎肉。五一问老虎肉是什么样子的。我说香极了，就是有种膻味，就像阴沟里有人撒过尿的味道，又像是林子里叶片腐烂的味道，不过还是好吃。五一说不管怎么样，他太想尝尝老虎肉了。我表示下次有的吃我一定会带上他，然后我还是要五一去那里说说话，我还说一会儿就坐车回去，车钱我出。

现在，五一站在了姨外婆面前，又过了会儿，五一就坐在了姨外婆的身边。我看到姨外婆在说话了，不知五一说了几句什么，姨外婆的嘴唇翕动了起来。不过她的表情依然是凝固的，感觉上她的面部神经一定是出了问题。我外婆的面部神经也出过问题，据说是西北风吹的，外婆走在大街的拐角上，西北方向来的一股邪风袭过，就面瘫了，然后她的嘴就歪到了一边，喝一杯水会漏掉一半。不过后来老中医曹医生妙手回春，基本上治好了。

五一走了回来,他说走吧,坐车去,你出钱。

我问五一跟她说了什么。

五一说那个老太婆说她这两天就要去延安,在延安待上一些天后再去太行山,她要在那些地方种地,种南瓜,种玉米。这两天她就坐在路边看看风景,呼吸呼吸上海的空气。如果我以后想吃南瓜,吃玉米,可以去找她。

她肯定不是你的姨外婆,五一说。她根本没有听说过一个叫庆庆的人,而且她家也根本没有什么老虎肉吃。老太婆认为只有老虎吃人的,哪有人吃老虎的。而且老太婆说我是个神经病。

我们起身,往车站去,这个时候姨外婆突然喊了起来。

站住站住!

我们就站住了。

过来!

我们走到她的面前。这个时候我才注意到在她的腿边有一根拐杖,她现在走路也不方便了吗?以前姨外婆走起路来虎虎生风,在草地上提着我行走一踩一个坑。

她撑着拐杖站了起来。

上学去!她说。这么小不许在街上野,到处偷鸡摸狗,这个人我认识,她抄起拐杖点着我。这小子当年在太行山上就不老实,我都关过他禁闭!你,她又转向五一。你千万不要上这小子的当,不要上他的贼船,上去了你就下不来了,他们这些托派都是些阴谋家,是要拉出去枪毙的,知道枪毙是什么滋味吗?就是枪管顶在你的脑门上,然后扣动扳机,轰!轰!轰!

听上去不是枪毙,而是大炮轰。

我和五一吓死了，然后我们撒腿就跑。五一边喘边说，碰到赤佬了！碰到赤佬了！

回去以后我就告诉外婆我在徐家汇那里遇到姨外婆了。我外婆都不看我一眼，我外婆说你一定是认错人了。我说肯定是的。我外婆说怎么会呢，你姨外婆在山上享清福呢，上个星期还给我来过信呢。我外婆从她的枕下拿信给我看。

信是钢笔写的，笔力刚健，力透纸背。信上说，她先是去了延安，那里的一草一木都能勾起她的回忆，又在窑洞里享了几天清福。后来就去了太行山，比起延安来，她似乎更喜欢太行山，在山上可以随心所欲地生活，可以很早就看见太阳，山坳里有彩虹。她现在是独自住，与山林溪流、飞禽走兽为伴，在她的屋前有一大块耕地，她种了许多连她自己也叫不上名的庄稼，怎么也吃不完。那天有一只猴子从树上扔了一枚石子给她，她近来就一直在研究这块石子，她一定要找出这枚石子中的秘密。有时候她也唱歌，她觉得她现在的气息更通畅了，高音上去一点不累，而且低音也沉得下去了。总之她一切都好，勿念。她还会继续写信。

我因为那个时候集邮，集邮票，也集邮戳。我很快就注意到这封信的邮戳是上海邮局的。我就跟外婆说信是上周一本地寄出的。我外婆说她上海亲戚朋友多，信件往来也多，她会把发上海的信集中发给一人，然后让那人再市内转寄，可以省点邮费。这种事情她以前常做的。

外婆忙她的去了，她根本不相信我在徐家汇看到姨外婆的事，她认为那是小孩子家的胡话。

但是我母亲不这么认为,她仔细地问了我整个的经过,我母亲认为没错,那就是姨外婆。我母亲说姨外婆自己没有孩子,收养了她一个死去战友的遗孤。她把那个孩子养大,又供他上了大学。大学毕业后她的养子就在徐家汇的天文台工作,家也安在徐家汇。姨外婆每次来都要在那里住上一段时间。我母亲的判断是姨外婆的精神不正常了,我母亲说她那个样子哪里都去不了的。

感觉上是怀旧型妄想症,她受了刺激,你姨外公好像被关了。我母亲说。

不要再跟外婆谈姨外婆的事了,就这样好了,就让她以为姨外婆在山上种地好了。虽然是姑表亲,不是嫡亲,但她们从小一起长大,两人感情非常好。

后来我外婆就一直等姨外婆的信,等了许久,姨外婆总算又来信了。那天我外婆眼疾,不能看东西。她就要我帮忙看。

我拆信,念:我出了点事,说不清,再谈。

就这么几个字。这个问题一直缠绕着我外婆许多年,无处去问,也无人可问。有几次外婆在做针线活的时候,我听见她在嘀咕:去太行山了哦,作什么,哪里不能去,要去山上。

我外婆直到去世都不知道有关姨外婆的真相。

好多年以后,有一次我在电视上看到军队歌舞团在唱红军组歌。领唱的就好像姨外婆。那个时候我外婆已经不在了,而我母亲的眼睛也不好了,我母亲凑上电视屏幕看,她确定是我姨外婆,不过那是南京姨外婆的亲妹妹,是我的小姨外婆。有个小姨外婆也是唱歌的,这个以前听说过,这次算是看见了。

她们长得真像。

红军组歌唱得雄壮有力，气场足够。我希望接下去唱《在太行山上》，但是没有。

确切的情况是，南京的姨外婆得了精神分裂症，在徐家汇她的养子那里住了一段时间，后来就被送进了宛平路的精神病总院，又过了几年，她在病房里突发心脏病而卒。

去上只角

每个月的中旬，我都要去一次上只角。我阿娘（祖母）住在上只角，与她同住的是我伯父一家。阿娘家是在公寓楼的底层，有好几个大房间，高。感觉上那些房间阳光很少，如果冬天去，就会觉得冷。公寓的正门连接弄堂，后门刚好对着人民大道和广场。国庆节，我会坐在他家后门看大游行。

父亲的祖上是宁波人，宁波人历来以家规为纲，阿娘在世，孩儿们必须孝敬的。我父亲每月要给阿娘十块钱，据说这个钱就是她的麻将钱和烟钱。最早的时候，我注意到阿娘的面前是两包烟，一包牡丹，一包大前门。她轮着抽。阿娘说她香烟吃多了，声音吃坏掉了。她说她现在说话的声音像老板鸭。

抽烟老太的声音大概都差不多。我们楼下平平家的阿娘也抽烟，也是烟不离口，说话声音也如同老板鸭。平平和我玩得来，我们到处玩。到了吃夜饭的时候，远远地就可以听见平平阿娘在阳台上喊平平：PIAPIA！PIAPIA！

我坐在客堂间，阿娘从过道里走来。庆庆来啦，她招呼我。要我坐，要我吃茶，她自己就吃烟。然后就问长问短。

我祖父是个生意人，六十多岁时死了。他光头，长衫，双目有神，端坐在太师椅上，要我们小辈们磕头拜寿。那时候阿娘就立在他的身边，但是我记不清她的样子了。其实现在我说的阿娘不是亲的，是没有血缘关系的，据说亲阿娘在挨了我祖父的几记老拳之后，就卷了细软并带上一个伙计跑了。

他们告诉我阿娘在年轻时是个美人，这个我相信。即便老了，阿娘的样子依然透着前朝遗韵。她苍白，头发乌黑水滑，宽而深的双眼皮，锥子脸。手上有戒指，还不止一个。她的穿戴也很讲究，周身上下的零零碎碎似乎都有来历。阿娘在嫁我祖父的时候，祖父已经是六个小孩的爹了。阿娘不容易，也有奉献精神，她照料六个小孩成人，自己却是一生未育。

阿娘是上只角的人，家里的摆设都是上只角的风格，深色而厚重，进门就能闻到一股檀香味，我对这个味道有点过敏，要打喷嚏。阿娘不懂过敏，总以为我感冒了。她说我身体单薄，要多穿点。

客堂间有八仙桌还有落地钟，桌面冰凉，钟摆嘀嗒不停。我掏出十块钱，钱的品相一定很差，它们被捏得皱巴巴潮乎乎的。阿娘小心地把钱捋平了，又折起，然后就塞进了衣兜里，接下去，就是她叫阿粥的时候了。

阿粥啊，阿粥啊——

阿粥是我的堂兄，大我一岁。应该是叫他阿竹，但是阿娘的口音古怪，听上去像是叫他阿粥，因此我也就跟着叫阿粥。

短小精悍的阿粥来了，阿娘从另一只兜里掏出几个碎钱要他去买生煎。阿粥拿着钱就跑了。没过多久，阿粥就把生煎端了上来，还会配上一小碟香醋。他要是忘了香醋，阿娘会责备他粗心的。生煎只买一客，是我吃的，阿粥没有吃。阿粥吹着口哨退场了，他居然装得一点不馋的样子。

这是最正宗的生煎，金黄焦，薄皮，鲜嫩多汁的肉馅。因为太好吃，我知道自己的吃相一定会很难看，急吼吼的。阿娘会说不要急不要急，慢点吃。阿娘会看着我吃，又会聊我父亲的事。她说我父亲读中学的时候就是共产党了，那个辰光经常回家里烧纸，书包里塞满了纸。我说我知道的，人家要抓他，他要销毁证据，吓死了。阿娘说后来共产党赢了，怎么他又被打倒了，变成反革命了。我说不是反革命，是右派。阿娘问，那啥叫右派啊？我摇头说我也不懂。阿娘问那他还在厂子里扛包吗？我说不扛包了，扛木板。

我伯父家有六个小孩，我婶婶是家庭妇女，没有工作。全家就靠我伯父一人的收入生活。我伯父是在银行做的，以前薪水很高的，可是后来降了许多，"文革"中听说也被批了，好在并不过分。他们家虽然在上只角，听起来不错，其实生活水平很低，据说在最困难的时候，晚饭就是蒸一只大面团，按人头切分，均量，一人一份，想多吃是没有的。

我还在吃生煎。阿粥的哥哥阿齐来了，看到我在吃，笑笑，阿齐说侬吃侬吃，走了。堂姐也来了，她是深度近视，她一定是弄不明白啥人在独吃白食。她凑上来细看，看生煎看我，看来看去，总算弄明白了。她也说侬吃侬吃，走了。他们肯定是恨死我了：这只馋痨坯而且还是下只角来的！

后来父亲的钱更少了，给阿娘的钱也不得不少了下来。从十块降到七块，又降到了五块。

我坐在阿娘跟前，心里慌慌的，艰难地从兜里掏出一个五块。阿娘接过钱，不说什么，默然地收了起来。不过看得出她内心有一种紧张，随后她又会问我父亲的事。我知道她最担心是父亲有没有被人打过，因为阿娘家隔壁就有一个开袜子厂的老板，直接被红卫兵一棍子打断了三根肋骨。阿娘说我父亲以前得过肺病，肺切掉过，禁不起打的。父亲关照过我，阿娘问什么说好就是了，免得她担心。但是钱越给越少，阿娘自然会疑窦横生。有一次我实在憋不住了就实话实说，人家没有打他，就是让他站站垃圾箱，还是以前的事了。

阿娘沉默，一支接一支地抽烟，就像忘了我的存在。她又看门外。门外不远处就有只垃圾箱。后来阿粥告诉我，那只垃圾箱里发现过死人碎块的，耳朵、手脚什么的都塞在旧皮箱里，还是阿娘倒垃圾时发现的。这件事情之后，阿娘就再也没有去倒过垃圾。

我总是有吃的。除了生煎之外，阿娘又加了一碗鸡鸭血汤。阿粥送我去车站，阿粥问我给了阿娘多少钱。我说五块。他笑了，他说你给她十块，吃一客生煎，给五块是生煎加汤，下次给三块还可能又多一碗小馄饨了。我知道无论生煎，还是汤，还是小馄饨，阿粥总是吃不到的。

我是坐 71 路公交车去上只角的，有时候在车上会遇到熟人。有一次碰到了薇拉。我从后门上，她从前门上，先是人多没有看见。过静安寺站后空了些，我们差不多同时看到了对方。我很惊喜，她的反应也差不多。

薇拉说她是去西藏路的川湘店，她爸爸每餐是一定要吃辣的。

菜场的辣酱只咸不辣,她爸爸是不吃的。我就跟她说我去给阿娘送钱。薇拉那天看上去心情不错,她说她跟我一道去,又听说我阿娘家住在人民广场,就更要去了。

阿娘看到薇拉一开始还以为是我妹妹,我说不是的,是邻居,车上遇到的,我带她来玩玩。阿娘就叫阿粥去买两客生煎外加两客鸡鸭血汤,另外去烧一碗水潽蛋。阿粥说他不会烧水潽蛋,阿娘说那就叫他姆妈烧,阿粥说姆妈去隔壁人家打牌了。阿娘想想没有办法,就自己去烧水潽蛋。

阿粥去买点心,阿娘去烧水潽蛋,客堂间就剩下我和薇拉。薇拉大瞪着眼跟我说,你阿娘是我见到过的最好看的老太婆。我说当然,她以前是千金小姐,上过月份牌的。这个是我胡编的,但是薇拉相信。

她就是声音难听,薇拉说。

香烟吃太多了,要一天两包。

比我爸还厉害,我爸是三天两包,还是吃飞马牌的。

阿娘吃牡丹牌。她平时也是吃飞马牌的,有人来才吃牡丹牌。她说做人要讲派头,讲门面,要不然在江湖上是混不下去的。

薇拉点头,哦。

关于阿娘家隔壁生煎的味道,薇拉的感受和我完全一致,实在是好吃到想哭。当然鸡鸭血汤和水潽蛋也好吃,水潽蛋是薇拉独享的,那里头还放了两只宁波汤团和一点桂花。我跟薇拉说以前宁波人家新娘子进门都要吃水潽蛋的,薇拉说你这个人的思想就是反动。

国庆节,我就在阿娘家后门坐在小板凳上看盛装游行。国庆期间会有交通管制，因此前两天必须先住在阿娘家。我总是和阿粥挤在同张床上，睡不着，就一直仰面躺着往上看，有一个水晶大吊灯就挂在上方，又担心要是落下来会把我砸死。暗黑中飘来了一点星火，近了才知道是阿娘的烟头。她会在半夜里对这个家巡视一番。她在我们这张床前驻足停留，时而会有一两声叹息。夜间的阿娘就像个奇人，她脚不着地似的在暗间游荡，不出一点声响。又如同一个透明人，来自别处。

阿粥领着我和薇拉走在人民广场的大道上，好开阔的地方。东风浩荡，漫天的纸片飞舞，那些多半是各处飘来的传单和大字报残片。另外，有隆隆的打鼓声不时地传来，如同在孕育某个重大事件。阿粥说那是前面体育馆里的人在打鼓，他们每天都要练的，不晓得想做啥。

阿粥会翻空心跟头的。有一次他送我回家，走在大道上，突然急速地前跑几步，随后就翻了一个空心跟头。他蹦得老高，接着就在空中前滚翻，又翻，再双脚落地，晃了两晃站住了。而在此之前，空心跟头之于我不过是个传说。那个时候，在学校时常被人家欺负，就一心想着习武，梦想着哪天可以复仇。因此在早晨就去跟四室叔叔学打拳。四室叔叔说，先教你们捕伏拳，等有基础了，再教你们凌空扫堂腿和空心跟头。我一直在等四室叔叔能翻个空心跟头给我们看看，但他就是不翻，后来大家私下里说，四室叔叔只会打拳，其实不会翻跟头的。

阿粥在大道上练身体，玩哑铃，踢球什么的，有一天被体校教练相上了。体校教练说阿粥天赋异禀，就让他参加了武术训练班。"文革"开始后，训练班不办了，教练也在参与柴油机厂的一次特大型武斗中被打成重伤起不来了,阿粥的武术之路就此终结。

薇拉又一次提出要阿粥翻几个跟头让她也开开眼,但是阿粥还是说翻不了。他说前些天举杠铃的时候腰别伤了,他的腰部的确还贴着狗皮膏药,他撸起上衣让我们看。

薇拉开始对阿粥不满,薇拉说他搭架子。我说他就是没有腰伤也不会轻易翻的,我才见他翻过两次,一次是莫名其妙地翻了下,还有一次是大年夜放完炮仗后阿娘叫他翻给大家看的。薇拉问那你看他两次哪次翻得好,我说还是前一次的好,大年夜那次他差点翻到沟里去了,根本没有站稳,他说自己是年夜饭吃多了。

薇拉还是说他没劲,比你阿娘差多了。又说,哪天他来我们这里,一定要叫他翻。

后来有好多次我都是带着薇拉去阿娘家的,是薇拉一定要去的。阿娘好像越来越喜欢薇拉了,阿娘说这个小娘子越看越标致,要是放在从前一定要替阿拉庆庆买来做童养媳了。让她做你的老婆,阿娘说完自己就笑。

薇拉问,阿娘香烟好吃吗?阿娘说好吃不好吃都是要吃的,又说她在薇拉这个年龄就开始吃了。薇拉说让她吃一口。阿娘就让她吃。薇拉吃了一口,喷烟,居然没有咳嗽,又学阿娘的样,跷着指,左手掌托着右肘。阿娘又笑了,说薇拉老有腔调的,她又问薇拉爹爹姆妈是在哪里发财。

爸爸在人事局,妈妈是文化局的。

原来都是新人啊。

阿娘把我母亲也当作是新人的。阿娘向来对新人保持着足够的尊重。阿娘觉得我母亲能干,讲国语,政府部门那里说得上话,而且还是医生，阿莫西林要多少都能搞得到。

有一天放学，我才出校门，就被人拦住，那人叫我去校长室。后来进了校长室门，第一眼看到的居然是薇拉和她的母亲。

薇拉母亲回家。那天她心情很差，在单位里参加辩论被人家责问得哑口无言，背语录也出了洋相，张冠李戴，本想引用列宁语录的，可情急之下脱口而出的却是斯坦尼斯拉夫斯基的话，当场被人揭穿，一通猛批。薇拉母亲回家推门闻到了香烟味，起先她还以为是她丈夫提前下班了，后来发现竟是女儿躲在后房间里抽。薇拉母亲当场气疯。然后就揪住薇拉问怎么回事，烟哪来的，什么时候学会的。薇拉被她母亲的歇斯底里吓坏了，只有坦白，烟是从父亲那里偷的，第一口烟是庆庆阿娘教的。

这些都是薇拉后来跟我说的。

薇拉母亲原先是弄不清我是谁的，有时候路遇她也会跟我打个招呼。但是几乎每次都会叫错我的名字，有时候叫我星星，有时候又叫我勤勤，这次她总算认清我了。

她说，你就是那个人？

我点头。

我们家薇拉跟你阿娘学会了抽烟，是这样的吗？

我看了看薇拉，薇拉呆坐在那里，眼泡浮肿，哭过，脸又红又大，多半是大嘴巴扇过了。我说其实就是吃了一口。薇拉母亲怒视着我，她问我，你阿娘从前是做什么的？我说我也不知道，她好像什么也不做。

薇拉母亲说，是寄生虫吗？我说你才是寄生虫！

校长上来了，一把将我拎到墙壁角，要我站好。这时候工宣队也有人进来了，问怎么回事。听说我把薇拉带到了一只寄生虫那里去并且学会了抽烟，也很愤怒，要我站好，站直了，不准抖腿，也不准摇晃。

校长向薇拉母亲道歉，又要薇拉劝劝母亲不要再生气了。校长说这个人（指本人）交给学校处理就可以了。但薇拉母亲叽里呱啦还是说个没完，她说学生来校是学习马恩列斯毛的，可是她的女儿偏偏被这个小流氓（指本人）带坏了，跑那么老远的一个鬼地方跟一个资产阶级的老巫婆学会了抽烟。薇拉母亲做着夸张的手势问校长，怎么办？

校长摊着两手，显然他也不知道怎么办，也拿不出更好的办法来。

薇拉母女俩总算走了，一同训斥我的工宣队员也走了，办公室里就剩下我和校长。

很静。

校长突然问，你爸爸还好吗？

我不知道怎么回答，好像还没有人这么问候过我父亲。还好吗？他怎么会好。

回家后跟你爸说，叫他当心身体。

然后校长挥挥手，叫我走。

那一年校长好像四十多岁的样子。"文革"刚开始时校长还是副校长，但也被批。他的头低垂在那里，披着分头，就像一个概念中的美蒋特务。好在他很快地被解放了，还当上了代理校长。他在操场的领操台上演讲时有点结巴，我注意到他发爆破音时有障碍，比如说北京的北，或是八路军的八。他每次演讲我都会替他紧张。

校长说，你走吧，今天的事不不不不不，不要外传。

后来我知道，好多年前，校长也在区委工作，他的入党介绍人还是我父亲。我父亲倒了，他也就下放去中学教书了。

我在学校的任何事情都不可能瞒过母亲，学校里的女教师老是找她去生孩子。我母亲很快就知道我带了一个小姑娘去阿娘家的事，她又把事情告诉父亲。父亲就找我谈。他在跟我谈话同时在修理收音机，像是正式的，又像是非正式的。

可以想见我父亲一定很恼火，但是这个事情要完全怪他儿子也有点说不过去，而且那个女人还说什么老巫婆不老巫婆的，那可是他相当孝敬的母亲呢。

为什么要带那个小姑娘去？

车上碰到的，她死活要跟着我去。

阿娘真的让她抽烟了？

其实就是吃了一口，玩玩的。

你以后不许带任何人去，你也要管好你自己。

收音机修好了，某个电容器脱焊了，我父亲把那个接头焊牢。收音机又传出了唱样板戏的声音。我父亲把收音机关了。然后抬头看我，欲言又止。良久，他还是说了。他说其实你还有一个阿娘。我大为吃惊。我父亲说你的亲祖母很早离家出走了，去了哪里，我们也不知道。我问，那个阿娘也吃香烟吗？

她抽鸦片。我父亲说。

阿娘问我那个小娘子哪能不来了,我编了个理由糊弄过去了。阿粥也问为什么不见薇拉来,我说人家要你翻跟头,你又不翻,还来做什么。阿粥无语。

春节,阿粥来玩。我和阿粥四处走。阿粥一路走一路笑,说下只角就是下只角,马路上居然有牛污,我说那不是牛污是马粪好哦。

空地上,一些人聚在那里抽烟。小淮海也在里面,小淮海就叫我过去。小淮海说,你身边的那个人就是大道上翻跟头的?我问他怎么知道的。小淮海移开身子,他的身后是薇拉。薇拉正在把手中的烟头掐灭。

薇拉朝我一笑,不解释。

我拽着阿粥转身离去,一会儿,薇拉跟上来了。

薇拉对阿粥说,哎,上只角的,这次可以看你翻跟头了吧。

我也希望阿粥能够露一手,撑撑脸面,因为薇拉说话的声音很大,就好像有意要让后面那群流氓阿飞听到一样。我就低声恳求阿粥翻一个。我说翻完了,我们去一条街吃生煎。

下只角也有生煎?阿粥问。

阿粥不走了,停下来。他开始拉场子,他把那些围拢来的人往边上推,推。然后他就往后移了十几步,这样可以让前面的空地变得更加开阔些。他的腮帮子逐渐鼓了起来,气往上提,整个人好像迅速地长高了。他看了看我,就像看到了一锅刚出炉的生煎。有好多个下只角的眼睛正注视着他,期待着他的精彩表演,也有的想看他出洋相,比如小淮海。

阿粥起跑,跃起,高,又轻又飘。他听见了从某个角落传出惊叹声和尖叫,这样,他还想再努力一把,让自己横着再飞一会儿,就是这后面的想法导致了结局的不堪。

他在落下的时候重重跌在了地上，几乎砸出了一个坑。

阿粥被众人抬着送去医院，他痛得满头大汗，但是脸上还露着笑。到了医院，阿粥就由我母亲去安置了。我就赶紧去一条街买生煎。那是春节，点心店不开张。又去别处找，总算找到了一个生煎摊。还剩六只，一客半，我都要了。钱不够，摊主急着收摊过年，挥挥手说算啦算啦。

做了透视，腰椎骨裂，阿粥还在疼。我送上了生煎，瞬间他的眼睛就发绿了。他龇着牙欠起身来吃，几乎是一口一个。我问他好吃哦。他说味道一般，到底两样。

阿粥在床上躺了半年，这个半年他学会了抽烟。我伯父看到阿粥在床上抽烟很生气，可阿娘的态度是怂恿的，她说吃香烟可以止痛的，还说男人家不吃香烟吃什么。阿粥跟我说，他要是没烟吃了，他会跟阿娘要。

我还是每个月都去送钱，不过估计这点钱多半是花在阿粥身上了。阿娘对阿粥十分歉疚，因为春节那次是阿娘一定要阿粥来问候我父亲的，不曾想翻跟头伤成这样。阿粥伤了，躺在床上，阿娘就叫我自己去买生煎吃，还要多买一份，让阿粥吃。阿娘家隔壁的生煎摊在弄堂深处，要排很长的队。我和阿粥吃生煎。他坐在床上，我在床下。我是三四口一个，他始终是一口一个。那次他突然不吃了，去掏口袋，掏掏掏，掏出了几分钱。他说，干，再替我去买碗汤来，记住不要双档的，要鸡鸭血的。

对于空心翻事故，阿粥有他自己的解释：下只角，地不平。

外国女人

外国女人从人堆里穿过,总是有点慌乱的样子,她的尖硬的鞋跟敲打在石硌路上,有很强的节奏感。我很奇怪,她的鞋为什么没有在扫四旧时被当众烧掉。外国女人一路走来,又走去,留下了她的气息。

有的味道我是熟悉的,比如百雀羚面霜、双固牌药皂、蛤蜊手油这些,可是外国女人的气息不一样,我形容不好,总之很特别。好多次,还没有看到她的身影,就知道外国女人来了。

她瘦脸尖鼻,看上去很严肃,眼睛是灰色的。她并不漂亮,没有满足我的对于外国女人的某种期待,让我有点失望。

我们家对过两栋楼是生物科研所的家属楼,外国女人就住在左边那栋楼的顶层,她的老公看上去要比她年轻许多,也要比她白。他们两人都是科研所的技术人员,据说外国女人是白俄的后代,她就出生在上海。

我们几个经常趴在阳台上看对过的那栋楼,这是一种打发时间的方式,外国女人家的那扇窗往往是重点关注对象。有一次窗突然被打开，可以看到她愤怒的身影和夸张的手势，那天她一定是和老公吵架了。还有一次，我们看到她在往楼下扔东西，好像是水果皮之类的，心安理得的样子。这个也没什么，那个时候大家都乱扔。

有几个人掏出弹弓来弹射那扇玻璃窗，可是根本弹不中，他们的子弹都不知道飞到哪里去了。他们毕竟不是小三子。

那年夏天，隔壁楼的移山家来了一位客人，客人是移山的大表哥。在我的印象中大表哥就穿一种款式的衣服，就是那种白底蓝条纹的海魂衫。移山说他大表哥要去当兵了。我们起先以为大表哥是去当海军，因为他老是穿着海魂衫，可后来才知道他要去的部队是陆军。

我会当上侦察兵的。大表哥说。

大约一年以后，移山给我看了他大表哥的照片。照片很差劲，脸很模糊，在穿戴上甚至看不清究竟是共军还是国军。我问移山，他是侦察兵吗？移山说不是，是工程兵，刨地修路的。这些是后来的事。

大表哥来的那年夏天，是几十年未遇的酷暑。大热，到了夜晚，大家都不想睡觉。我们就坐在楼外听大表哥讲故事。先是在西墙侧的空地上，后来移到了一号花园，花园里干扰少。

大表哥最喜欢讲的是侦探故事，我就是从他那里最早接触到福尔摩斯的。他手里拿着一把折扇，在听众群里走来走去。有的时候他会突然地用折扇在某人的脑袋上不轻不重地敲一记，以增加现场的惊悚效果。大表哥讲福尔摩斯，他自己就成了福尔摩斯，有很强烈的代入感。他也会指定某人为华生并要求华生做这做那，而华生那个时候往往不知所措。

　　那天，他选中了我作为他的华生。他在讲一个关于皇亲贵妇蓝宝石被盗的故事，他游走在听众群中。剧情渐入佳境，福尔摩斯发现了那枚蓝宝石原本就是个地摊货，但凡是接触过这个地摊货的人又都被毒死了。

　　大表哥来到了我的面前。他对着我说，华生，这到底是为什么？我是来听故事的，毫无思想准备会有一个角色落在我的头上。我看着处在故事语境中的大表哥不知如何回答。大表哥说，你，华生，你要开动你的脑筋，不要像个木头一样。你必须立刻回答我。我朝大表哥笑笑，但是他根本不笑。他只是一味地要我回答，那个地摊货的蓝宝石到底是个什么鬼。

　　全场寂静，好像都在等着我的回答。但是我实在不知道怎么回答，好不容易，大表哥松懈了下来，他轻叹，然后摇头。

　　好吧，华生你真是太蠢了，好吧，那么现在请你把我的烟斗和手杖拿来。

　　他装模作样地指着远处跟我说。

　　我不动。

　　你去啊，华生！

　　人群开始骚动，大家急切地想知道故事的下文，也就跟着他乱喊，要我去给他拿烟斗和手杖。坐在我身边的移山推推我，意思是听他大表哥的吧，他家大表哥要我拿什么我就去拿什么。

　　我不得不离开现场。在我离去的时候，我听见大表哥又继续了他的故事。大表哥其实是个破嗓门，但他会各种变声，角色换来换去，一会儿是老太婆说话，一会儿是小女孩在笑，他还可以充当一个重感冒的口吃患者。总之，大表哥生来就应该去讲故事，他的故事实在是太迷人了。

我被大表哥赶了出来，然而我也不知道往哪里去。很清楚，他要我拿这个拿那个就是说白相的，就是"办家家"。他就是要我参与他的表演，让他的剧情更逼真，更具即视感。

有不少人都这样被他突然选中，又被支出现场。有的人被支出后又很快地回来，继续听他的故事。几乎没有人能够当场拒绝大表哥，因为所有的人都沉浸在他营造的氛围中，就好像被催眠了一样。唯独有一次，大表哥让薇拉去叫他的马车夫时，薇拉成功地反抗了他。薇拉不耐烦地说那个人死了，是她把他勒死的。大表哥吃惊地看着薇拉，大表哥问，你为什么要勒死他？

不为什么，就是看他不顺眼。

在场的所有人都保持沉默，他们没有笑，一直很严肃。

那天，移山对我说，大表哥对我的印象很好，晚上大表哥会在一个小范围内讲故事，邀请了我。

我问，薇拉也在被邀请之列吗？

移山摇头说大表哥特意关照不要叫那个小姑娘的，他说那个小姑娘的身上有疑点。我问，什么疑点？移山又是摇头。我问，今天晚上会讲什么故事？

绿色的尸体，是刚刚在上海发生的事，要从一具无头尸体案说起。

还没有听故事，我觉得我的汗毛已竖起，蛋在紧缩。

我和移山去了永安公墓。"文革"以前，墓园里十分的肃穆。汉白玉的墓碑，修葺齐整的松柏和冬青，还有兢兢业业的守灵人。墓园里葬有淞沪抗战时死在上海的各路将士，还有一些民国时期的要人。更小的时候，我跟着一些高年级生来墓园捉蟋蟀，曾经在这里捉到过一只阔背黄衣，这只虫凶猛异常，后来替我挣足了面子。"文革"开始后，永安公墓就被砸了。现在那里几乎成了一片废墟，而且据说常有鬼魂出没。

大表哥就是选在这个地方开讲他的绿色的尸体。原先定下有二十人来听故事，但是真正到场的才不过五六人。大表哥非常不满意他的听众严重流失。

都是缩货。他说。

我们到了的时候，天还没有完全黑。麻雀在觅食，乌鸦在盘旋。有虫子在叫，死人骨头随处可见，稍微注意点的话，还可以看到红蚁、百脚蜈蚣什么的。大表哥问怕不怕，我们都说不怕，其实心里边是吓咝咝的。

你们这些人，都是最好的苗子，以后都是做侦察员或是特工的料。

大表哥开始讲绿色的尸体，这个故事在那个年代我就听过好几个版本。很多年以后出版了图书，我买来看，可书中写的与我儿时听的完全不同，还原度太低，让人失望。

大表哥这个版本是我最初接触到的，也是最为喜欢的。是在一个月黑风高夜，小开去苏州河边自杀，小开不仅情场失意，赌场也是大败而归。小开没有死成，却在河边看到了一具尸体，尸体在月光下泛着隐绿。小开的脑中划过一道闪电，在他前辈族人的葬礼上，他时常会在遗体入棺时看到这种绿……

我们吓得把眼闭上,可是睁开眼来,大表哥不见了。转而又想,或许这又是他的噱头,是他的剧场时间。我真的担心,他会突然地从哪里冒出来,然后对着我说,华生,你去,把那个尸体给我拖过来。

这个时候,不远处有个人影在晃动。起先我还以为是大表哥,后来看清了,居然是那个外国女人。外国女人一如既往地严肃,由远而近,再又离去。她没有抬头,匆匆而过,然而我还是嗅到她身上的那种特别的气味。

我和移山跟着她走出了墓园。在墓园外停靠着一辆女式的凤凰牌自行车,外国女人跨上那辆自行车骑走了。这个时候大表哥也显形了。

十分钟前我就看到她了。他说。

次日移山把我叫去他家,移山说一会儿大表哥要来说一些事情。移山的样子神秘兮兮的。那天移山家里没有其他的人,他父母和姐姐都不在。

一会儿大表哥来了,他开门见山地说要谈谈那个外国女人。他问,在天色将黑未黑的时候,一个外国女人去一个坟地,目的是什么?

我和移山都摇头。

大表哥说他想了整整一夜,结论是,那个女人一定是要在那里和什么人接头。会在那里完成一个什么事情,比如情报的交接,接受或者传达某项指令。

我终于意识到现在已经不是在听故事了,感觉自己本身已经成了故事了。大表哥继续分析。

初步判断,她可能就是苏修特务,深潜多年,不过就是披着一层科研人员的外衣。

我和移山面面相觑。

从明天开始你们就做一件事,跟踪那个女人,过几天,通过你们的跟踪报告,就可以分析出她的最高任务,她的上下线,基本行踪,活动规律,等等。

我和移山发呆。大表哥说考验我们的时刻到了,不要怕,有他在后面支持我们。

大表哥一直套着海魂衫,说话的时候双眉紧锁,目光深邃,周身上下充满了力量和智慧,真是神一般的存在。他又给了我们一点钱,作为办案经费,但是他关照要省着用,因为他也拿不出更多的钱了。秋天去部队他还要买一个箱子,有许多书要带了走,包括全套的福尔摩斯故事集。

她叫什么名字?大表哥问。我们摇头。

首先要弄清楚她的名字,真名、化名、代号。

外国女人早晨七点和老公一道出门,两人挤上了54路公交车,他们要在中山公园下,因为科研所就在中山公园附近。移山家有一辆自行车,他父亲出差去了,这辆车我们刚好用上。移山骑车,我就坐在后座上,我们就抄近路先到了中山公园那里。

那两人下车之后就往科研所走去,进门后就不见了。移山去科研所门口探头往里张望,可很快地就被门卫粗暴地轰走。

我们蹲在中山公园门前,贼兮兮地盯着科研所的大门。移山要我把帽子压低些。我们各自都戴了一顶军帽，移山把帽子压得很低，斜着眼睛看世界，显得非常贼，看上去他更像个特务。他又要我去买两份报纸来看，我没有找到报摊，就在地上捡了两张传单。然后我们看传单，一看就是好几个小时。

科研所门口不断有人进出，但就是看不到我们要盯的对象。中午的时候有一个老外走出，可他肯定不是女人，他的样子有点像斯大林。这时候我才知道，盯梢其实是个非常无聊的事。好几个小时没吃没喝，口干，有饥饿感，后来饿得眼前有点发黑。我说我可能低血糖了。移山问什么叫低血糖。我说肚子饿就会低血糖，眼黑，头晕，心跳加速。移山说那他早就低血糖了。后来我们各自吃了一根赤豆棒冰，可是感觉血糖还是很低。

大概在四点钟的时候看到那个男的出来了，他夹着一只皮包，搭上了21路电车。又过了一段时间，终于看到外国女人了。她仍然是那么匆匆地走，像是走在一根直线上。她还是坐54路车，回家。

我们的行动总部就设在墓园，这个是大表哥定的。大表哥说这里隐蔽性好，而且多半也是敌人的接头站点，总部设在这里，或许无意间就可以有重大发现。除了移山和我之外，行动组内还有嘉明和整风。他们直接对大表哥负责，做什么事，我和移山是不能知道了。我们只知道他们是另一路的。

傍晚我和移山去总部的时候，看到那两个另一路的沮丧地出来。我们四人相互间只是眼神交换，点点头。然后就擦肩而过。

移山把一天下来的情况都汇报了，大表哥问我有没有补充。有一根细长的剥了皮的枝条含在他的口中，他咬着那根细条像是患了牙疼。

我摇头。大表哥思考一会儿,他说继续盯。

我问移山,你大表哥真觉得那个外国女人是特务吗?移山说,那你告诉我那天外国女人去永安公墓干什么?我回答不上来。移山说他大表哥是绝顶聪明的,小学时连跳了两级,数学比赛他都拿过市里的名次的。家里人都说他是天才。就是有时候他的想法特别的怪,像是有点毛病一样。

我们就一直在中山公园门口蹲着。大概是在四五天的时间里,外国女人就有过两次异动。一次是去了趟同仁医院,这让我们多少有点兴奋,她在挂号的时候我们就站在她的身后。那个年头几乎看不到外国人,所以外国女人一出现就有很多人注意到了她。我和移山也不敢和她走得太近,生怕被什么人注意到。

她是去找老中医针灸的。老中医看上去很老了,头发也落光了。一个候诊的老太说这个老医生就是神仙,以前是替杜月笙看病的。

还有一次是中午,她去了中山公园。

外国女人坐在长条椅上读书,很专心,像是屏蔽了整个世界。她的头发原本是棕色的,在阳光下就成了酒红色。夏木垂荫,柳叶飘落。她的身影在水中颤动,又被放大,流到了我们的脚下。

我和移山的内心在问同一个问题,她会是特务吗?

但是大表哥认定了她就是苏修间谍。他让我们看报纸,报纸说中苏在珍宝岛开战,第三次世界大战一触即发。形势的确紧张,这个大表哥说得没错,整个上海到处都在挖防空洞,每个居民都要参加挖防空洞,有的去挖土,更多地在做砖。每户人家都有摊派。除了我之外,我们一家都在做砖。他们叫我一起做,我说我有更重要的事。大表哥说我们的工作是一级机密，不能告诉任何人，包括自己的家人。

盯梢还是有成果的，起码老中医冒了出来。大表哥说，你们知道一贯道吗？我们说你讲过这个故事。大表哥点头说，记得就好。随后大表哥就批评了我们，因为我们并没有听见老中医跟那个外国女人到底都说了些什么，还有就是，外国女人在公园里看的究竟是一本什么书。

其实我已经想退出了，我觉得这个事情不好玩了，太累，就在那里傻待着，东张西望的，把自己弄得像特务一样。可移山说他大表哥不仅是个神经兮兮的人，还是个非常霸道的人，要是这个时候退出，大表哥或许会给我们上手段。

我有点怕，我问，什么意思？

移山说，你不要忘了，特务厉害，抓特务的人就更厉害。他真是要对付像我们这样的人太容易了。

我说，他会要我们死吗？

那个傍晚，下班，外国女人上了54路车，我们就赶紧骑车往家赶。在一条街站她下车，我们也刚好赶到，然后继续瞄着她，不过当时的心情很轻松，因为只要她拐进了她家的那栋楼门，我们就可以休息了。可接下去的事情完全出乎预料。

她并没有进自家的楼门，而是继续往前走，还从包里取出了一个纸条，她看门牌号，还看纸条，显然那个纸条上写有地址。走来走去，她居然进了我家的那栋楼。我们一直跟着，她上楼，我们也上楼，她在三楼停下了，她捋了捋头发，深呼吸，然后就敲我家的门，我听见我妹妹的声音，谁呀！这个时候我突然感到了恐惧，扭头就跑，还踏空了楼梯差点滚了下去，移山也跟着我跑。移山终于拽住了我，他要我老实说这到底是怎么回事。

墓园。我在接受审讯。我面对着大表哥站立着，两侧是移山还有另一行动组的嘉陵和整风。大表哥要我站好了，不要扭来扭去的。

依然是暮色阑珊时刻。

大表哥在我面前思考，踱步，手里还是拿着一根柳鞭。

现在就是两种可能，一种就是你暴露了。然后你被反盯梢了。然后那个女人在向她上司，很可能就是那个一贯道老中医汇报并得到了认可之后就孤注一掷，以主动进攻的姿态去击溃你，她会跟你摊牌，或者收买你，或者玉石俱焚。如果真是这样，那就是说我也有危险，因为你们两个是一起的，她可以顺藤摸瓜，很快就可以找到我。

移山说不可能的，因为她根本没有注意到我们。

大表哥点头表示同意。

对的，实际上这个可能性确实很小，因为你们两个小赤佬她根本看不到，而且她又是从哪里弄来的地址？地址是写在纸条上的对吧？纸条是从包里掏出来的对吧？

我说是。

大表哥摇头，否定刚才自己说的。

讲不通。那么还有一种可能，你们家就是一个特务窝点。

大表哥用柳鞭点着我的鼻子。我觉得我想尿尿。我扭头看移山，他索性别开了脑袋根本就不理我。而嘉明和整风幸灾乐祸地看着我，两人的胳膊肘还不断地捅来捅去的。

你父亲是干什么的？大表哥问我。

工人。

他爸是右派。嘉明说。

大表哥逼视着我，大表哥又开始在我面前绕圈。大表哥说许多右派其实就是苏修特务。他要我交代我们家和苏联有过什么关系。移山揭发说我们家有人以前是苏联留学的，我想起来我跟他说过，我有个表舅是作曲家，去苏联学习过，我还告诉他现在我们唱的歌有好几首就是我表舅作的曲。

是吗？大表哥问我。

我点头。

大表哥又踱步，然后他突然停了下来。他指着我对另外三个人说，把他绑起来。那三个人不动。

绑呀！

移山说，他们没有绳子怎么绑？可大表哥似乎根本就没有听进他在讲什么。

绑呀，给我绑呀！

移山后来总算想出了一招，他脱下了上衣，然后就用那件破上衣把我固定在了树上。其实他根本就不会做这种事，凭感觉我就知道只要稍作挣扎，肯定就能挣脱开来。但是我不敢动。

起先，大表哥不过是个天才的故事人，他的故事让人着迷，你深入其境如梦似幻。随后你就不知不觉地成了他的故事中人，再后来他就完全控制了你，主宰了你，他不再是故事人，他成了上帝。

我被绑在树上。我的头上是厚重的树冠，还有鸟巢，有鸟在叽喳，一会儿就有鸟屎落在了我的脖子里。可以看到有鸟屎同样落在了移山的身上，他的上衣脱给了我，用作了固定我的绑带，这天他就穿了一件上衣，那么他的上身就光了。鸟屎就那么掉落在他的皮肉上。

我说移山你老恶心的。

他不理我，他已经不认得我了。

大表哥要我交代。我说我什么也不知道。大表哥冷笑，随后大表哥就用柳条鞭子抽我，他不仅自己抽我，还叫其他三人也抽我。移山抽我的时候手在抖，好像是做做样子的，另两人都是使劲地抽，真是痛极了。我觉得要崩溃了，顶不住了。

交代吧。大表哥说。

我想我真的是要交代了，再不交代的话我就要死了，我想起了电影里看到的那些英雄，竹签刺入手指不说，宁可咬断自己的舌根也不说，而现在我非常绝望地承认，我是无论如何成不了这样的英雄的。

我说我交代，我交代。

他们的手上都握有一根柳条鞭，他们垂下了鞭子。

那你交代，你们的最终目的是什么？

炸桥。我说。

天已经完全黑了，我根本就看不清他们的脸了。我估计他们对我的交代不会满意，于是我索性闭上了眼睛，等待着他们更猛烈的抽打。

但是没有，他们走了，突然就消失了。夜鸟还在我的头上叫，又有鸟屎落在了我的脖子里。我扭动了几下，移山的那件破布一样的上衣就掉了，我说过他根本绑不牢我。他根本就没什么素质。

回家，我身上的累累伤痕把我外婆吓坏了，她差点晕了过去。那几天，我父亲去干校劳动，我母亲去淮河一带巡回医疗。家里就我外婆主管。我外婆对事情的来龙去脉没有兴趣，她只是问我是哪个下的毒手，我说有四个人。我外婆抓重点，问是哪个起的头，我就说是隔壁楼的大表哥。

混账东西！我外婆抄起一根擀面杖就跑下楼去，我外婆深度近视，我们家又是三楼，我真怕她一不小心踩空跌坏了。我在后面喊外婆你慢点慢点，但是外婆已经跑得没影了。

我在想这一天发生的事情，乱极了，就是一场噩梦。但是外国女人来过我们家，这是确凿无疑的。我又把妹妹叫来，我问她外国女人是不是傍晚时候来过我们家。我妹妹说是的，她那个时候在家，还是她去开的房门。我问她来找谁。我妹妹说是来找妈妈的。我说找妈妈做什么。我妹妹摇头说她也不知道。

她只找妈妈，我说她去外地巡回医疗了，她就走了。我妹妹说。

我在家里休息了几天，我外婆根本不让我出门。那天晚上我外婆一定是去那里吵得很凶，回来后我听她的嗓子都哑了。

后来我在阳台上看到了隔壁的移山。他也在阳台上，他朝我做手势，那个手势是出去找个地方谈谈的意思。我并不恨移山，他那天肯定也是出于无奈，况且无论如何他落手很轻，唯有他的鞭子抽在身上一点儿不痛。他那个样子我忘不了，赤膊，大汗，手和鞭子都在颤抖，身上布满鸟屎。

我找了个机会总算跑了出去。

移山见我的第一句话就说，大表哥走了。移山说那晚我外婆去了他家，高举擀面杖要敲碎大表哥的脑壳。大表哥就说住不下去了。

他再也不来了吗？我问。

下个月就要去当兵了，肯定不会来了。

我们坐在铁路西站的桥头堡上，桥头堡是二战遗迹。堡顶上杂草丛生，也有点臭。但是无论如何要比墓园强，这里没有死的气息。火车驶来驶去，可以感受到生活在流动。

外国女人和你妈妈到底什么关系？移山问。

我怎么知道。

那你妈妈也是留苏的吗？移山又问。

哪个留苏了？你妈妈才留苏呢！你妈你爸都是留苏的！你们一家人祖宗三代赤那都是留苏的！

外国女人婚后就一直想要孩子，但是一直不孕，外国女人就四处求医。中心医院正在研发一种专治不育不孕的中草药，据说有一定的效果，我母亲也参与了这项工作。反正那个时候提倡中草药，医院里几乎人人都要介入。外国女人七弯八拐地知道了我母亲的姓名地址，于是那天下班就找上了门来。事情的经过就是这样的。

我母亲说她父亲是白俄，一直在中国做生意，后来病逝在上海。要是在永安公墓看到她一点不奇怪，因为她父亲就葬在那里。

挺好的年轻人，很有知识的，也蛮可怜的，想要个小孩就是要不到，听说单位也在审查她。这种环境，这种情绪，怎么能怀上？你们也要尊重人家的，小孩子看到人家要叫阿姨，不要老是外国女人外国女人的,她其实是中国国籍。

那她的中国名字叫什么?我问。

钱向东!

鸡王

我们去大刘家玩，大刘拿出一只篮子来，那只篮子上盖有一块毛巾，大刘说，猜猜，是什么？我说是吃的，海洋也说是吃的。大刘说猜对了，然后他掀开毛巾，那里面是大鸡蛋。我说，好大。海洋也说大。大刘的母亲是虹桥路上盲校的教师，大刘说是她妈妈的一个学生送的，是那个学生家里的鸡生的蛋，是最好的鸡也是最好的蛋。大刘说他妈妈已经同意他拿去孵小鸡，而且他已经问好了，有专门的孵化点，他有地址。大刘说，我们三个一起去吧，有了小鸡你们两人一人给一个。

当然乐意。

初春，依然很冷。那个孵化点在虹桥路中段的一个小巷子里。我们三个天不亮就来了，但还是来晚了，已经有人在排队了。距我们还有十几个人的时候，孵化点的小窗就关上了。公告说额度已满下周再来。我们只有往回去。天好像还是很暗。月亮落下去了，太阳还没有升起来。

过了一周我们又去，这次是下定决心要办成这个事。还是老办法，在脚踝处绑上一根绳子，睡觉时把绳子抛出窗外。这样就不用喊了,半夜起来去孵小鸡,大人多半会阻止的。

我刚刚躺下,就感觉到绳子被人拉了,赶紧悄悄起床下楼。是海洋。我说还太早吧。海洋说已经两点半了,海洋说他根本就没有睡,一直在看钟。然后我们就打算去拉大刘的绳子,但是大刘已经来了。他说他昨晚八点钟就睡了,完全睡够了。

到了孵化点,局面还是不容乐观,竟然还有一些人比我们早。一个阿婆说她昨晚上七点钟就来了,就那样还不是第一个。这次更让人丧气的是,刚好轮到我们,孵化点的小窗"啪"的一下关闭。下周再来。

我们去吃早点。标配:一副大饼油条,一碗咸浆。吃完喝完后就决定回家睡觉去。

在穿过一个菜市场的时候,看到路边有卖小鸡的。那些毛茸茸的小东西真是太惹人怜了。我们就蹲在那里一直看。大刘拉我们到一边说,不想再去孵了,就用鸡蛋跟人家换小鸡吧。大刘的提议没有什么不好的,我和海洋完全同意。

后来是十二个鸡蛋换回了六只小鸡。在挑选小鸡的时候我知道有一种方法可以辨别公母,就是捏住小鸡的两只爪子然后倒悬起来,如果鸡头就那么仰垂下去,就是母的,如果鸡头使劲地往上曲就应该是公的。这个方法好像还是听隔壁好婆说的。我们挑了三母三公,大刘给我一只,海洋一只,其余四只都是他自己的。我要了只母的,我想母鸡养大后,就可以吃鸡蛋了。海洋要了个公的,他想要鸡毛,鸡毛可以收藏,也可以有其他的生活用途,比如可以做毽子,做三毛球,做书签,等等。鸡毛只有公鸡的才漂亮。

我的这只小鸡养了没有多久就死了，我是怎么抢救它都无效，先是狂吃狂喝，给水给小米一会儿就吃完，然后就拉稀，是一种绿色的分泌物，很恶心，再后来就蔫得站立不起来了。有人告诉我要给它服用抗生素的，于是我赶紧翻找家里的药柜，找出四环素片，又一点点地塞到它的嘴里。几个小时以后似乎精神些了，但是第二天早晨我醒来去看，已经死了。就躺在那只纸盒子里，僵硬了，像只标本。它就是想死我一点办法没有。

我的那只小鸡死了之后，很快地，大刘的小鸡也死了两只。死法都差不多。我对大刘说，不管怎么说，你还有两只可以玩。我又去他家看，那两只小鸡就关在一个纸盒子里。大刘轻轻掀开盒盖，它们就歪着头看，样子可爱极了。我伸出手去想触碰一下，大刘说别动，要死的。

没过两天，大刘就告诉我，它们死了。

六只小鸡里面唯一存活的是海洋的那只，我们原本以为海洋的那只肯定也要死，有时候遇到海洋就会问他，死了吗？海洋说还好。整个春天它都活着，快入夏了，它居然还活着。

那天我去海洋家，我说我想看看那只鸡。

鸡在海洋家的阳台上，一踏入阳台鸡的气息就扑面而来。有一只鸡笼子，那只鸡就关在里面，在我走近看的时候，鸡就开始扑腾。我已经难以把眼前这只鸡和那只毛茸茸的小鸡仔联系到一起了，我的第一感觉就是它太丑陋了，它瘦高，腿和脖子尤其长，简直不成比例。身上也没有几根毛，鸡皮暴露在外赤膊一样。

它现在就是赤膊鸡阶段，慢慢会长好的。海洋说。

道理是懂的，可眼前的这只鸡很难让人喜欢。它的一只鸡眼看着我，十分警觉，一点不和善，我甚至觉得它多少有些恶意。

我对海洋说，你觉得它像谁？

像谁？

像我们班上的沈建国，头颈老长，嘴尖，声音也变得怪里怪气的。那天薇拉就说他长得像只赤膊鸡，薇拉说那只赤膊鸡还想约她去吃小馄饨。

海洋喂鸡，一只马口铁盒里是他自制的饲料，是鱼的内脏剪碎后又煮熟了的东西，很腥，但是那只赤膊鸡吃得香极了。

海洋摇头说，不像，沈建国怎么和它比。

大刘也去看过那只鸡，他也在惊叹海洋的鸡居然长得那么大。我说不知道海洋是怎么养。大刘说那天他遇到了海洋的姐姐，他姐姐说那只鸡就是和海洋一起睡大的。

大刘说完，他笑了我也笑了。大刘说早知这样，当时海洋应该挑一只母的。

和我们一样，海洋的鸡也是放在一个小纸盒子里养的，海洋怕它晚上受冷就抱着那只小纸盒睡觉。我在想，海洋养鸡就像养金铃子一样。我养过金铃子，也会放在床头，就是喜欢听金铃子的叫声，那声音缥缈极了，吹弹即破，连呼吸都要小心。海洋的小鸡的叽叽也一定是相当悦耳，助他入眠的吧。

海洋家和我家间隔一个小花园，不远。他家屋外晾什么衣服我都能看见。某个夜半，我被一种很奇怪的喔喔声吵醒，醒了以后又睡，睡了以后又被吵醒，迷迷糊糊地到了天亮。

吃早饭的时候，我外婆也是说，昨晚上对过什么声音吵，弄得一夜没睡好。

早上去学校，遇到了大刘，又遇到了海洋。海洋看到我们就说，唉，昨晚上你们听到什么没有？我点头。海洋说他的鸡会叫了。大刘其实也听到了。大刘说哦，原来是赤膊鸡在叫啊，真难听啊。海洋说一开始叫总是难听的。我也说难听，又吵又难听，而且我提醒海洋要小心点，说不定哪天他妈妈不让他再养鸡了，一刀杀了。海洋突然不走了。他看着我，一脸的惊恐状。海洋说你是乱说的吧。看到他那个样子，我十分后悔我说的那个话。大刘说要是母鸡就好了，就不会吵了。

当然是公鸡好，它越来越好看了。海洋说。

凌晨，海洋的鸡还是要叫，还是那么难听，卡住了一样。听说也有邻居在抗议了，质疑新村里怎么可以养鸡。海洋的妈妈已经数次承诺一定会宰了那只鸡。

终于有一天，那只鸡突然开窍了一般，完整地高喊了一嗓子。那一声嘹亮的鸡鸣，石破天惊。在睡梦中我被它生生叫醒，赶紧推窗，它又叫了一嗓子，我顿时感到金光闪闪，华光万丈。

大刘说我肯定是睡糊涂了，大刘说那又不是一只金鸡。

海洋在花园里遛鸡，鸡脚上绑有一根绳子，海洋就牵着绳子的另一端。这只鸡在那里溜达，非常神气。鲜红而直立的冠，坚硬的翅膀，色彩亮丽的尾巴毛，一步一个脚印的锋利的爪子，还有在风中动感十足的满身的芦花羽，这是一只芦花鸡，它看上去太完美了。

海洋索性就叫它芦花，芦花芦花，很亲热的样子。我说它好像会飞一样，大刘点头，表示同意我的看法。我跟大刘说，我们的鸡要是活着的话，也会是这样的吧。大刘说那个是肯定的，它们是一个品种，是在一个筐里挑的。我想起那个四点左右的凌晨，那个菜市场，我们叫挑担的人停下，然后我以倒悬法挑了六只。三公三母。现在其他的都死了，就剩下这只了。

海洋母亲说要把那只鸡镦了，还把一个专事镦鸡的叫了上去。海洋几乎是以命相搏，有人看见他在阳台上搂着他的鸡大叫，镦了我好了，镦了我好了！要镦就镦了我好了！

海洋在花园里遛鸡的时候，黄桥就一直跟在边上看。黄桥后来忍不住了，黄桥要海洋去新泾庙玩玩，那里有斗鸡场，赌输赢的。海洋说不去，新泾庙是流氓库。黄桥说他那里有人的。海洋问，输了怎么样，赢了又怎么样？黄桥说也就是斗斗香烟牌子，输赢都是一张牡丹，又说输了算他的，赢了就算海洋的。海洋问黄桥，他为什么要这样？黄桥咬牙说他想找只鸡去复仇，上次他的一只白勒克居然被新泾庙的一只雌鸡啄瞎了一只眼，后来那只白勒克一回来就被他爸杀了吃了。海洋征求我和大刘的意见，大刘的意见是去，我也表示赞同。大刘说趁它还是只男的你就让它去斗斗，要是哪天被镦了，就不好斗了。

新泾庙的斗鸡场是小小的一个地方，场地上象征性地用木桩绳子拦了一下。黄桥带着我们几个去的时候，有两只斗鸡啄得正欢。周边的小流氓们在叫好，叫弄死它弄死它！黄桥绕场地一周，总算找到了他的大哥。黄桥事先说过的，大哥的亲妈就是他的奶妈，两人绝对是喝同一个妈的奶长大的。大哥面相不好，反正我不喜欢，大哥上来看看芦花鸡。他问，斗过吗？海洋点点头。大哥问哪能，狠吗？海洋说有输有赢的。黄桥说这只鸡的腔调老好的。大哥表示来这里的鸡腔调都老好的。

　　场子一会儿空了出来，大哥说可以了，海洋就把芦花抛了进去。紧接着，又一只鸡抛了进去。那是只浦东土鸡。很快两只鸡的鸡毛就竖了起来，然后就斗。大概就两三个回合，浦东鸡就败了，芦花咯咯地追着咬。浦东鸡的主人跑进场踢芦花，芦花就跳将起来去斗那个人。众人哈哈笑。我和大刘也忍不住笑。再看海洋，他的脸上竟是一点笑意没有，只见一头的汗。

　　我说哎，赢了。海洋微微地点头。海洋朝芦花扬了扬手，芦花就昂首阔步地朝他走来。海洋就从兜里掏出了一些谷物给它，转眼之间芦花就吃了。

　　第二场开始了，进场的是一只洋鸡。我问黄桥他上次带来的白勒克是否就这样的。黄桥说像是一个品种，但是这只要大两号。进场的这只洋鸡根本不讲礼节，一根毛都不张，就饿虎扑食般地朝芦花压过去。芦花先是处于守势，但是它的步伐相当灵巧，进退有据，很成功地躲过了对手三板斧。接着就到了芦花的表演时刻，它先是把洋鸡的肉冠啄掉了一小半，然后又将其晃倒，又用锋利的爪子插进了洋鸡的皮肉里，还去啄洋鸡的眼珠子。

　　黄桥在喊叫，嗓子都哑了：啄瞎它啄瞎它！

　　白勒克逃了。

　　黄桥的大哥嚷还有吗，还有吗？有人抱着一只乌骨鸡跑来了。海洋说不比了。但是周边的人不让他走。黄桥大哥也说再比一场吧。旁边有人说这只乌骨鸡养精蓄锐有一个多月没有出山了，它是上半年的冠军。

　　乌骨鸡果然是临场经验丰富，它只是绕着场子寻找机会进攻。

而芦花好像也是累了，它仅仅是髭了髭毛，就立在那里不动了，有一个片刻它好像是睡着了一般。可是就在乌骨鸡飞扑过来的时候，芦花一个华丽的转身，仅扭头一口，就把乌骨鸡扯翻到了地上。

海洋抱着芦花穿过人群而去，我们几个紧随其后，感受到了赢家的莫大的荣耀。有流氓拦住了海洋，流氓对海洋说，大哥，有空来玩，有事找我们，下次有好的鸡去大哥那里玩。海洋点点头。海洋说欢迎。

那次在回来的路上，我看到海洋哭了。他的泪水在流，但是又不好意思擦，他是怕被我们笑话。

海洋父亲是右派，在安徽农场劳改。海洋长得不像他父亲，他父亲我见过一次。那次我去海洋家，看到一个黑人赤膊在擦身。后来才知道那个就是海洋的父亲，因为晒得太黑，一点不夸张，就像个黑人。但是他父亲的个子很高，大概有一米八几的样子。海洋像他母亲，又矮又瘦，他说他有一米六三，我觉得没有，他说的这个数字有水分。

我有时候会看到海洋在哭，他总是独自蹲在某个地方哭，一根手指在地上划来划去。眼泪会一滴滴地落下去。我会去问他哭什么，通常情况下他不会说，只是摇摇头说没什么，就这样了，你别问了。

我知道海洋有许多伤心事，这些伤心事很可能是和父亲的劳改，以及母亲的体弱多病有关。但是海洋不愿意说。

薇拉居然不认得海洋，同窗两年，她连海洋是谁都不知道。她甚至会把海洋和海祥搞混。我跟薇拉说了海洋和他的芦花的事。薇拉说下次再有斗鸡的事，一定要叫上她。

我问海洋,他妈妈还会不会真把芦花镦了。海洋不肯定地说大概不会吧。我说它不是吵吗,早上要叫。海洋问我,天不亮还能听见叫吗?我说听不到习惯了吧。海洋说每天天不亮他就蹲在了鸡窝边,芦花要叫,他就赶紧喂食,挨到天亮它再叫就无关紧要了。我说你是和《半夜鸡叫》里的周扒皮反着做的。

黄桥又带来了新泾庙消息,说新泾庙那里一定要海洋和芦花再去一趟。因为最近他们那里又进了两只斗鸡。但是海洋拒绝,海洋说鸡需要休养,脚上有点伤,走路有点瘸。

感觉上芦花越来越威猛了。海洋牵着它溜达,四室阿姨提着菜篮子过,鸡就斜着眼看她并咕咕地挑衅般地叫。四室阿姨那天心情也不好,就说了句,哎呀,跑开点,烦死了让人怎么走路?那只鸡生性凶猛,自尊心强,智商也高。它好像完全听懂了人语,突然地跳了起来,扇动着翅膀,直接朝着四室阿姨撞去。四室阿姨菜篮子被掀翻,一块雪白的大豆腐摔得四分五裂,番茄土豆之类满地滚。四室阿姨也被撞倒在地,而且差点还被啄到了眼睛。

四室阿姨哇哇大哭起来,四室叔叔匆忙地从楼内出,他很快地就意识到发生了什么事。而芦花也转移了目标,它髭着毛对着四室叔叔绕起了圈子。四室叔叔是陆军侦察兵出身,前些年还教过我们小孩子打拳,让我们多少也知道了一些基本招数。但见四室叔叔先是马步蹬腿,后以太极手运气在防御的基础上准备出击,而芦花倒是安静了下来,感觉上它有点息事宁人的样子,它咯咯咯地叫着,像慈祥的老母鸡在产蛋。四室叔叔见机会来了,直扑而上,随后是一个完整漂亮的组合拳,旋腿扫荡,海底捞月,单风刮耳……芦花在后撤，后撤，到了退无可退的地步，突然一个旱地拔葱飞将起来，直接就立在了四室爷叔的肩上，然后就迅速地对着四室叔叔的脑袋狠啄。

包括海洋在内我们都没能反应过来。

围观的人都看得目瞪口呆，这一幕也实在是太过夸张了。四室阿姨见状赶紧跑上，她对着芦花大叫，别打啦别打啦，是我不好是我多嘴，别打啦！我向你道歉可以了吧！

海洋妈妈跑来对四室阿姨赔礼，海洋妈妈说她一定要宰了那只杀千刀的鸡。四室阿姨正在处理她身上的伤口，她的手臂上腿上，红药水紫药水涂得一块一块的。四室阿姨说你身体这个样子怎么弄得动它，哪天你要杀了说一声，我叫上几个人去帮忙。四室叔叔的头上也被啄破了，他的脑袋上也盖着纱布。四室阿姨说到时候你也去，报一箭之仇。但是四室叔叔根本不屑这种妇人之道，四室叔叔说，铁血沙场，铮铮男儿，勇者王败者寇，输就输了，哪有暗地里去绑杀对手的。四室阿姨走到了四室叔叔的跟前，伸手重重地拍了拍他的脑袋，四室叔叔疼得咧嘴。

你要搞搞清爽，那是一只鸡！

那肯定是一只有灵性的鸡，海洋妈妈从四室出来回家，然后就去公共阳台的鸡笼前对着芦花说，我明天就杀了你！当天晚上，芦花就啄破了笼子跑了。

我们几个去找芦花。多好的一只鸡，给我们的无聊日子平添了那么多的乐趣，突然跑了。我和大刘急火攻心，海洋倒是显得平静，笃悠悠胸有成竹的样子，他手持一根柳条鞭，有一搭没一搭地抽打着路边的灌木丛。

它跑不远的，我肯定可以找到它，芦花良心很好的。

大刘问，你肯定？

海洋说肯定。海洋说其实他已经闻到了它的味道了。我要海洋告知一个大概的方向，我们可以不要乱跑，就去那个方向找。海洋摇头说不知道。但是海洋说那个味道确实是芦花的，他煞有介事地嗅了嗅鼻子。

就是它。海洋说。

我们找了两天，甚至还去了虹桥路的那个菜市场，在菜市场居然还看到了那个卖小鸡的，他已经完全不认得我们了。他说他已经不卖鸡仔了，他现在只卖肥硕的蛤蟆。

然后我们继续往前走，凡是看到有芦花鸡就一定上前看个究竟。那些芦花鸡和海洋的芦花比较起来就根本不叫鸡，只能叫做鸟，而且是不会飞的鸟。

我们走在了铁路线上。以前也会经常来这里，看火车，猜火车，猜下一趟火车是客车，还是货车。有多少节。会不会在我们那个道口鸣喇叭，几声，长的还是短的。再往北走，就可以看到那个著名的桥头堡了。桥头堡坐落在凯旋路口，圆状的，东西南北有四个枪眼，它要高出地面三四米的样子。可以从枪眼爬进堡内，我进去过，里面除了烂泥就是垃圾。桥头堡的顶上是杂草，也会开出一些小花来，粉色的，白色的，反正是叫不出名的小花在风中摇曳，那些自生自灭的小花会让人想到死人的亡灵。

顾名思义，既然叫它桥头堡，那从前这里一定是有座桥。但是现在已经没有桥了，只是地势有点往上去的坡度。桥头堡周边也有些楼房,基本上是部队家属楼。我们学校也有不少部队子女,他们也都住在这一带。私下里我们就称他们为桥头堡的。

在学校里,新村的和桥头堡的是两大阵营,新村里的四个班编为二连,桥头堡的四个班编为一连。双方有时候会有一点摩擦,可基本上还是和平相处。大家都以为自己是有素质的人。

"文革"伊始,有造反派把几个退役军人关进了桥头堡。后来这几个退役军人居然在堡内的烂泥塘里挖出了两支卡宾枪,造反派来提审他们的时候,突然看到有枪筒正缓缓地伸出枪眼,并且已经对准了他们的命门。那些毫无素养的乌合之众赶紧逃了,不再来了。

我们累得坐在了路基上,有列车西去,是货车,装着煤还有一些军用物资。列车很长,车速很慢。我们的目光也随着它往西去。列车驶远了,那个桥头堡就突显在眼前,这时候我们不约而同地看到了芦花,它就站在堡顶上。

它也在看火车。

有几个桥头堡的人去逗芦花,他们拿着长竿去捅它,芦花就与那些人周旋。没有人上去跟它单挑。

海洋在桥头堡上搂住了芦花,芦花用它的鲜红滚烫的肉冠在海洋的脸上蹭,又从胃里发出一些咕咕的声音,像是久别重逢的甜蜜的呢喃。我感动得想哭,我想海洋也该哭了,他本来就是个哭气包。果然,他一会儿就哭得稀里哗啦了。

新泾庙来人了,来人就是大哥。大哥说那次新泾庙的脸丢尽了,大哥说他也有大哥的,大哥的大哥说一定要扳回这个面子。海洋不理睬。大刘问,那想怎么样?大哥说再赛一场。

海洋还是摇头。

大哥不耐烦了。大哥说你想想，我是新泾庙来的。

大哥是在海洋家的楼下说这番话的，临走的时候，他恼怒地倒拔了花坛内的一棵冬青，他把那棵刚刚长出嫩芽的冬青直接扔到了大马路上。一辆卡车压了过去。

那天，海洋在阳台上喂鸡。突然听见下面有人在喊他。海洋探头，看到一群人聚在楼下。他们显然是来斗鸡的。当我和大刘赶到的时候，那群人依然聚在那里，大哥在，大哥的大哥肯定也在，就是不知道是哪个。有两个人手中抱着鸡。

黄桥也在。黄桥说快去叫海洋下来斗，要不然他们不会走的。

我和大刘就赶紧上楼去，海洋还在阳台上磨蹭，他说他真的不想再斗了。海洋的话音刚落，一块红砖就飞进了阳台，砸破了阳台门上的玻璃，也差点砸到了我们的脑袋。

新泾庙的人尽管流氓，但人家也是道上的人，既然是道上中人，那肯定也是讲规矩的。上次他们是主场，这次就应该是海洋的主场。黄桥这时候就代言新泾庙，黄桥说海洋你定场地。

海洋想了想说，随便。

大刘说就去书场好了。所谓书场就是在楼西侧的那块空地。

海洋点点头说，好的。

在书场看斗鸡的人很多，还有人搬来了凳子站在凳子上看，四周的居民楼也有不少窗打开了。薇拉也来了。薇拉说你怎么不通知我，我还是听别人说的。我说哎呀，哪来得及啊，他们也没有预约，突然就来了。

海洋的脸一直是贫血般的苍白，现在就更白了。薇拉朝海洋挥了挥拳，说海洋加油！

黄桥从人堆里挤过来，继续传话，黄桥说新泾庙方面说既然是比赛还是要赌！大刘问，这次想赌什么？黄桥说是这样，新泾庙的人觉得新村的人太老卵。所以如果斗输了，那么这里的人就要叫新泾庙的人阿爸。要跪在地上叫阿爸。

黄桥目视海洋：你要跪在地上叫他们阿爸。

别哭别哭，我握住了海洋的手臂，就是叫他们阿爸也不能哭着叫，要是跪叫阿爸我来替你好了，放心一定帮你。

哎哎，薇拉这时候插嘴，那么他们要是输了怎么办？

他们就叫你们阿爸。

也是跪着叫。薇拉说。

当然了，道上有道上的规矩，讲道理的，双方都一样。不过，黄桥又看了海洋一眼。我觉得新泾庙这次不会输。

我问为什么。

刚才看到了那只鸡。不像是鸡，像只鹰！黄桥说。

据说先要暖场，对方先是抛出了一只暖场的鸡，是只芦花鸡。初看，还以为就是海洋的芦花。它们长得太像了，个头、毛羽，甚至气质也像。那两只芦花面对面地站在那里，好像突然蒙了，一点斗的意思没有。它们一定是在研究这到底是怎么回事，怎么突然跑出一个和自己完全一样的家伙来互为镜像，这是干什么？

场外观众起哄，笑，又叫了起来：换一只换一只！

有人进了场地，把他的芦花鸡抱走了。随后主角进场了。

黄桥说，这不是一只鸡，就是一只鹰。黄桥说得不错，这只鸡的长相实在是太超群了。场内的芦花已经算是大个重磅了，可进来的鹰就是要比芦花整整高出一头，身子也要大出一号。那是一只红鸡，身上的红羽如同火烧一般，尾巴是纯黑色的。它的颈肩处是黑红相间，髭起来更给人一种暴力的杀戮的气势。

这是第一次，我感觉到芦花怯场了。芦花往后躲，甚至感觉到有一种轻微的哆嗦。我身边的海洋一把握住了我的手，他的手冰凉，如同他的鸡一样，也在哆嗦。

大刘小声说，这不是一个数量级的。大刘现在说已经晚了，如果先前知道双方有这么大差距的体量，那么无论如何是不会应战的。

我已经在想，怎么跪在地上叫阿爸了。

红鸡张开了翅膀向芦花扑去，芦花躲。又扑，再扑。红鸡一次比一次的凶猛地扑，芦花就一次又一次地躲。芦花显得很狼狈，一点气势没有，而在仓皇失措的避闪中甚至自己还滑了一跤，好像还伤了筋骨，它在闷声不响地，灰头土脸地爬起来之后，或走或跑，感觉上就是有点瘸了。

而这时候，芦花的肉冠被红鸡一口咬住了。那是一只带钩的鹰嘴，芦花被它咬住了之后，根本就是无法挣脱的。芦花的向来傲娇的冠先是被撕裂，接着就流血了。

薇拉已经看不下去，薇拉说它一定痛死了。她蒙住了自己的眼睛。感觉上就一两个回合，芦花就已经放弃了，它被人家咬在嘴里，无力地趴在了地上。红鸡又踏上了两只爪子，又用爪子肆意蹂躏它的对手。

新泾庙的人一直在叫好，他们以为已经胜利了。

而芦花就是在这个时候开始了反击，它好像是突然想明白了，像这样不战而死实在太窝囊了。芦花突然飞跳了起来，尽管它的肉冠已经被完全撕裂，有一部分含在红鸡的鹰嘴里，但是这并不影响它的腾空而起。然后它就骑在了红鸡的身上，并以牙还牙地也是一口死咬住了对方的花冠不放。

芦花的这一招我们都太熟悉了，那次它在对付四室叔叔的时候用的就是这一招，奇招奇效，四室叔叔根本招架不住，落荒而逃。红鸡在挣扎，可芦花是根本甩不掉的，随后红鸡的整个脑袋受到了芦花雨点般的啄击，红鸡显然是被啄晕了。

红鸡趴了下去，再也起不来了。

这只红色的鹰输了，新泾庙输了。骄傲的不可一世的大小流氓们在发愣，寂然无声。一个面生的大流氓（大哥的大哥？）点了一支烟，深深吸进又长长喷出，大流氓一扭头，走！

但是薇拉挡住了他们的去路，薇拉说，喂喂，等等，是男人吗？是男人吗？

大流氓看薇拉好一会，大流氓说，小姑娘你什么意思？

说好的叫阿爸的呢，怎么要走啦？

大流氓想了想，然后就回头找人，他找到了红鸡鸡主，鸡主是三兄弟，瘦，寸头，长得很像。后来我知道在新泾庙只要提到三兄弟，无人不惧。大流氓对三兄弟说，喂喂，你们，输就输了，该怎么地就怎么地，不要该怎么地不怎么地。去，去去！

三兄弟完全懂得大流氓的意思。在海洋面前，三兄弟相继跪了下去。然后就叫海洋阿爸。

阿爸！

阿爸！

阿爸！

后来好多天，海洋走在路上就有人叫他阿爸，阿爸阿爸！海洋头也不回，一笑而过。连薇拉也在叫他阿爸。薇拉说阿爸我想芦花了，海洋一摆头，薇拉就屁颠屁颠跟着海洋跑了。

我和大刘心里酸酸的。

海洋家里有了大事，海洋的阿爸要回家过年了。因为表现好，海洋阿爸的劳改农场给了十天年假。海洋阿爸来信说，回上海后要去治病，现在是一身的病。

海洋妈妈跟海洋说，你阿爸几年才回家一次，这次回来你的那只鸡就杀了给你阿爸补补。海洋肯定不同意。海洋妈妈就说，那你到底是要你阿爸还是要你那只鸡？

海洋说假使他要吃我的鸡，那我就不要这个阿爸。海洋妈妈就叫海洋滚。海洋说他就是个右派，他本来就不是什么好人。海洋妈妈也不说话了，到厨房拿起菜刀，就去阳台上杀鸡。海洋跑得快，张开双臂就趴在鸡笼子上不起来了。

以后的好几天，海洋就老是把芦花带在身边，他现在已经用不着再用绳子拴住鸡脚了。他可以让芦花随意走，只要吹个口哨，芦花就会跑向他。感觉上他们已经是人鸡一体了。海洋说他真的也就见了他阿爸三四面，其实一点不熟，他凭什么吃我的鸡？海洋在这么说的时候，我们听的人都很不好受，觉得海洋太绝情。

我说，海洋，你还是让他吃吧，要是我有鸡我阿爸想吃，那我肯定不反对，我自己不吃就是了。我说我阿爸也是右派，但是我并不认为他是坏人。

海洋说，你和阿爸天天在一起，你们有感情的，我阿爸我真的一点不认识他，他长什么样子我也想不起来了。

　　我说，我想得起来，那年去你家我见过的，你阿爸赤膊揩身体，墨墨黑，像黑人。

　　身上都是疤。海洋说。

　　春节的前几天，海洋不见了，包括他的芦花。海洋姐姐找到我，要我们帮着她找海洋，说他昨天一早就走了，晚上也没有回家。我和大刘就去找，我们很快地就在桥头堡找到了他。

　　海洋抱着那只鸡坐在桥头堡上。他不动，鸡也不动。风来，也只有他的头发和鸡的一身芦花毛在动。他看铁路，看火车，鸡也跟着看，他们看得津津有味，像是入了迷。

　　我们叫他，他也不理。

　　有桥头堡的人过来说，哎，你们班海洋真的是傻掉了，从昨天一直坐到今天。我和大刘爬上了桥头堡。海洋问我们来做什么。我和大刘说学校都知道了，连庄老师都在找你。海洋说放心好了，礼拜一返校日，我会去的。

　　我和大刘说你不回去我们也不回了，然后我们也坐下。大刘伸手摸了下海洋怀中的芦花，那只鸡像是受了惊，居然胡乱照着我的手狠啄了一下。好痛。我说死鸡啊，我又没有碰你！

　　海洋突然笑起来，他哈哈哈地笑。他好像从来不这么笑，他这样笑给我一种陌生感。

　　我们三个加上鸡坐在桥头堡上，暖阳天，其实坐在那里很舒服，视野好，可以看到一些平日里看不到的东西。还有长串的列车在流动，让人想到了远方，未知的那些。

我和大刘哼南斯拉夫的歌：

啊朋友再见
啊朋友再见
老朋友再见吧再见吧再见吧
……

又有桥头堡的人过来，他们挥手招呼海洋，嗨！阿爸！

礼拜一，寒假返校日，海洋果然去了。在操场的一角我看到了他。他又如同从前一样，习惯性地蹲在角落里，手指或者拿一根小棍在地上随意地划来划去。他低声地告诉我，他阿爸回来了。

他把自己缩得很小，没有人注意到他。

那天在桥头堡上，暖洋洋的我快睡着了，后来因为火车鸣笛被惊醒了。有一列煤车正在驶过，由南往北去。海洋举着芦花站在那里，大刘拽着他的臂膀不放，可海洋还是挣脱了。随后海洋就把芦花抛向了那列煤车，芦花就随着火车飞，它一直飞一直飞，和火车同步。很快地，鸡和火车都消失了。

脸盲

以前，居委会干部是肖主任，肖主任是我同学的母亲，山东人，经常在周日叫我们去她家吃饺子。"文革"后居委会改作里革委，主任也换了，姓潘。潘主任好像是后搬来我们新村的，一来就当了主任，据说她老公是有来头的。

那天我外婆被里革委找去谈话，我母亲下班回来知道了就急得乱转，担心她又有什么历史问题缠身了。后来我外婆回来了，我母亲赶紧问什么事。我外婆说，是里革委的潘主任约她谈，旁边还有人记录。就是要求我们家以后有客人来都要去里革委汇报，什么时候来的，什么时候走的，和我们家的关系，来做什么，都要去说清楚。

算不上是噩耗，当时我家住的楼前刷满了批我父亲的标语，而派出所又老是来审查我外婆的所谓历史问题，家里除了几个至亲之外也不会有别的人来。我母亲松了一口气。她拍着自己的胸口，吓死我了，她说。

来我家最多的当然是我舅舅。我舅舅先前在总参做情报工作，也是因为家庭成分的问题上升通道受阻，给了个上尉头衔就算到顶了，非但如此很快地又被转业,同一部门的多年女友也就此告吹。上尉原本是可以转业到上海市区谋一个职业的,但是这番打击后也是心灰意冷,了无生趣,就自己要求去个更为清静的地方。这样就被安排去了上海市区周边的松江县,在一家烟糖公司当了个党支部书记。本来松江这个地方就清静,而今得一闲差就更显清静了。上尉吃吃喝喝打打麻将,自我疗伤,逐渐平复,日子倒也有了几分快意。

可是我外婆和我母亲一直在着急,因为他已经是三十五岁,连个女朋友都没有。我舅舅是个浪漫的人,军校毕业,跳红军舞,写诗,长相又好,一表人才,风流俊逸。如今跑去乡下做烟糖买卖,即便是一时糊涂,却已然成真,这个前总参的上尉军官要想在那个地方找女朋友,难度很大。

但是有一天,我舅舅来了,然后他就说有要事宣布。我外婆和母亲紧张地听下文,我也在场。我舅舅说他有对象了,是申江大学的校花。我母亲问是怎么认识的,我舅舅说大学生下放农村搞"四清"(一种政治运动,被视作"文革"的前奏),当时他带了一个"四清"小组,校花就是他的组员。两人已经好了快一年了。

校花家在静安寺,是上只角的人,父亲是生意人,四九年前是药店老板。

我母亲不太满意,我母亲说,你就不能找个劳动人民出身的吗?粗手大脚的那种。我舅舅说,试过,不行,根本融不进去。

我舅舅的女友真是挺漂亮的,我记得那时候她都是戴着口罩来我们家的。据说是有极严的家规,禁令是在读书期间绝对不允许谈恋爱,因此在必要的时候,她多半会以口罩遮面,以防万一被熟人看到，会告到她父亲那里去。

当时他俩谈恋爱是很地下的，而我们家的南房间就是他俩地下交往的场所。我舅舅和他的女友一来，先是吃午饭。午饭过后，我们全家人就退出南屋。我舅舅把中门关上，然后我可以听见咔嗒咔嗒的锁门声。

有时候我父母，外婆，还有我和妹妹，我们这些人就挤在外间的小屋里，像是在集体放风。我父亲最关心时政，他总是在看报，老是感觉到大气候不对了，越来越焦虑和忧惧。他对我舅舅这种花花草草的事毫不上心。礼拜天的中午饭大家一道吃，我父亲就借酒浇愁肯定会多喝几口，然后他就在后屋躺倒不省人事，哪怕你南屋洪水滔天。

我妹妹还小，就吵着要进南屋去。我外婆就开始教育我们，我外婆说她就生了两个孩子，一个是我妈，一个就是我舅。我舅是他们汪姓家的单传。我外婆说，你们再怎么样也要克服一下，让你们舅舅早日成家生子。我们都是一家人，要给他提供方便。我母亲一定是觉得我外婆的这种教育内容有问题，她就会掏出一点钞票来给我，然后就要我带上妹妹去哪里玩，随便买点东西吃吃。

我妹妹有吃的了当然也不吵了，她就问我，舅舅阿姨在里面做什么？这个问题我是根本回答不了的，而且这也是我的问题。

有一个礼拜天的午后，我从外面回来，看到家里的中门又被锁上了。我母亲在睡觉，那天她还处在夜班周，白天要在家里睡觉。后屋里不再有其他的人。我父亲外婆还有妹妹都不知在哪。

我们家的那个中门有个锁孔，那时候的锁孔是通透的，如果没有锁的插入，就可以通过锁孔隔山望水。我突然很想看看他们在里面搞什么名堂。

锁孔是椭圆的,因此画面也是椭圆的。感觉上画面太小,他们时而入画,时而出画,挺忙,还会突然把我的视线挡住,变得什么也看不见。

后来我基本上看到了两部分内容,一是两人坐在沙发上搂搂抱抱的,很亲热很开心,好像还有数次轻度的吻。另外就是看照片,我舅舅为了泡妞花了血本,特意去买了一台海鸥牌的120相机,这也基本上用完了他的全部转业费。他们看成片,也看底片。看成片的时候会笑,看底片的时候就对着窗的光亮照,在研究,指指点点,很严肃。

但是那天我的窥视被我外婆看到了,这真是让我十分不堪。我外婆用一把米达尺在我撅着的屁股上狠敲一记,她说,哦哟好看啊!我母亲也被弄醒了,她紧张地问我外婆,他在做什么?

还有一次,中门关着。后屋就我和妹妹两人在。外面大雨也无处可去。不知为什么,那个锁孔之诱惑在雨天简直无敌。我妹妹智商高,洞察秋毫,她就问我,好看吗?我就冷笑以对。我妹妹就说那她也去看看。

然后她也去看,我真的也想用米达尺照着她的屁股狠敲一记。一会儿她说看不见是黑的。我又去看了下,果然是黑的。

以后又有几次,再怎么看也是黑的。我舅舅一定是情报在握,也不知是谁告发的,外婆,母亲,或者是妹妹。而这种反窥视的动作对我舅舅来说一点不难。当然是别再看了,一片黑,那是肯定的。

那天我舅舅又来,还嬉皮笑脸的。我母亲说,你笑什么?我舅舅说他被戴高帽子游街了。我母亲说你这还笑,你有什么可让他们批的?我舅舅说那些人根本不懂,批他是什么学术权威。我舅舅说他要是学术权威倒是好了,还会去那个乡下卖烟卖糖?

我母亲要我舅舅以后不要再来了,然后我母亲就把里革委的要求说了。我舅舅问那怎么办,那他和小沈怎么谈恋爱。我母亲就要我舅舅自己去解决这个问题。

那天我舅舅垂头丧气地走了。他去车站等他的女友,然后要把他的女友带去别的地方。

我父亲的妹妹我们叫小孃孃。我一直听小孃孃说她的命都是我母亲给的,起先不知道怎么回事,后来还是小姑父告诉我的。小姑父说有一次小孃孃发高烧昏了过去,送医院查了之后说是急性胰腺炎,要住院手术。那时候小姑父刚好做赔一笔生意,根本没钱。后来就把我母亲叫去,我母亲去了以后问题就解决了,先是把小孃孃接去她工作的医院救治,还把医疗费也支付了。

我们家除了舅舅之外,就是小姑父来得多,小孃孃身体不好基本不出门。小姑父几乎每次来,都会带些吃的。我特别喜欢吃他从王家沙买的鲜肉月饼。哪像我舅舅,来了就带个美女,和我们一点关系没有。小姑父家是开布店的,公私合营以后,小姑父依然布店做。小姑父和我舅舅长得很像,隔壁的好婆就这么说过,有时候分不清谁是谁。都是那种中等身材,偏瘦,三七开分头,浅框的三百度左右的眼镜。当然从职业和内在气质上根本不同,一个在郊区卖烟酒的,但是不忘白相情怀,而另一个身居闹市,却谨言慎行,是个地道的布店小业主。

那次我小姑父来了，我母亲把里革委的要求又复述了一遍。小姑父看上去有商人的精，但其实人蛮老实的，小姑父就说晓得了，回家他去和小孃孃商量一下，又说小孃孃要没有哥嫂的消息，心里会发慌的。

果然小孃孃的态度是，狗屁！什么里革委不里革委的，自家阿哥家不好去啦，去，有空就去，没有空也要去。不要睬他，看他们能把我们怎么样。假使一定要去登记，以后就天天去登记。烦死他们。小姑父说他晓得了，他会去的，其实他本来也是想去的，不去阿哥阿嫂家也没有地方可去，闷也闷煞了。

还不到周末，只是礼拜四，我小姑父就急着想来看阿哥阿嫂了。他在关了店门之后，就去王家沙买点心，要排队，还蛮长的。小姑父买到点心后，天差不多要黑了。然后他去坐 71 路公交，本想赶在高峰前坐上车的，可因为要在王家沙买点心还是拖到了高峰时段。小姑父心里不爽。然后在车上手中的点心又被人挤得变了形，还得不到道歉，心里也是不爽。本来车厢既挤又闷，还有几个小孩子组成的宣传队占据了不少空间，那些小孩还算不上红卫兵，叫红小兵。红小兵是先喊后唱，革命不是请客吃饭，大海航行靠舵手什么的。因为声音太吵，售票员在报站名的时候都听不清，以致过了站也不知道。小姑父忍不住了要求中途下车，售票员不让。售票员是个中年妇女，售票员说马路中间怎么开门，你这么大年纪一点道理不懂啊。小姑父嚷侬，为什么不报站名啊？售票员说一直在报的，你聋啦？小姑父指着那几个一直在喊在唱的红小兵说，侬就不能叫他们声音轻点啊！售票员说，这种话你也敢讲啊？你反革命啊！

小姑父下了车之后,东南西北方向都搞不清了。后来七兜八兜花了差不多一个多小时才到我们家。这个时候小姑父又饥又渴,心想好了好了总算到了。

以前小姑父来我们家,桌上总会多上一两只小菜,小姑父是宁波人,加菜多半是鱼虾海鲜类。小姑父好酒,他来,我父亲肯定是要陪他喝上两杯,黄和白都可以。小姑父酒后话多,心里话不住地往外冒,有一次他说,唉,啥咯事体啊,房子越住越小,车子越坐越大!据说以前小姑父家住大房子的,他在读小学时是雇了黄包车接送的。

那天,我们家是格外冷清。我父亲已经被隔离审查了,暂时回不来,我母亲在医院加班,他们妇产科人满为患,一个接一个地早产,大革命来了,激情年代,许多事情无需理性都很匆忙。外婆不知去哪儿了,我也不知道去哪儿了。

家里就我妹妹一个人在。

小姑父问我妹妹,家里大人呢?我妹妹说妈妈加班,爸爸不知道,外婆和哥哥她都不知道。我姑父又问晚饭吃了吗?我妹妹点头。小姑父大为失望,吃过了,那意思就是说不会再吃了。他从四半点忙到现在,原本以为多少可以来阿哥阿嫂家喝上两杯的,就这么点小乐惠也不可能了。小姑父长叹一气,把手上的那包点心放在我妹妹的面前,他说妹妹,给你的。然后他离去。

小姑父走出楼外,新村里灯光很暗,有好些路灯都被人砸了。小姑父东看西看,也看不到我们家的什么人。对过商业一条街上倒好像还有几家店亮着灯。小姑父就往一条街上去,他想现在要是有碗阳春面吃吃也是好的,要是有点浇头那就更好了,虾仁、鳝糊或者猪肝腰花都是他喜欢的。

就在这个时候,有两个人上来叫小姑父跟他们走,他们臂上佩有"文攻武卫"的袖标。

小姑父看到里革委潘主任时候,恍惚中觉得面前的这个人同先前71路上的售票员长得很像,有一瞬间他甚至认为潘主任就是售票员,售票员就是潘主任。售票员说你反革命啊,这句话其实是伤害到了小姑父。而面前的这个潘主任好像也不面善。

潘主任问,你和那户人家(指我们家)是什么关系?小姑父就告知了是什么关系。

没有跟你说吗?要登记要汇报的。

说了,我今天去了,但是没有看到他们家的大人,就小妹妹在。这个也要登记的吗,用不着吧,用不着这么紧张的吧。

你这个叫什么话,什么叫用不着这么紧张。这个是无产阶级专政,什么叫不要紧张。你的那个什么姐夫是个右派,还有他们家的那个老太婆,也是有严重历史问题的,外地都有人来调查了。

好了好了,那我就登记吧。

然后小姑父就登记。潘主任拿过登记表细看,潘主任摇头。潘主任说其实里革委注意他已经很久了,知道他有的时候是一个人来,有时候就是两个人来的,带了个年轻女人。小姑父就笑了,小姑父说什么女人,我老婆基本不出门,这个地方她是来过,不过也是好多年前的事了。潘主任说你就不要隐瞒了,我们是有目击证人的。还是坦白了吧,那个女人是什么人。小姑父气了,小姑父说谢谢侬了好哦,不要再搞了好哦?潘主任说你今天如果不坦白,那你就不要想出这个门。

　　从挤公交开始小姑父就不爽,后来又在公交车上吵,再就是去做客又扑空,想吃碗阳春面竟被"文攻武卫"带到了里革委,又被莫名其妙地逼供要交代一个什么小姑娘,就是再老实的人也是有火气了。小姑父终于发火了。

　　他站起身来就往外走。潘主任说哎哎哎,拦住他拦住他,两个"文攻武卫"就去拉小姑父。小姑父就和人家扭打了起来,混乱当中一个"文攻武卫"的耳朵被小姑父咬了一口。潘主任拍桌子,关起来关起来,把这个疯狗关到隔离室去!

　　隔离室是黑的,屋里就一张铁皮床,其他的什么也没有。门上仅有一个小洞,小洞可关可开,当然是由门外的人掌控。小姑父觉得自己心慌气短,于是就急叫,我要死掉来,我要死掉来!

　　离不远就是潘主任的办公室,潘主任用酒精棉球在清理那个"文攻武卫"被咬的耳朵,"文攻武卫"痛得龇牙咧嘴。小姑父的喊叫声传来,潘主任说不要理他,声音这么响,中气这么足,死不掉的。

　　一大早就有人敲门,我们全家人都还躺在床上,我有点心慌,"文革"开始后家里倒霉的事情不断,一般来说陌生人敲门总没有好事。开门,小孃孃来了。

　　小孃孃脸色苍白,惊惶失措。我们全家人赶紧起床,我母亲问她到底出了什么事,慢慢说慢慢说。

　　小孃孃说常生(小姑父)昨天说要去阿哥阿嫂家,可是昨天一晚上就没有回去。我母亲也急了,她说不知道小姑父来过啊。小孃孃大哭。这时候我妹妹突然说话,我妹妹说小姑父来过的,还带来了点心。我问,点心呢?我妹妹说她吃了。

我母亲扶着小孃孃坐下,小孃孃的脸色看上去更白了,纸一样,还泛着青。我一直觉得小孃孃很像我小时候看到的月份牌上的女人,她就是那个样子的,高颧骨,深眼眶,披肩长波浪,弱不禁风的很嗲的样子。我母亲老是说我父亲的兄弟姐妹里头,小孃孃长得最漂亮。这个时候小孃孃已经捂着胸口哎哟哎哟地哼哼。小孃孃说这只男人到底哪里去了啦?我母亲说不要急慢慢找慢慢找,肯定能找到的。我母亲又问她早饭吃了吗。小孃孃说吃什么早饭,昨天的晚饭都没有吃。我母亲就叫我去买牛奶面包,小孃孃朝我摆手说吃不下吃不下。我母亲就说一定要吃的,要补充营养和热量的。

我就去买牛奶面包。走在路上,有人叫我,哎哎,哎哎。我认得她,里革委的潘主任。你是那个那栋楼十二室的吗?我说是的。潘师傅说,哎,去,跟家里大人说一声,你们家有亲戚关在我这里!我说是小姑父吗?潘主任说差不多,叫常生!

隔离室房门打开之后,我看到小姑父常生坐在铁皮床上,他的双腿弯起,双脚蹬床边,下巴就靠在膝盖上,脊梁弓成了个虾。他扭头看到了小孃孃,气若游丝地说了一句,侬哪能刚刚来啦?小孃孃说刚刚晓得呀。小姑父依然保持着那个姿势,没动。小孃孃上前去晃动他,侬哪能啦侬哪能啦,啥咯事体啦!小姑父还是那句话,侬哪能刚刚来啦!我要死掉来!

潘主任在办公室里跟我母亲说了事情的经过,我全程在场。潘主任说我可以向毛主席保证有好几个人向我们汇报过,你们家这个亲戚不仅一直来,还带个女的来。我母亲大惊。我母亲说不可能啊。

潘主任说怎么不可能，昨天我们找了好几个人都来看了，一致认为就是他。带了个女的，还在新村里晃来晃去的。其实本来也不想对他怎么样，就是要他交代那个女人的身份，他就咬人。

我母亲很快地意识到潘主任搞错了。我母亲说，你们说的那个人应该是我的弟弟，那个女的是我弟弟的女朋友。他们以前常来，有时候的确也会在新村里走走。我弟弟和妹夫长得挺像的，所以你们都看错人了。潘主任冷笑，潘主任说就是叫你们照实登个记，何必这么编来编去的，事情不是越闹越大吗？哦那么多人都会看错的吗？

我母亲无法解释，我母亲说这样吧，我把我弟弟叫来，你们看看，当场辨认一下可以吗？

潘主任想想，又跟好几个"文攻武卫"商量了一下，然后就点头。我母亲要求用一下里革委的电话，潘主任同意了。

我舅舅从松江县赶来，大概要三四个小时。而在这段时间里，我母亲还是去了医院，早产儿太多了，要是不及时接生，那就要生到卫生间里去了。小孃孃就在隔离间和小姑父说话，里革委的人给了小孃孃一个板凳，小孃孃也不坐。她就在房间里走来走去的。小姑父喝了牛奶又吃了面包，面色好多了。这些都是我去买的，买来是给小孃孃吃的，但是小孃孃没心思吃，又说胸闷，然后让小姑父吃了。

小孃孃说侬要是平时老老实实的，怎么会有今天？小姑父说事情不是已经清爽了吗？人家已经在路上了，马上就真相大白了，他们就要向我道歉。小孃孃继续胸闷，小孃孃说叫侬来看阿哥阿嫂的，结果倒好，变成流氓阿飞被人家捉起来了，传出去侬哪能做人？我哪能做人？小孩子哪能做人？侬想过哦？小姑父急了，就跟小孃孃

219

吵。小姑父说,这种事情哪能怪我呢?我是百分之一百没有错的好哦?我是冤枉的好哦!冤枉的!小孃孃说啥个冤枉,我看就是应该关关侬这种人,这个叫报应好哦,啥人叫侬一天到晚花擦擦花擦擦的。小姑父大摇其头。他说又来了又来了,我啥地方花擦擦啦,不要血口喷人啦。小孃孃不再走动了,而是脸对脸地贴向小姑父。小孃孃说不是带了那个妖怪去王家沙吃小馄饨了吗?哪能解释?小姑父躲避着小孃孃的那张病态的美丽的脸。小姑父说不解释啦解释个屁灶经啊,解释了一万遍啦,不就是谢谢人家帮忙请人家吃一碗小馄饨吗?小孃孃继续紧逼。小孃孃说一碗小馄饨还不够啊,一碗小馄饨要一毛三来,我帮人家做一条西裤也就这点钞票好,格么侬是啥个意思啊,哦侬是说,还要加一碗大馄饨是哦?小姑父说神经病啊神经病啊!

我看他们吵架忍不住笑,他们看到我笑,就不再说了。

沉默了片刻,小孃孃一声长叹:

唉!命苦啊!

中午的时候我舅舅急急地赶到了。他是坐长途汽车来了。我舅舅这天没有穿旧军装,而是蓝卡其的中山装。小姑父也是蓝卡其中山装,那个年头蓝卡其中山装都是一个模子的。我舅舅一进里革委的门就撞上了潘主任,潘主任说哎你怎么不在隔离室待着跑来跑去的,我们还没有解除你的隔离呢。

我舅舅说对不起你认错人了。

在办公室,潘主任看着我舅舅有点发蒙,几个"文攻武卫"也说不出话来。那两个人长得实在是太像了,他们在想。

你们认错人了,也抓错人了。那个带着一个女人的男人是我,我舅舅说。我和女朋友来我姐姐家也要向你们汇报吗,那反过来我问你,你和你丈夫当年谈恋爱的时候是每次约会都要向组织汇报?

潘主任拍拍额头。潘主任说好吧,别扯太远了,那么你就登个记吧。我舅舅说不登记,我要登记做什么?是你们叫我来的,又不是我要来的。你们把我叫来,耽误了我的工作,照道理说我还要跟你们算算这笔账呢。潘主任说,那你让我们对你有个了解好吗,这个没有错吧?你是做什么工作的?我舅舅说在松江做事,转业军人。潘主任说哦军人啊。又说她也是转业军人,是五五年的卫生兵。潘主任又问我舅舅是哪里的兵。我舅舅就说他是总参三部的。潘主任说那你女朋友呢,是做什么的呢?潘主任的态度好了很多,但还是纠结在那个问题上。

我舅舅想了想,然后说,这样,主任,你也是军人出身,你也应该知道的,像我们这种人,许多事情是不能说的对不对?一辈子都不能说的对不对?

潘主任沉默片刻,说,放人。

里革委门口,我舅舅在树下抽烟。小嬢嬢看着我舅舅问,舅舅到底是做什么的啦?我说他现在是老百姓,以前是在部队做秘密工作的。小嬢嬢说,啥个秘密啦?我说这个我不知道的,我就知道他能听懂收音机里的电报声。

有一次在我家,我在调收音机的频道,在一个噪音区有发报声,我舅舅突然说你停一下,然后他就侧着耳朵听。我问他那是什么。他说你不懂的。

小嬢嬢说舅舅长得老登样的。我说他和小姑父很像。哎哎不像的不像的，一点不像的，小孃孃说这些人眼睛真是出了毛病了，哪里像啦，一点点不像的。

　　我舅舅依然在抽烟，他的视线不知投向了哪里，他不想说话，这种烂污泥一样的世俗生活对他而言实在是折磨。尽管他平时对我们嬉皮笑脸的，可在某些时候依然可以感受到他的疏离和孤寂。里革委内小姑父还在跟那个潘主任吵，他实在是气不过，整整一晚被那几个患脸盲症的家伙关得莫名其妙。潘主任说，好了好了，已经在向你道歉了，你还要怎么样。小姑父跳脚。小姑父说，会有报应的，人和人长得像这种事情多来兮的，哦因为长得像就要吃这种苦头啊。侬，堂堂的里革委头头，侬也跟人家长得很像的。小姑父的眼前浮现出71路那个售票员。潘主任说，你在说我啊？我能跟谁像？小姑父说，我实实在在地对侬讲，小姑父又跳脚，侬和那个阿曲西长得一模一样！

　　大家在一条街分手，小孃孃小姑父他们回茂名路自己家，我舅舅回他的松江乡下。小姑父紧紧握着我舅舅的手。小姑父说，舅舅，大家都是自家人，谢的话也不说了，侬要是有空就来我的店里看看，我店里的布料都是最好的，侬在我这里买布肯定是最合算的。侬一定要来我这里买布。

　　小孃孃也说是啊是啊，自家人都是自家人，不要客气，我这条命还是侬阿姐给的。常生店里最近进的几种纺绸，还有乔其纱，真的老好的，宽门面的，又便宜，老好老好的。

　　我舅舅说好的，好的好的，我会去的，我一定会去买布的。

　　后来过了没多久，我舅舅果然就去买布了，当然他肯定要带上女朋友去的。事实上在去买布之前，我舅舅和女友的关系已经出现了罅隙。那个时候舅舅女友在申江大学沪剧团里唱主角，有一次我舅舅去他们学校看演出。台上在演沪剧《红灯记》，他女友演铁梅。演到后来我舅舅看得心痛，铁梅的爹李玉和被捕入狱，李玉和的养女铁梅就去探监。铁梅看到了浑身是血的父亲一声叫板爹，就扑在了李玉和的膝上。这个时候李玉和就紧紧搂住了女儿，并轻抚女儿的脑袋。问题就出在这里，戏结束后我舅舅就要他的女友退出剧团，我舅舅说像什么话，搂搂抱抱的，而且每个晚上都这样。

后来我舅舅背着个海鸥牌相机去约人家，但是不断遭拒，我舅舅检讨，说他收回自己的意见，你继续演，我不看不就可以了吗？但是他女友说她已经看到了我舅舅灵魂深处肮脏的一面，她需要重新审视他们间的关系。

我舅舅后来说不去公园拍照了，老是拍也拍烦了，他提出去买布。买布？女友搞不清那是什么路数。我舅舅说，对，买布。女友说你又想搞什么花招。我舅舅说你别管，你跟着我去就可以了。

常记精纺布店在一条小马路上，那条小马路跟南京路平行。我去过不止一次。小姑父通常在店里晃来晃去地看，或者在柜台上忙。他的耳朵上总是夹有一支铅笔。常记和别的布店一样，在店堂里有好几根金属丝拉在那里，金属丝上挂有小夹板，那是用来运送钞票和账单的，小夹板飞来飞去，会有一种嗖嗖的响声。

小姑父热情地接待了我舅舅和他的女友，随后就取出一卷一卷的布放在柜台上，又如数家珍似的一一做了介绍。他的柔软白皙的细长手指在布面上轻轻捋过。小姑父问喜不喜欢，舅舅女友点头，她的眼睛在发光，她也忍不住伸出手去触摸这些布。小姑父压着嗓门跟我舅舅说,我会给你这个扣。他伸出手做了一个六的手势。我舅舅毕竟是在烟糖公司做的,也是懂的,那是六折的扣,太合算了。舅舅女友的眼睛更亮了。

小姑父问,格么有了布去啥地方做衣裳呢?这个事情绝对是我舅舅的弱项。小姑父说其实我太太手艺老好的。我舅舅说那就太好了太好了。这样他们就去了不远处的章园。

小孃孃看到我舅舅女友开心死了,小孃孃说哎哟哪能有介标致的人啊,小孃孃就牵着我舅舅女友的手不放。小孃孃这个人一辈子的最大爱好就是喜欢好看的人,只要人好看,怎么做都是对的,要是人难看,那在她眼里就一无是处,做再好的事也是错的。

小孃孃就替舅舅女友做衣裳,小孃孃一直是上海滩的时髦人,"文革"了像她这样的人一点市场没有了,但是她做的衣裳总能若隐若现地透出一点风情来。我舅舅女友穿了小孃孃的衣服说这辈子她离不开小孃孃了。我舅舅听了就在一边偷笑,他应该笃定了。

我舅舅和他的女友结婚了,简单地摆了几桌。他的大龄问题总算解决了。我外婆和母亲长舒一气。我外婆说这是这些年里唯一的开心事,我母亲点头表示赞同。

小孃孃在喜酒桌上说,这两个人每个月都要来的,要做衣裳还要白相,把她家索性当成自家屋了,熟门熟路进门就直奔厢房间,咔嗒锁上叫也叫不出来,一开始她还以为是在里头听广播做情报工作来。

我和常生当时想,情报工作这个生意经倒是紧张的呀。小孃孃说。

我和流氓擦肩而过

底楼二室是毛豆家,他们一家四口人,毛豆姆妈、毛豆爸爸、毛豆以及毛豆的姐姐蚕豆。到了夏季,毛豆一家就在楼外吃饭。下午就开始做准备了,要洒上许多的水,让地表降温。到了傍晚,小桌子就搭起来了,桌上的菜总是很讲究的,荤素搭配,色香味形。这个和毛豆姆妈的职业有关。毛豆姆妈是苏州河对过棉纺厂的烧饭师傅,据说她在那个厂子已经干了十多年了。从洗碗工开始,一路晋升到了掌勺的。毛豆姆妈肥胖,本地人,没什么文化,粗鲁,会用一种非常直截了当的下流话高声骂人。这和她的厨艺太不搭调了,那些精致美味的小菜也好像与她无关一样。

毛豆爸爸是老广东,在区委机关当门卫。毛豆爸爸是三八式干部,老革命,因为目不识丁,就去当门卫了。据说是他自己要求的。老广东有一肚子的战斗故事,偷袭,强攻,阻击,大雪天的总攻击,一道道摆来,环环相扣,精彩纷呈。

"文革"开始后,我们这栋机关楼里的人家多半都受到了冲击,好像仅三四户躲过了浩劫,毛豆家就是其一。毛豆家的生活质量也没有下降,晚饭也是越吃越好。大概就是因为吃得好,毛豆和她姐姐蚕豆都有了很充分的发育。姐姐蚕豆成了不良少年的性幻想对象（包括我自己吗？），蚕豆在前走，少年的眼神就在追逐。他们跟在她的屁股后面学她前凸后翘的走路样子。蚕豆当然也不是吃素的，她会突然停下，转身，然后就用非常凌厉的脏话回敬那些男孩，并且竖起中指。她在骂人的时候，很像她母亲。

  其实以前我对毛豆姆妈的印象蛮好的，好多次，我们小孩围着老广东听他讲故事，毛豆姆妈就端来了绿豆汤。汤里除了绿豆，还有百合莲心什么的。那是夏夜，月亮从白云间飘过，清风习习，虫鸣蛙噪。还有爽利可口的绿豆汤。
  傍晚，我习惯趴在三楼阳台上看毛豆一家吃饭，边看边咽口水。但是后来我看不到他们了。这个让我很失落。我就去问毛豆怎么回事，晚饭为什么不吃了。毛豆说你们家才不吃晚饭呢，不吃晚饭人要死的不晓得啊。毛豆告诉我他姆妈当上工宣队了，因为忙就没时间烧晚饭了，现在他们各吃各的。他爸爸索性就在机关里吃，他和蚕豆就是在厨房间乱吃。我说喜欢看你们家吃饭，好多小菜吃不到看看也是开心的。
  那你最喜欢哪个小菜？
  猪肝番茄菠菜汤！
  搞啥，那个是姆妈专门做给蚕豆吃的，补血的，难吃死了！

  那天我去上学，居然在校门口看到了毛豆姆妈。她的肥胖的身躯几乎堵住了半个校门。看到她的手臂上套的袖章，这才知道她是进驻到我们学校当工宣队了。那天，她在检查入校学生有没有带语录，别像章。在毛豆姆妈进来之前，我们学校已经有三四个工宣队员了，他们都是极为严肃的人。

但是毛豆姆妈好像要比他们随意许多。她站在那里，不断地跟人打招呼。如果遇到她认识的人，就看也不看挥挥手就让人家进。毛豆姆妈看到了我。她说，哦你也在这个学校里。

我说是的。

毛豆姆妈点点头，让我进。

薇拉走在我的边上，她说你认识饭师傅？我说，谁是饭师傅？薇拉说毛豆姆妈就是饭师傅，许多人去过纺织厂学工，都认得她。我说她是我们楼下的，她姓什么我不知道，不过她肯定不姓饭。薇拉说我有靠山了。我说，当然，你们有麻烦事也可以找我。

那个时候才进初中，进哪个学校都是按居住区域划定的，升学考试早已取消。小学班里的同学都被打散了，班上，有不少陌生面孔，有的大概还不是我们新村的，大家彼此都不了解。

课程是越来越乏味了，增加了工基课和农基课，还有算盘课，老师说学习这个是为了上山下乡的需要。但是谁也不听老师的。班主任病了，代课老师像个家庭妇女，什么也不懂，教室里喇叭不响她去拉日光灯的开关线，为了固定一张课程表，又用图钉拼命往玻璃黑板上按。总之笑话连连。

课堂纪律更是一团糟。

那天代课老师发火了，她说这个纪律怎么上课。她问班长是哪个。有人就说没有班长，还没有选。代课老师就说，那好，那么现在就选班长。班长要管好课堂纪律，有班长管，我就不管了。

众人就开始七嘴八舌地选班长。

班里有个女生长得有点像京剧《红灯记》里的李铁梅,有几个人就推她当班长。有人说,她像李铁梅,鸠山和死都不怕,这样的人最适合当班长。

众人笑。

那位女同学板着脸起身,走到那个声音最响的人面前,然后一把揪住了他的衣领说,你要是再多一句废话,我就叫闸北的人来一刀把你砍了。显然人家志不在此,根本不想当班长。没人敢再起哄了。后来黄桥突然指向我,黄桥高声说,他可以当班长!

代课老师就要黄桥说说理由。

黄桥就说理由,黄桥说我小学时当过一个学期的少先队中队长。尽管后来不当了,但肯定是当过的。现在的班长其实就是中队长,所以黄桥认为我当班长是顺理成章的事。

但是黄桥的这个提议很快地就被一个叫橄榄头的否定了。橄榄头说这个人哪能当班长。他爸是右派,右派的儿子就是小右派。他转向我,哎你自己讲,你爸是右派哦?

所有人都在等我的回答。事情发生得太突然,我不知道如何应对才好。代课老师也呆呆地看着我,我想她赶紧说点什么吧,好让我解脱出来。代课老师总算开口了,她说,哎,是不是?你老实讲!

那个橄榄头以前我从未见过,根本不知道他住在哪里,也不懂为什么叫他橄榄头,他的脑袋就是只圆球,和橄榄形状一点关系没有。

随后的一些日子,感觉上这个人就是和我过不去。譬如我在球场上投篮,他就在场边怪声干扰,嗷嗷嗷地乱叫一气,弄得我整场比赛可以不进一球。

音乐课是我喜欢的。女教师年轻漂亮,她在边弹边唱的时候更具风采。我们在唱一首语录歌。先是合唱,唱完了,音乐老师就按惯例抽点个别的单独唱。后来点到了我。橄榄头就坐在我的前排,这时候他突然回头对着我奸笑。橄榄头说,你不好唱的,你阿爸是右派!

全班都能听到他说的话,又是大笑。

音乐老师也听到了,走到我的跟前,拍拍我的肩头,她身上有百雀羚雪花膏味。音乐老师说,没有关系,出身是不能选择的,但是前途是靠自己努力的。你起来唱吧。

好吧,这个时候要是还能唱得出来,那我还是个人吗?

我跟黄桥说,我要揍那个家伙。

橄榄头就在操场的一个角上玩单双杠,他身边那些人我基本都不认识,是其他班的,甚至有外校的。看上去都是路子挺野的那种。

黄桥观察了会儿说要不要再叫几个人。

我说不用,我肯定打得过他。黄桥说那就等等,等别的人走了以后再动手。

然后我就等,黄桥陪我。对过那个角落的人渐渐地走光了,整个操场差不多也空了,放学了,都回家去了。天边的太阳掉了下去,留下了血污一样的云。我忍不住了,就朝着橄榄头走去。黄桥跟着我,很兴奋的样子。其实他更喜欢打架,他要是换了我,早就开打了。

我走近了橄榄头。橄榄头撑在双杠上晃动自己,感觉上他毫无畏惧，甚至还挑衅般地对着我笑。一会儿他从双杠上下来，双脚落地。他喘息着问我，你啥意思？然后动作敏捷地从地上捡起一块砖头揣进了怀中。他甚至还朝我走近了两步，他还在说，你啥意思？

四室叔叔是四室阿姨后来找的男人，北方人。四室阿姨的前夫因为哮喘病，一口痰堵住去世了。叔叔是复员军人，据说当过侦察兵。早晨叔叔就开始打拳，他就穿一件草绿色的汗马甲，一身的栗子肌肉很是耀眼。他的一招一式看上去都很专业。那时候乱世，我们小孩子都想成为有武功的人，所以我和别人一样也咬牙早起，然后就去跟叔叔练几手。

叔叔说他打的是捕俘拳，就是侦察兵摸黑干掉岗哨的那种拳。但是如果要跟叔叔成套地学，那是不可能的。因为他每天教的都不一样。头一天的顺序是，先海底捞月，再顺手牵羊，可次日却完全颠倒了，弄得我们手忙脚乱，完全跟不上步调。但是我们从来没有对叔叔以及他的捕俘拳有过怀疑。黄桥就说，叔叔这么颠三倒四地教我们是有道理的，因为那套拳是军事机密，不能让我们全都知道。

不管怎么说，我的确是从叔叔那里学了几招。譬如出拳时，一定要有内旋，这样的出拳才有力，而且你的拳不能握得太实，要带一点点空，在击中目标的一瞬间突然收紧，这样发力更集中。在阻挡对方攻击的时候，拳要外旋，如果是五十公斤的力，通过阻挡拳的外旋就减去一半了。

橄榄头还在朝着我狞笑，他的手插在上衣内，他的怀里有一块砖。他比我矮半个头，看上去又瘦弱，居然一点不怕，还是挑衅的姿态。这就进一步地激怒了我，这时候我想到了单凤刮耳。

那是很严厉的一招,你们要慎用,叔叔说。要用你的掌根去横敲对方的耳部,可以偏左一点,也可以偏下一点。叔叔用他的手掌在我的耳朵边上比划了一下。叔叔又说,如果遇到绝境不得不出手的话,还可以双凤刮耳,叔叔就用两只手掌刮向我的双耳模拟示范。叔叔说,刮耳的招数要做完整,先前要有个假动作,提腿,绷紧脚背,踢向对方裆部。当对方下意识地收腹护裆时,他的上身势必往前倾来,这时你就迎上,给以准确的一击。

很久以来,叔叔教的这套我在心里默念已久,就是没有付诸实践。现在机会来了。我贴近了橄榄头。因为并不是绝境,我选择的单凤刮耳。先是佯踢,随后一如叔叔说的那样,橄榄头双手下意识地去护他的蛋,这样他的上身就前倾,而脸部也完全暴露出来了。接着我就挥手一击,但是紧接着我就发蒙了,因为眼前没有对手了。他好像飞了。

边上有个灌木丛,还是黄桥在灌木丛中找到了橄榄头,他竟然横躺在那里看样子爬不起来了。他捂着脸,唔唔地不知道在说什么。黄桥张大了嘴,极度惊讶地看我。黄桥说,兄弟,这不是你吧?橄榄头这个时候突然大喊救命,完全像个无赖。

我被体育老师以十分正规的手法锁住了手臂,然后他把我往教师办公室里带。我被他弄得痛死了。但是体育老师不管。体育老师"文革"前是拳击手,他的鼻梁骨是被抽掉的,据说优秀的拳击手都是没有鼻梁的。体育老师是听到了橄榄头在喊救命跑来的,体育老师锁着我说,你很会打是哦?我只有忍着痛踮着脚尖跟着体育老师走,根本不知道如何解锁,思路都没有,这方面四室叔叔还没有教过。

黄桥跟在我身后，我就要黄桥赶紧去叫饭师傅，黄桥赶紧跑去找。我就被体育老师弄到了办公室，橄榄头也一起进了办公室。

有几个老师在，其中就有代课老师。体育老师把我和橄榄头交给了代课老师之后就走了。橄榄头的半边脸是肿的，那一拳真是打得不轻。橄榄头就告状，说他在玩双杠，玩得特别的开心。但是我上来就打他。代课老师就问橄榄头，那你还手了没有。橄榄头说没有。代课老师就表扬他，就说橄榄头是好小囡，挨了打也不还手。要是换了她的两个儿子，肯定要打个头破血流。代课老师又问我怎么回事。我就说了经过，代课老师想了想，就认定是我的错，第一，人家说的是事实，你父亲是有问题。第二，再怎么样我动手打人总是错。

毛豆姆妈总算是来了，我看到她甚至想哭。但毛豆姆妈对我的态度完全出乎意料。她见到我就是劈头一通训。毛豆姆妈说我是小流氓，整天在外面跟坏人抽烟喝酒鬼混打群架，教育不好了，我父母对我也是一点办法没有的。

毛豆姆妈又问这次为什么打架。

代课老师就说了经过。

毛豆姆妈又嚷了起来，你什么意思啊，你阶级报复啊！下个礼拜找个辰光全校做检查，你要认罪！说说你是怎么阶级报复的！为什么要阶级报复！

代课老师说，前两天班里还有人推他当班长来，说他以前在小学的时候还当过中队长，说他的成绩老好的。

毛豆姆妈说，太阳从西边出吧，这种小赤佬成绩还会好？啊呸！

黄桥弄不明白这个饭师傅是我要叫来了，怎么一点不替我说话，还说我是流氓，是阶级报复。我说我也不知道啊，还一直以为和她关系很好的。黄桥认为我一定是哪里得罪过她了,他说你们家住楼上,你往楼下乱丢垃圾了吧。我说这个不可能的,我们家人没有这个习惯,就是有什么东西落了下去,也是落在了四室窗前,和二室不搭界的。黄桥摇头。他说,有风的,垃圾会飘的。

    一周以后我做了检查。校领导后来还算开恩,仅让我在班里念检讨书,没有在全校人面前出丑。橄榄头的半边脸还是肿的。橄榄头说,你是阶级报复,你的问题大了。

    我父亲抽了我一记耳光,说我惹是生非。我母亲说你怎么打自己的儿子呢。我父亲说我不打自己的儿子那我去打谁,我去打楼下二室里那个烧饭的吗?

    然后我就成了一个流氓。

    黄桥那天来家里找我,他问我怎么不去上学了。我说我还有什么面子去。黄桥说不去总归不行的,一直不去要开除的。我要黄桥帮我个忙,代我请假,就说我病了,被砸伤了,被压伤了,怎么讲都可以。反正就是不去了。

    黄桥面有难色。

    那天上午我实在无聊,就踩着自己的影子一路往西去,又随意地走上了一条泥巴小路。我思考了一个哲学问题,我在想人的本质其实是别人给的,说你是好学生你就可以当中队长,说你是阶级报复是臭流氓,你就要做检查。左派右派也是别人指定的,反正说你是什么你就是什么,你自己是无法决定你自己是什么的。

    后来走到了小路的尽头,抬头,豁然开朗,居然是一个大湖。我是根本就没有想到会遇到这么漂亮的一个湖,它好像是突然之间为我而从天上落下的。以后一连数天,我都来这个湖边享受美景。可是那天来了两个解放军战士,他们盘问了我一番,然后就叫我走,还要我别再来了。解放军战士说,这是禁区。

这个秀美的湖就植根在了我的心中。多年以后我还在想它,又去找,可找了几次都没能找到,也没人知道在那个区域有过一个什么湖。我回忆说要走小道,曲里拐弯,周边先是田野,然后就是密集高大的冬青和松柏,随后刹那间它就在你的眼前展开。可他们大多数人以为,那不过是一个失意少年的幻觉,是个梦。

有一天下小雨了,我要回家了。我匆匆地往回走,快到新村的时候,看到了薇拉。薇拉就站在路上,像是在堵我。我们相视无言。片刻,薇拉说听说你当流氓了。我不回答。薇拉说,当流氓就了不起了?我就笑笑,我问她是不是第一批红卫兵。她说当然。然后她就从裤兜里掏出一个软塑料的红卫兵标志。薇拉说首批红卫兵班里就批了八个。我说恭喜。薇拉说她认为我是被冤枉的,就是那个猪一样的饭师傅乱说一气造成的。薇拉的这个态度很让我感动,可我还是不想跟她多说什么了,我说你让我走吧。然后我就走了。

薇拉在我的身后喊,你不要自暴自弃,你要相信群众相信党!

听上去她很真诚。

有好多天,我和小淮海混在一起。小淮海是老流氓了,他原本是我的死对头,一直把我看作情敌的,还以为我和薇拉有一腿,其实我和薇拉之间什么都没有发生过。小淮海以前一直去老师那里诬告我这个那个,这个不说了,说起来都是泪。

我们就立在苏州河边上,面对着河对岸的林立烟囱。小淮海抽烟，也让我抽，我拒绝。我不是不敢抽，而实在是不能抽。因为从小就有哮喘病，有时候闻到烟味就咳得喘不过来，别说抽了。小淮海就说我很差劲，在他眼里我肯定不具备一个流氓的素质。

现在我们都是过来人了对吧？

我问他啥意思。

那你跟我说真心话，你跟薇拉到底什么关系？

一点事情没有的。

我是喜欢她的，小淮海说，一直拍她的马屁，就是那个女人对我一点意思没有。还说我身上有大蒜臭，我们家是山东人，要吃大蒜的。我想想算了。其实我心里已经有人了。

他说出了一个名字，我说我不知道这个人。

你当然不知道，她才是老流氓，隐藏得很深。哎再问你，你知道什么叫柳条细浪颠鸾倒凤吗？

忘了是哪个告诉我的，小淮海已经看了许多下流的古书，那些书都是从地摊上偷来的。

小淮海的书包往往是鼓起一块的。那是望远镜，是他的宝贝，一直说是他父亲打淮海战役时缴获的。小淮海就用这只望远镜在高处看女人，无论多高他都能上去，这是他的绝技。有一次他突然要走了，他说时间到了，要看女人了。

隔三岔五就有人上山下乡去。里革委的人在新村里跑来跑去，敲锣打鼓送喜报。有次某人还要我帮忙敲锣。我十分乐意地去敲响那面锣。咣咣咣！恨不得敲破了它。

我父母几乎已经放弃对我的管教了，他们觉得我满口胡话没有一句是靠谱的。每天我都说去上课了，但是我多半是不会去的。有时候即便去了,也是摆摆样子,一节课不到就逃了。这些家里人都知道,校方会来家访,谈我的表现。而我妹妹也是告密者,她会跟踪我,如果有兴趣,她还会在学校门口守候并监视我。有一次她告诉我父母,说我不去上学,和一个叫小淮海的坐在电影院门前,吹口哨,喝啤酒。

我父母很怕我哪天就要被人家抓去少教所了,他们觉得我最好马上就去上山下乡。我母亲想让我去安徽老家自主插队,后来我父亲联系了一下说他的老家宁波也可以去人。这样他们就统一了认识,觉得如果现在弃学上山下乡,那么宁波是最好的去处了。宁波当然比安徽强多了,连我也是这么认为的,安徽那里小时候我就去过,门口就躺着死人。而宁波山清水秀(看过照片),据说有很多的蟹和鱼,还有螺蛳,完全是不一样的地方。

但我坚决不去。我说如果他们一定要逼我的话,那么后果自负。我父母看我态度蛮横,也只有放弃他们的主张,随我去了。

小淮海摔伤了。我去看他,他说肋骨摔断了两根。我问怎么摔的。他说是踢球不小心。我说你在瞎讲。后来他还是告诉了我真相,真相是他趴楼道窗前用望远镜看女人时暴露了,让人暴打。我说那有什么好看,你就不能不看了吗?小淮海说没办法,看上瘾了,戒不掉。不过这次望远镜也被人家砸了,以后想看也看不了了。他还怪我的那套单凤刮耳的招式太臭了,他原本可以逃的,就是想试试那套招式才动作慢了,没有跑掉。

根本没用,人家上来先打我的耳光。小淮海说。

小淮海伤了以后,我就独自玩。那天天快黑了,我还坐在苏州河边,棉纺厂的女工下班了,女工们成群结队地过桥而来。她们刚刚洗过澡,穿得很单薄,热气腾腾的。她们人真多,走了又来,走了又来。我知道这家棉纺厂有几千名员工。

我们楼里有两个人是这家棉纺厂的,一个就是那个毛豆姆妈饭师傅,还是一个是六室阿姨。六室阿姨是这家厂子的党委书记。前几年,党委书记家被抄,整个过程我都看到了。六室阿姨一直是彬彬有礼地对待那些抄家的人,那些人的手脚也轻,随便地翻几下,而且总是物归原处。六室阿姨又送那些人出门,说走好走好。那些人就说请回请回。在楼里,六室阿姨人际关系非常好,她对谁都很客气。我曾经有一度想把自己塑造成一个客客气气的人,可显然这已经不是我要努力的了。

突然有人叫我,原来是毛豆姆妈的女儿蚕豆,她的手里提着一个旅行袋。我问她手里的那只袋子装了什么。蚕豆说,吃的。然后她就坐在了我的身边,蚕豆说她是从纺织厂出来的。她大概也在纺织厂里洗过澡了,她的气息让我有点慌乱。和别的女生在一起的时候,这种感觉是从来没有过的。她说好热好热,解开了衣领上的两颗扣子。蚕豆说过两天她就要去插队落户,她去的地方很远,在嫩江。我问她嫩江是什么地方,她说在东北,是最冷的地方。旅行袋里是她姆妈替她准备的路上吃的,馒头、包子、粽子、煮熟了的各种蛋,还有烤鸡、咸鸭,什么都有。又说这些都是她姆妈做的,她最喜欢吃她姆妈做的饭菜,她姆妈今天是中班,还在替她蒸糕呢。

你姆妈不是当了工宣队吗?

已经不做了,觉得没劲,还是烧饭开心。

这个时候天黑了,蚕豆问回不回去。我说不回去,还想在这里坐坐。蚕豆就笑，说是在等女朋友吧。我说我根本没有女朋友，没有女人愿意跟我这个流氓好。蚕豆想了想说，好吧，阿姐今晚当你的女朋友吧，陪你。

蚕豆从旅行袋里取出两个肉包子，然后我们一人一个很快吃完了。等我们把包子吃完了之后，天就完全黑了。我和蚕豆是坐在河边的一条石凳上，有巨大的树冠罩着我们。后来好像飘起了雨丝，但是我们两人都不想走，尽管身上潮叽叽的。蚕豆说她听说了，她姆妈骂过我了，还要我当众做检查，说她姆妈真是昏了头了。

哎她到底骂你什么？

骂我是流氓，差点进少教所。说我妈为了我的事生了好几场病了！

蚕豆听愣了。她转过头来看了我好一会儿，突然大笑起来。一直笑怎么也停不下来。

蚕豆说她姆妈一定是看错人了，说她姆妈根本弄不清谁是谁的，她一定是把我当成是隔壁楼里的阿伟了。有一天阿伟妈妈去看病就说是被她儿子气的，她真是想把阿伟送到少教所去。又告诉我她姆妈其实一只眼睛就像是瞎了一样，还有一只眼睛视力也不好。而且我和阿伟的个头差不多，声音也像，两个人都是脱毛小公鸡。

我将信将疑。

好了好了，蚕豆伸手揉揉我的头发，不要难过了，饭师傅的话你就当她是放屁好了。我说其实当个流氓也蛮开心的。蚕豆就要我撒泡尿看看自己的面孔，像个流氓吗？

你搞过女人吗？

我摇头，又想起小淮海也问过类似的问题。

你根本连流氓的一根毛都不是，蚕豆说，这个地方哪个是流氓我最清楚。

我问，那谁是流氓？

反正下个礼拜就要走了，要去嫩江了，蚕豆说，这个家我也不想回了。没什么意思的，你们都是看不起我们家的，你们都是知识分子，都是干部，你们再怎么倒霉还是档次高的，我们家是没有文化的，不识字的，看门的，烧饭的，算什么？好吧，我把什么都告诉你吧，化学老师是个流氓，还有照相店的那个小开也是流氓。他们都摸过我的，不止一次。

蚕豆讲的化学老师我不知道是谁，因为我跟她不在一个学校，那个照相店的我很快地就想起来了，矮瘦，白僚僚的，一直在假惺惺地笑。

喏，摸这里，摸我的奶。蚕豆朝我转过身来，挺了挺她的胸，她真是丰满，肉鼓鼓的。

化学老师把我叫进他的办公室摸，那个照相店的说一定会送我大照片，可就是说说的从来没有真的给过我。那个人是流氓中的流氓，我去拍照，他就摸，旁边没人他摸，就是有人他也敢摸。就是摸。

我说我叫人帮你去打。

算了吧，蚕豆说，他是再也摸不到了。我远走高飞了。不管你事的，跟你说你不是流氓，你也打不过人家的。你那个打架也是太小儿科了。人家都是用斧头大刀砍的。知道杨树浦的大刀党吗？

我摇头。

我都能调动他们。不要问我是怎么认识那帮人的。阿姐跟你说，做流氓就是要黑心肠，不要脸，什么狠事下作的事都做得出来。你会吗？你连摸个女人都不敢下手的吧。嗯？

蚕豆的胸像是更鼓了，我感觉到了身体的反应。

你敢摸我吗，对就这里，你试试，要不要我替你解开。

我开始哆嗦。

蚕豆笑，还流氓呢，哼哼。蚕豆说，你就是一张读书人的面孔，好好回学校读书去，以后长大了当科学家，造船，造原子弹。别一天到晚在外面瞎逛。

蚕豆起身，她说她先回去了，要我再坐会儿，好好想想。她扣紧了外套上的两颗钮子，提着旅行包，走了。

快半夜的时候，我也回去了。整栋楼都是黑的，就底楼二室还亮着灯，我甚至可以听见蚕豆和饭师傅的声音。

我的拖鞋呢，姆妈我的拖鞋呢？

拖鞋不是在你脚上吗，自己眼睛瞎掉啦！

几天以后，蚕豆走了。楼前，许多人去送她。蚕豆胸戴大红花满面荣光。她向大家挥手道别，看到我还给了一个飞吻。

蚕豆后来死于嫩江的一场洪水，回来的人说，她在那里有一个小小的碑。

我的流氓梦基本上就是止于和蚕豆的夜谈。想过，如果那晚我有足够的胆量在蚕豆的丰胸上摸一把，那么日后有可能成长为杜月笙之流吗？

傍晚，我仍然会趴在阳台围栏上看二室一家在树下吃饭，那家人总是好胃口，就是少了蚕豆了。

最后一餐

陆大弟在拉小提琴，我就在边上看。他的左手在琴板上飞快地打指，同时在 E 弦上拉出了一段蜜蜂嗡嗡声。然后他停下了。他说，真难。又说，你最好也学琴，这样我们就可以拉二重奏了。他已经不止一次地这样说了，我觉得他是真心希望我跟着一起学，大概是一个人学琴太枯燥了。

后来我有了一把二手琴。我父母都支持我学琴，在他们看来再过几年我就要上山下乡去了，艺不压身，多学点总是好的。那把琴是我从小学的体育老师那里买来的，他说小提琴他已经学会了，他要学钢琴去了。

我喜欢去大弟家拉琴，反正去他家就几分钟的路，十分方便，另外他家里安静，不像我们家，人多，还养了猫和鸟。大弟是独苗，一般情况下家里就他和他母亲，他父亲支内去了，很少见到。在大弟家拉琴，感觉上琴声饱满可以送得很远，不像在我们家拉，音色老是闷闷的。

大弟给了我一个琴谱，告诉我应该怎么做，他说就从这里开始吧。那是一个极简单的音阶，没过多少日子我就会了。大弟觉得我悟性不错，就说应该带我去拜见老师了。

大弟现在的小提琴老师有点特别，他以前在西乐团拉二提的。四九年，大弟妈妈随部队进驻上海，她要去西乐团担任领导。某天在百乐门门前看到一个拉琴卖艺的年轻人，大弟妈妈是部队文工团出身，懂业务并且惜才爱才，就把那个年轻人招进了乐团。他现在就成了大弟的老师。

大弟妈妈说老师教大弟是冒了很大的风险的，而且随时都可能中止。因此老师不可能再招收第二个学生。另外，西乐团解散了之后，琴师们都去工厂农村劳动改造去了，大弟妈妈说她也找不到第二个老师了。

大弟问我怎么办。我说那要不我把琴退了吧。大弟摇头，大弟说，就我来教你吧，反正老师怎么教我的，我就怎么教你。

以后我几乎天天泡在大弟家练琴，学校那里去不去都是无所谓的。大弟先是自己拉琴，他在拉琴时的样子十分享受，他音乐记忆很好，基本上不看谱，许多时候他是闭着眼睛在拉，像是徜徉在人家的维多利亚时代。大弟拉完之后就叫我拉。我一拉他就开始说这说那，平时他是不怎么说话的，可这个时候的话特别多，从头说到尾，吹毛求疵，没完没了。从音准问题一直到节奏感没有一个地方是好的。他最最不满意的还是我的右手，跟我的右手有仇似的。他让我右手抓弓，然后就开始拗，拗过来拗过去，拗得他自己都失去了信心。总之就是不满意，而这种不满意还往往会升级为愤怒。我说过，他平时是个寡言的人，可这时候不仅成了个碎嘴婆还不断地尖叫。他妈的，他这个样子真是太可怕了。

大弟家里有几本十分花哨的外国画报，他舅舅是国际海员。画报都是他舅舅带来的，大弟很珍惜这几本画报，画报是他的宝贝，他妈妈早就叫他把画报处理掉，可他舍不得还是私藏了起来。有一次他实在是忍无可忍了，居然把画报拿了出来。他把一本画报扔在了我面前，翻了几下，让我看。我看到了图片上的一只持弓的手。

那显然是一只女性的手，瓷白，手指修长纤细，指甲修理得如同透明的珠贝一样，呈淡红色，松弛地握弓，手背带有点弧度，拇指稍弯，指尖的右侧准确地抵那里，其余四指自然倾斜排列，食指的第二指节适度地轻压在弓杆上，随时可以作出调节。这是一只漂亮的，有表情的，灵性的手。可以肯定的是，具备这只手的是个美丽的金发女郎，而且她一定能拉出华丽无比的弓法来。

大弟问我有什么想法。

我举起了自己的右手，在阳光下翻来覆去地照，对于我自己这只爪子，我的内心是绝望的。要是大弟的参照面就是图片上的这只手的话，那我肯定没有出头之日了。

大弟妈妈身材挺拔，神气，高傲。她是北方人，说一口卷舌的北方话。感觉上她有点俄罗斯血统，到底有没有我也没问过。她是很瞧不起上海人的，在她的眼里上海人芸芸众生差不多都是些庸俗不堪的小市民，是少奶奶姨太太，是小开瘪三等。

有一次她跟我说，大弟以前有个同学，头发溜光，喜欢穿淡夹克，像个阿飞。后来去香港了是吗？她说的那个人我知道，叫和青，就住我家隔壁楼，小学时和大弟是一个班。那个时候海外封锁很严的，不知道和青他们一家是怎么去了香港。大弟妈妈说到和青，一脸的鄙视。

以后我去大弟家就不敢再穿淡夹克了。

我和大弟都是拉琴很投入的人，经常是不吃饭还在拉，实在饿得不行了才停下手中的弓。大弟家本来也没有什么好吃的，许多时候就是啃冷馒头，馒头还是大弟妈妈从单位食堂买回家的。有一次我在他家厨房里看到了生猪肉，我就说做个红烧肉吧，大弟说他红烧肉不吃的，最多喝喝肉汤。那个时候猪肉是限购的，我不明白大弟为什么不吃红烧肉。

我还是做了一锅红烧肉，然后我让大弟试试。他闻了闻，吸吸鼻子，小心翼翼地尝了尝，很快地就放开吃了，我还没怎么吃，他就要把一锅肉吃完了。

有一段时间，家里就我带着妹妹过。外婆去外地走亲戚，父亲去干校劳动，母亲又巡回医疗。我就是那个时候学会做菜的。我们这个楼面最会做菜的是九室好婆，九室好婆是上海本地人，我觉得她做的任何一个菜都好吃。九室好婆总是笑眯眯地告诉我一些方法，譬如炒鳝丝要放三种油，猪油、豆油还有麻油。九室好婆说，做菜也是有名堂的。我如果做菜不好吃，我妹妹就绝食，她就那么咬着牙紧闭着嘴，一口汤都不喝。所以我必须认真地学上几手。我能够熟练操作的第一个菜就是红烧肉，后来做其他的菜也马马虎虎的可以对付。

大弟后来就一直要我做红烧肉给他吃，他妈妈把家里的别的票都去换成了生猪肉票，可好像还是不够大弟吃。礼拜天我又去大弟家。大弟去商场一条街买东西了，他妈妈在干家务，见我去，她就停下手里的活,说要跟我谈谈。

她抽烟。

大弟妈妈说大弟近来有进步,主要是不挑食了。以前是从来不吃肉的,体质很差,老是感冒。现在不仅吃,而且天天都想吃。她说昨天她给大弟量了下身高,长了一公分半。大弟妈妈呵呵笑,她在笑的时候显得很和气。她说,我想知道你是怎么做到的。

这个时候大弟回来了,他的手里提着一块大肥肉,他把肉在我眼前晃了晃。大弟妈妈朝我笑笑,她说他把下个季度的票全都用完了。那天中午大弟妈妈也吃了我做的红烧肉。

非常好吃。她说。

以后礼拜天就是我去大弟家做红烧肉的日子,大弟说他妈妈也想吃。每次一砂锅肉我们都会吃完。大弟不仅学小提琴,他还练游泳,那次还拿了上海市少年组蝶泳冠军。

大弟妈妈说嗯嗯,还是要多吃肉。

大弟说他妈妈一直想把我带到老师那里去看看,她是担心大弟把我教僵掉了。我说老师是地下工作,我怎么去?大弟说就是去让他看看,又不是正式拜师。

那次我去见了大弟的老师,老师家在重庆路上,我祖母就住在这里,这个地方我经常来,熟悉。看到老师觉得他面熟,可能在路上遇见过,老师给我的感觉是有点神秘兮兮的,而且是弱不禁风一推就倒的样子,我不知道他是不是吃红烧肉。

老师很谨慎,拉上窗帘,又在大弟的琴马上夹了弱音器。他非常轻声地说,开始吧。

大弟拉琴，我就在一边替他翻谱。大弟妈妈就坐在圈椅上抽烟。大弟那天拉的是莫扎特第三小提琴协奏曲，我觉得他拉得很好，完成度很高。换了我肯定不行。可老师还是不满意。

老师摇头，他说一开头莫扎特就抛出了一个问题。他走向钢琴，在琴键上弹了一个乐句，就是协奏曲的最初的几小节。老师说，这是一个问题，莫扎特把这个问题抛向了这个混沌的世界。

他又重复那个据说是问题的乐句。他抬起头来，我看他的眼神十分茫然，好像也被那个问题难倒了。他的眼神原本黯淡，现在就完全涣散开去了。

懂了吗？他问。

大弟点头。

大弟再拉。老师说好点了。这个时候老师注意到了我。他问，你识谱吗？我说是的。他又问我是学什么的？大弟妈妈赶紧插话说，他是大弟最好的朋友，也拉小提琴，老师也看看吧。

老师点点头表示可以。

我自己的琴不能带，因此只能拉大弟的。大弟的琴我一点都不习惯，那个琴托夹着就难受。拉了会儿我就停下了，拉不下去了，实在太难听了。

嗯，持弓手型还不错。老师说。

大弟乐坏了。在重庆路上，大弟倒着走，我很少看到他这么开心。他满面春风，头发飞扬了起来。大弟对着我说，喂喂，你听到了吗听到了吗？老师怎么说你的，他说你手型不错！

那天，大弟又取出了画报，他很快地找到了那只美丽的手。他说，送你。我问他，为什么要送？大弟说反正他舅舅以后来上海还会带来新的画报，这张图片肯定对我固定手型是有帮助的，而且他妈妈也一直说要谢谢我，觉得我老是来做红烧肉其实也辛苦。大弟把那张图片用纸刀小心翼翼地裁下，感觉上他还是依依不舍的样子。

我一直把图片放在琴盒里，可有一天回家，我看到图片被贴在了墙上，不用说，这个肯定是我妹妹做的好事，而且她还在那只手的腕上画了好几根手链。

春节要来了。那个年头物资短缺，大家心情也压抑，好像唯有在过年的时候可以舒缓一下。食物当然是凭票供应，不少副食品券只是在春节发放，一年一次。

春节的意义之于我来说，其实就是吃。想吃的东西太多了，竹笋烤肉，酱汁排骨，鸡（一鸡两吃，白斩鸡和鸡汤），鸭（通常鸡和鸭只能选购一种），熏鱼（乌青比草青好），蒸蛋饺，肉皮鱼片黄芽菜粉丝砂锅，苔条油氽果肉，凉拌海蜇皮（要淋上几滴辣油），年糕（菠菜肉丝炒，大爱）。我外婆做的各种面食：肉包子，菜包子，豆沙包子，糖包子，韭菜饼，咸菜饼。还有饺子，馄饨，宁波黑洋沙猪油汤团，另外还可以少量地买到一些小吃：小核桃，香瓜子，西瓜子，南瓜子，香榧子，大白兔奶糖，花生牛轧糖，等等。

要过年了，我父亲一直在等待着这个日子，我外婆也是，她每天要看月历，她两千度的深度近视，看什么东西都像是在闻。要过年了，我躺在床上想，咽口水。那些天，活着就是为了过年。

大弟妈妈突然不用去上班了，关于这个我问过大弟，大弟说他不知道，也许是身体不好请了长期病假吧。许多时候，大弟妈妈把自己关在卧室里，进门时她会说，不要管我，好好干你们的。她锁上了门，长久不出来。

我问大弟，她在里边待那么久做什么？大弟还是说不知道，他真的是除了小提琴别的什么都不知道。那天大弟妈妈突然开门走出，她端着一摞琴谱，她说抄了不少谱。

马扎斯和大小顿特全本都抄了，还有好几个协奏曲，还有巴赫。这些是给大弟的。大弟翻了翻。大弟说，妈妈这个巴赫十年以后再拿来吧。大弟妈妈说，大弟你小子要有志气，十年？三年就干掉它！

她也给我抄了一些谱，她问我能不能读懂这些谱。我说大概能读懂，但是肯定拉不了。她说你也要努力，要志向高远，光会做红烧肉是远远不够的。

那个小年夜我是在大弟家过的，是大弟妈妈提出的。她说今天是小年夜，请你留下来跟我们一起吃个饭好吗？我就回去请假说不能在家过小年夜了。我外婆不太开心，她说过年了，怎么不和家人在一起。我说是大弟妈妈请的。我父亲说让他去吧，他现在是大人了，有社交活动了，反正大年夜在家就可以了。

大弟家四点半就开饭了。主食是白面馒头，还有整整一大缸的红烧肉。这个当然是我的厨艺。还有两三个小菜吧，都是素的，卷心菜、白萝卜什么的。还有些调料，生蒜、辣椒酱、醋和酱油。

大弟爸爸还在外地，回不来。

大弟妈妈取出了一瓶白酒，她说好吧，今天我们开戒，喝两口。然后她要大弟去找酒杯，找不到，就用搪瓷碗取代了。

我们碗对碗干了几回。然后大块吃肉。

毕竟是过节，感觉上大弟妈妈心情很好，话也比平时多了不少。她问我们家是怎么过年的，都吃些什么。然后我就尽我所知不厌其烦地说了一遍，她好像很喜欢听，极为专注地看着我，鼓励我一直说下去的样子。

我是北方来的，我对你们上海人的生活很陌生的，大弟妈妈说。然后，她又去拿出了一本影集。

她让我看影集。影集里都是她年轻时的照片，也有大弟爸爸。两人都穿军装的。在山顶上，在小船上，在窑洞里，也有骑在马上横挎驳壳枪的，还有啃大馒头的，那个大馒头就像这个小年夜饭的主食一样。可以很清晰地看到大弟妈妈捧着大馒头，张口咬了上去，大弟爸爸就在一边敞怀大笑。

这个，这里，看见了没有，有一小半脸被遮住的，这个就是司令员，大弟妈妈指着一张相片说。

大弟妈妈说她十五岁就去部队了，那个时候他们艰苦朴素，生活简单，最厌恶的是上海去的娇小姐，一直就瞧她们不起。她又指照片，喏，这个，你看到没有。

群像，其中有个很苗条的青年女子文静地站在树下。

就这个人，叫王曼丽，你们上海人，拒绝嫁给一个银行职员，逃婚了，后来加入革命队伍了。烦她，吃黄瓜要肥皂洗，吃杨梅要盐水泡。还不吃肥肉，一点都不能碰。司令员叫她吃也不给面子。后来命令她吃，吃下去多少就吐了多少。就这种资产阶级小姐，怎么革命？

大弟说，妈妈你们做的肉难吃极的，叫人家怎么吃啊。

呵呵，呵呵呵，大弟妈妈笑。那个时候哪有肉吃，司令员请吃肉,有吃就是天大的福气,还不肯吃还吐。用你们的上海话说就是勿识相。

我问,后来那个王曼丽呢?

牺牲了。在我看来就是饿死的。她几乎什么都不能吃,吃了不是吐就是泻,瘦得皮包骨头,还生了疮。有一次不过是感冒发烧,就一病不起了。本来是安排她去文工团的,可是不能走路,没想到留在机关也不行,还是死了。

王曼丽这个名字我觉得很熟悉。我们班里就有叫王曼丽的,我有个表姐也叫王曼丽,王曼丽在电影里好像还是老上海仙乐施的舞女。总之这个叫王曼丽的像和我有关系一样。

那天晚上大弟妈妈话说得真是多,我从来没有听她说过这么多的话。

你们叫它馒头,我们北方叫馍馍,她咬了一口馒头说。那个时候部队里整天就是吃馍馍,一口馍馍一口凉水一瓣大蒜,这就够了。这就是革命,这就是胜利的保证,这就是明天的共和国。那时候有好多种馍馍,高粱粉的,玉米面的,更粗的糠做的,就是你们叫作忆苦饭的那种,前一阵局里吃忆苦饭,就是糠馍。我说你们忆苦,我是思甜。我们就是吃这个一路走到你们大上海来的,我们是无产阶级,家里没有一点资产,根本不在乎物质享受,哪像你们上海人。

大弟妈妈提及上海人的感觉像是嚼到颗烂花生。

还什么葡国鸡,要用红酒,要小火炖八个小时,那个什么芝麻元宵,一定要水磨粉,还要猪油还要桂花。这不都瞎扯淡吗?还有你们的,那个同学,现在怎么样了?对对,就那个去香港的。

妈妈你突然又提他作什么?大弟说。

我对他的印象就是不好，很差，发蜡分头，还穿淡夹克！

我突然感到尴尬，可能是因为过小年夜开心得昏了头了，把这个事给忘了，居然套了件淡夹克就来了，于是赶紧脱了扔在了一边。

这个时候我感觉到大弟妈妈已经有点醉意了，她看着我点点头，还是你好，我们大弟跟你在一起我比较放心。

大年三十那晚，我们家摆起了圆桌面。六个冷盘，六个热炒，两道点心，一锅汤，这些都是必需的。我父亲关上门窗，又说先读一段毛主席语录吧。那两年饭前读语录也是一种要求，但是真正做起来并不很认真。大家匆匆地把语录读完，然后开吃。

在提起筷子的瞬间，我突然有了一种负罪感，这是从来没有过的。我母亲注意到了我的变化，怎么了，吃呀。我问我父亲小时候他们年夜饭也是这么吃的吗。我父亲说比这个还要复杂吧，老人们总是提前一两个月就开始准备了。

那你在做地下党时怎么吃，也很讲究的吗？

梅龙镇、绿杨邨、新雅饭店这些地方是经常去的。那时还想，新中国成立了大概就可以天天上馆子了吧。当然吃得好点不是问题，就是那个空想社会主义肯定是错误的。

我外婆说他们安徽老家那时候过年，杀猪宰羊一直要吃到正月十五去了。我母亲说哎呀，少说点吧，小孩小，他们不懂，要是说出去又是事，才太平了几天啊。

春节过后没几天，我路过十七号大弟家住的那栋楼，楼前贴了一张大字报，有人在看。大字报是文化局的几个革命群众写的，是揭批大弟妈妈的,说她是死不改悔的走资派,是蜕化变质的修正主义分子。运动初始,新村里铺天盖地的大字报,看不过来,索性就不怎么看。现在再有大字报,就很惹人注意。人越聚越多,看的人不少。

楼上,大弟还在拉琴,他不管。楼前很吵,要是不注意听,那点若有似无的琴声是难以入耳的。可我能听见,那是顿弓,一直在跳跃,并且还兼有几组泛音。

下午,大弟来找我,要我去他家烧肉。我说不是礼拜天呀,大弟说是他妈妈要我去的。

大弟妈妈很热情地开门,她笑着跟我打招呼。

突然嘴馋,只有请你帮忙了。她说。

在公用厨房里,挂有一大块肉。大弟妈妈说是她自己去菜场买的,卖肉的告诉她这是上等五花肉,最适合做红烧肉了。又说他们家本季度的最后一张肉票也用完了。我心想大弟妈妈真是个了不起的人,大字报就在楼下,她居然毫不在乎,而且还那么想吃。

我在厨房里烧肉,可以听到大弟妈妈在屋内嚷,哎哟好香!

大弟妈妈要我把制作红烧肉的全过程都告诉她,我就把九室好婆教我的全盘托出。我说,大弟妈妈记。肉要新鲜,臭肉肯定不行。肉要先在沸水里焯,然后在油锅里煸,再用黄酒喷,必须是绍兴产的黄酒。然后放调料,盐,酱油,味精,八角,桂皮,葱姜蒜,肉在八分熟的时候加入油炒过的冰糖。最最关键的一点,煮的时间要足够长,最好是小火煨三个小时以上。

大弟妈妈一笔一画地认真记,在写到煨三个小时以上的时候,她停下笔,笑了,三个小时?她说,天啊,真是鬼子都进庄了。

大弟妈妈对我说，你要好好跟那个好婆学做菜。看上去她还想就这个话题说些什么，可还是止住了。然后她扭头喊大弟过来。她要大弟收好她记下的红烧肉菜谱，菜谱是用红墨水写在空白的五线谱上的。

大弟接过了菜谱，瞄了一眼扔在一边，又去拉琴。大弟妈妈拿过菜谱，想了想，还是把它放在了琴谱夹里。

大弟！大弟！我把你的菜谱和你的琴谱搁在一起了，你要收好了，以后要学会自己做红烧肉吃，绝对不能老吃素的。老吃素的不行，会影响发育的，吃的方面，还有别的一些生活方面，你要多跟上海人学！

大弟拉琴，他的琴声始终没有中断。大弟说，知道了知道了，妈妈你真烦妈妈你不要烦我了好吗？

那天晚上，我是很晚离去的。大弟妈妈送我到了门口，她客气地说，你要多来，就当这里也是你的家。

在我出十七号楼门的时候，又看到了新贴的大字报，大字报是继续炮轰大弟妈妈的，天暗不想细看，肯定都是乱说一气的，就是不明白那几个革命群众为什么老是揪着大弟妈妈不放？

几个小时以后，大弟妈妈就死了。等我得到消息的时候，殡仪馆的车已经来过了。她是把自己关在她的屋里自杀的，她用剪刀扎进了太阳穴。凌晨时分大弟起来小便，他看见隔壁屋的门缝里溢出灯光，还有血。

我老是在懊悔一件事，就是那天的红烧肉做得太咸，可能是重复放了酱油，是因为有了某种预感而神志恍惚吗？后来我在梦里向大弟妈妈道歉，我说酱油放多了，太咸了太咸了。这是你最后一餐，可我没有做好。大弟妈妈并不理我，她是下班回家，手提着黑皮的办公包，她高个，挺直，神气，看上去有俄罗斯血统。毫无障碍地，她穿过了一棵树，又穿过了一面墙，再穿过我的身子，然后走进了她居住的那栋楼。她在喊，大弟！大弟！

鲍家人

有一次，鲍小军弓着腰跟我说，头天晚上他父亲用一根木棍把他打趴下了，直不起来了。鲍小军一脸苦相，可怜兮兮的。鲍小军的父亲是山东人，三八式干部，在重型机械厂当厂长。鲍厂长高大，健壮，又是打仗出身，想来落手一定很有分量。我问鲍小军他父亲为什么要打他，鲍小军说班主任去他家告状了，说他上课老是回头对女同学戆笑。

我想起那天薇拉跟我说，鲍小军就像只花痴，老是盯着她笑。薇拉是在学校走廊上跟我说的，她在跟我说话的时候，有好几个男的从我们身边过，那些人不看我只看薇拉，然后挤眉弄眼地对着她笑。感觉薇拉突然地娇媚了起来，却又装得毫无反应。

我说他肯定是看上薇拉。鲍小军说，瞎讲，薇拉么三分之一是小淮海的，三分之一是你的，还有三分之一不知道啥人要去了，我才不要呢。又说他是看上了坐在薇拉边上的鲁鲁。我知道他这才是瞎讲，鲁鲁有什么好看的，还值得他花痴一样地笑。鲁鲁的脸那么宽，没有边际一样，而且牙床也是突的。我知道这样评价一个女生实在不好，但那是事实。鲍小军一定是喜欢薇拉。这个其实不奇怪，每个男生都喜欢薇拉。

鲍小军的母亲是南方人，比鲍厂长要年轻许多。她姓梁，我们叫她梁阿姨。梁阿姨在某个大学的资料室做事。鲍小军还有个哥哥叫鲍大军。兄弟俩长得很像父亲，不像母亲。我听见梁阿姨在多个场合说过，那两只小赤佬一点不像我，就好像不是我生的一样。不过这种事情是经常发生的，孩子只像自己的父亲，或者反之，完全拷贝母亲。我就像我母亲，我在外形上和我父亲简直一点关系没有。

一天晚上，我看见有辆救命车停在三十四号门前，鲍小军家在那栋楼里。一会儿就有担架从楼内抬出，担架很快地就被送进了车厢。救命车就开走了。

然后我看到鲍小军独自站在楼前，还一直看着救命车离去的方向。

我上前问那是谁，鲍小军说是他爸。鲍厂长一直咳嗽，半年前去医院检查，医院怀疑是肺癌。但是鲍厂长根本不相信，以为医生说的都是鬼话，他的自我判断是气管炎。可是刚才突然开始吐血。吓死人了。

鲍小军又说救命车是胸科医院的，他妈妈和他哥哥都随车去医院了，因为车小只能上两名家属，他只有等天亮再去医院了。

那时候天已经很晚了，公交车的末班车肯定也是过了。我就要鲍小军骑我家的自行车去，明天早晨七点钟我父亲上班要用车，他只要七点前把车还我就可以了。

我看着鲍小军骑车迅速地消失在夜幕中。

第二天早晨七点钟不到，鲍小军就来敲我们家门还自行车钥匙。我就问他父亲的病怎么样了。鲍小军说今天一定要开刀，又说本来是昨天晚上就要开的，但是他母亲不同意针刺麻醉，所以一直拖到了今天，不过可能还是要针刺麻醉。

鲍小军说他还是要去医院，有公交了，他可以坐公交去。鲍小军走了之后，我母亲就问刚才谁在门外，我就把鲍小军父亲开刀要针刺麻醉的事情说了。

我母亲听了说她的心都揪起来了。在我母亲看来，这么大的手术，要切肺，不上麻药，就那几根针，那是要痛死的。我父亲说针刺麻醉是政治。我母亲摇头，说这就是拿命不当命。

我看过一部纪录片《灯下银针》，就是表现针刺麻醉的。肚膛被剖开，内脏完全暴露在外，医生们从容不迫地在上面动刀子。有十几枚银光闪闪的细针扎在手术病人的脚踝、手腕、太阳穴、人中等一些部位。再看病人的脸，很高兴，很幸福，微微笑着，像是早晨刚睡醒迎到了第一缕阳光。手术现场的一些老外在惊叹，中医了不起中医了不起。

鲍小军从我家出门后又去挤公交车，换了两辆车之后又回到了胸科医院。他看到他哥哥鲍大军站在门口吸烟。鲍小军问怎么样了。鲍大军说还在谈，电视台和报社都有人来，还有工业局的头也来了。鲍小军说他们来做什么。鲍大军说要宣传。

鲍小军去医生办公室，在办公室门口他果然看到了一些媒体人堵在门前，有个女记者看到鲍小军马上就跑了上来。女记者说你就是鲍厂长的儿子吧。鲍小军说是的。女记者说一看就是，你和你父亲长得太像了，完全就是一个模子里倒出来的，又问鲍小军，为什么选择针刺麻醉？鲍小军发蒙，鲍小军说，决定了吗？女记者说，是的，刚才院长亲口说的。这时候，鲍小军看到母亲从医生办公室出来了。梁阿姨看到了鲍小军无奈地挥挥手，梁阿姨说算了吧别再跟他们缠了，再这么缠下去人都要没了，我签了我签了。

鲍厂长的手术几乎是半开放式的，想看的人好像都可以看。但是鲍家母子三人待在走道的尽头，根本就不敢看。梁阿姨说我好像听见他在叫，鲍小军侧耳细听，说那个肯定不是他父亲的声音，那个是别人的声音。梁阿姨摇头，梁阿姨说是他。

一会儿主刀医生找到了他们。

主刀医生先前找梁阿姨谈的时候豪情满怀，主刀医生说他也是姓鲍的，他也是山东人。他们应该是老乡。没有把握的事他怎么会去做！又说针刺麻醉效果很好，类似的手术他们已经完成了好多例了。而且如果止痛有问题的话，他们也有上常规麻药二套方案。

主刀医生说鲍厂长走了。

梁阿姨说他是痛死的吧。

主刀医生说他没有顶住。

梁阿姨说，你们让他读语录了没有？

主刀医生说他很快就休克过去了，就没有再醒来。

鲍大军鲍小军赶紧往手术室跑去。进了手术室后，鲍小军去看活活痛死的父亲，父亲的脸奇怪地扭曲着，鲍小军当场号啕起来。鲍大军一下就把护士手上的手术记录抢了过去。麻醉医生说你们不要太难过，病人很坚强。鲍大军上去揍麻醉医生，鲍小军就开始砸手术室的东西，他乱砸一气，把自己的手都砸破了还砸。整个场面被那些媒体人看在眼里，但是他们要的肯定不是这个。

鲍厂长就躺在医院的冷藏室里，不让火化。鲍家兄弟二人就守在医院门口，生怕医院偷偷地把遗体往殡仪馆运。那个时候已经是"文革"的中期，鲍厂长在下台后又回到了厂长的位置，鲍厂长是老干部，北京都有人的，居然被当作了试验品，直接死在了手术台上。据说北京高层都有人在关注这件事。

班主任看鲍小军不来上课了，就问我他家的情况，我说我也不清楚，就是听说他爸死后他就一直待在医院门口。班主任说那个总不是长久之计吧，你去看看他。

下课后我就去胸科医院，鲍小军果然就在医院门口待着。他的脑袋上缠着白布，腰间也是，他深蹲在医院大门对面，眼睛蓄满哀伤。陪在他身边的是几个无关紧要的人，有从前的几任保姆，还有两个表妹。鲍小军的手上有条横幅，横幅是卷起的，也不知道写的是什么。

我走了过去，蹲在他的身边。鲍小军告诉我他哥上班去了，他妈妈也病了，而且也病得不轻。直系亲属也只有他可以在这里一直守着。我问，那你到底想干什么？鲍小军就拉开了手中的横幅让我看：还我命来！我说这个是不可能的。

鲍小军脸上有伤，他说昨晚桥头堡的人来过了。

桥头堡附近有不少军人家属楼，一些军人子弟和我们同校。鲍小军原先和桥头堡的人混得最熟，后来据说为了一个女人闹翻了。桥头堡圈子里有个女人看上了鲍小军，当众扬言一定要上了鲍小军，而且还要替鲍小军生一个排的儿子出来。桥头堡那里人人都想上那个女人，可那个女人就是要上鲍小军。

已经打过好几次了，一次有几个人突然冲进了教室，照着鲍小军就是一顿乱拳。那些人打的时候不说话，打完之后扬长而去也不说话，问被打的鲍小军怎么回事，他也是一声不吭。全班的人都莫名其妙，每个人都感觉自己挨了闷棍一般。

那个女人我们都没有看到过。只是知道比我们高一届，就要去江西插队了，父亲是空四军的，她长得一点不好看，就是蛮骚的。

昨天晚上桥头堡一干人无聊地喝过啤酒后瞎溜达，偶尔看到了鲍小军，他们醉醺醺地或许以为这么晚了，鲍小军一个人立在这里就是为了和那个女人约会，于是上来就动手。其实在我看来，如果是单挑的话，估计鲍小军不落下风，他个高，以前是班里偏矮的，就是到了中二突然拔高，而且也很结实，平时也会练几下哑铃什么的。但是对方总是多人一哄而上，这样鲍小军自然难以招架。但是这次鲍小军不一样，他在顶住了第一波袭击之后，突然从大背包里抽出一把砍刀来。鲍小军的砍刀我是见过的，那把砍刀是他父亲抗战时期在县武装大队时用的，砍刀上铸有七颗星，所以叫作七星刀。鲍小军对着来犯者就是一通乱砍，像是不要命了一样，好在那些人跑得快。反正我爸死了我也不想活了，大不了躺到我爸身边去就是了，鲍小军说。

老师去鲍小军家，梁阿姨躺床上欠起身朝老师点点头。梁阿姨说老师辛苦啦，不好意思小军最近上不了学。老师说针刺麻醉真是徒有虚名啊。梁阿姨说是活活痛死的，我们不能接受，必须有个说法，要有赔偿，不能就这么过去了。医院现在躲避一切的做法是绝对错误的，他们必须反省，而且组织上也应该有个态度。老师说是啊。梁阿姨说，三八年的干部，为党出生入死多少年。前两年还查他政治问题，查了半天屁都没查出什么来，他能有什么问题？现在死得不明不白的，这个对他太不公平了，对我们家也是绝对不公平的。老师说，那现在到底怎么办？梁阿姨说小军的决心很大，医院方面要是没有表示，他绝不后退。他这个性格倒是很像他父亲。

保姆说都像，脾气性格像，长得也像。鲍家现在的这个保姆也是山东人，会包很好吃的饺子，而且在拌肉馅的时候是关起门来不示人的。

老师说可是这样下去，晚上也不怎么睡觉，身体吃得消吗？梁阿姨说也不是他一个人在战斗，他哥哥下班了也会帮他。保姆说不怕，乡下要来人了。

保姆说得没错，乡下果然来人了。
那天放学后我又去胸科医院看鲍小军，上次我来，医院大门对过人还很冷清的，但是这次人多了起来。走近，看到了鲍小军，我问，你怎么样？但是鲍小军只是瞥了我一眼，像是不认得一样。再细看，才明白自己是弄错了，那个人并不是鲍小军，只是像鲍小军，因为也是缠白戴孝，就更难以分辨。然后我看到鲍小军在不远处正跟一个什么人说话，我就上前去拍了拍他的肩。鲍小军回头，不认得我了。再细看，也不是鲍小军。再找鲍小军，居然看到周围都是鲍小军，但又都不是鲍小军。我感到头晕了，就高声喊鲍小军。这个时候鲍大军过来了，起先以为过来的是鲍小军，但是他说自己是鲍大军。后来经辨认果然是鲍大军。鲍大军说小军去院办了，医院方面要小军去谈判。鲍大军说他也是刚下班,下班后就来帮小军。

我问鲍大军这些人是哪里来的。鲍大军说乡下来的,都是他们家的人,是他父亲和前妻生的儿子。鲍大军说都是阿哥。我说,那有几个阿哥?鲍大军说大阿哥小阿哥加起来有四个,这次都来了。

我只能说这些山东来的阿哥们跟大军小军长得太像了,他们都是国字脸,浓眉细眼,而且个头也都在一米八〇左右,差不多高。鲍小军在医院的又一轮谈判结束了,回来了在跟大家商量接下去怎么办。他们六兄弟凑在一起谈的时候,给人一种不真实的感觉。在我的眼前好像不断地有重影,我在寻找鲍小军,可是我一不留意就会迷失在这些重影当中。

阿哥们是昨天晚上就来的,他们是请假来的,大阿哥和二阿哥都在部队,三阿哥四阿哥在当地的政府部门任要职。四个阿哥来上海就集体哭了一场,然后就听了大军小军陈述父亲之死的整个过程。这个真是把阿哥们气疯了,气得简直要失去理智了。有阿哥说他现在就去把院长和主刀医生揪来,上针刺麻醉开膛破肚玩玩反正也不痛。部队的两个阿哥说他奶奶的,上海这个地方到处都是拆白党小瘪三,这次医院要是不做出个赔偿,老子直接开坦克碾过来。

我问鲍小军,他们的亲妈你见过吗?鲍小军点头说见过。有一年大娘来上海找他爸,要他爸帮忙给儿子找工作。大娘的意思是如果儿子有好的工作,她来上海鲍家帮佣都可以。

当时我爸一口答应,说四个小孩将来的出路全包在他身上,大娘来上海的那几天包了几顿饺子好吃到打死都忘不了。鲍小军说。

刚好,那天晚上桥头堡的人又来,他们到医院门口看了半天,终于确信鲍小军突然变异成孙猴子了,拔毛吐气,无数个鲍小军冒了出来。那些人简直看呆了,完全忘记自己是来干什么的了,直到一群鲍小军朝他们扑来,才赶紧逃之夭夭。

梁阿姨请那些乡下来人吃了顿饭,就在商业一条街上的饭店里。梁阿姨说你们也是我的儿子,上海就是你们的家。你们的父亲虽然去世了,但是上海的家还在,我还在,你们还有两个弟弟,都在。乡下那几个阿哥对梁阿姨其实是很有意见的,他们的父亲就是因为梁阿姨才把他们的母亲和他们几个儿子给抛弃的。可来的时候,他们的亲娘说了,上海的娘也是娘,今后你们要像对我那样对待上海的娘,你们以后也给我出息些,也去上海找个城市妞给俺看看,就像你们的爹那样。席间,喝了些酒,其中的一位阿哥酒后话多,就把亲娘的话传达了。梁阿姨听了十分感动,梁阿姨说你们几个的婚事,我是一定会放在心上的,又叫大军小军也要帮忙。梁阿姨突然对鲍小军说哎,那个楼下的玉芳我看就不错。大军怎么想的不知道,反正小军听了极度不爽。鲍小军后来跟我说,搞什么,玉芳是我看上的好吧。我说玉芳比你大好几岁呢。鲍小军说大又怎么了,我就是喜欢大的。

有一天,我在路上遇到鲍小军。他骑着自行车匆匆而过,见到我刹车停下。那是辆锰钢十三型的轻便车,很酷的那种。我问他哪来的车。

他说是用他父亲的抚恤金买的,又说医院那里基本搞定了。他又跨上车,说要赶去他父亲的厂子里办点事,过两天他会找我把事情讲清楚。

过了几天,我在学校的走廊上遇到了鲍小军。他说哎,有空吗?说几句。然后我们就去了学校操场一角。鲍小军掏出了一包烟来,牡丹牌的。他自己抽,也叫我抽。然后我们两个就抽烟。我们又朝树丛深处走了几步,免得被老师看见,还有那些喜欢告状的"咬狗"也是要防范的。鲍小军说烟是阿哥们给的,还说阿哥们带来了不少大枣和花生,叫我有空去他家拿。阿哥们在参加完追悼会后就回去了。

我知道他爸的追悼会开过了,前几天我在报上看到了一条讣告,好像市里的大头头也出席了。

我问鲍小军,医院是怎么赔的?

给了三千块,我妈妈还想分些钱给山东阿哥们,可他们不要钱,他们就是要上海小姑娘,都想学我爸,跟上海女人结婚,然后来上海。我妈十三点兮兮的真的把玉芳介绍给了他们。

鲍小军蹲在了地上,猛吸烟。过了好一会儿才开口。

鲍小军说,看上了。

我问,谁看上谁了?

他们都看上了玉芳,玉芳也看上了四个阿哥中的三个,有一个玉芳觉得瘦了一点点。玉芳说要是再养胖些她大概也会看上。

玉芳给人的感觉很健美,下巴丰腴,嘴唇也很厚。她以前在少体校学过网球的。玉芳后来思来想去定不了到底要哪个,就去找鲍小军商量,要鲍小军帮忙拿主意。鲍小军说我不管,你反正什么人都是可以的,随便摸一个好了。玉芳说鲍小军你太不够意思的,讲起来也是老朋友了。鲍小军说啥人跟你是老朋友,哦,你说的,老朋友是吧,那我问你,你看上我了吗。说呀,看上我了吗?玉芳说小赤佬,吃阿姐的豆腐啊,滚!玉芳后来把自己关在家里扔了一晚上的硬币,还是决定跟二阿哥好。

我说一直以为玉芳是要去云南插队的。

现在要去宁波了,山东二哥在东海舰队当兵。玉芳先去宁波过几年,二哥一转业就可以和玉芳一道来上海了。已经讲好了,玉芳婚龄一到就和我二哥结婚。

看上去鲍小军还在伤心,玉芳居然说鲍小军是小赤佬在吃她豆腐。这个实在是很让人想不开的。我说你不是看上薇拉了吗?鲍小军哼哼,他说又来,这个还有什么说头?鲍小军又抽了一支烟,像个老烟枪一样。他吐了一口烟说算了,不说玉芳了。鲍小军说还有一件大事要告诉我,就是他已经顶替他父亲去重型机械厂上班了。

我很吃惊。

什么小赤佬不小赤佬的,我现在已经是产业工人了,鲍小军说。卫生局的头找到了工业局的头,要工业局的头一道想办法。卫生局的头说不得了了,孙悟空来了,两个变六个了,问题再不解决,胸科医院要变成花果山了。

鲍小军在说的时候自己笑,我也跟着笑。鲍小军说这个话医院里传遍了,人人都知道的。

后来,工业局就破格给了我们家一个顶替名额。

讲好是一道去农场的啊。我说。

工作服都领了,试工也去过了,一个月二十几块钱的工资。已经定了。今天就是来办退学手续的。

那你具体工种是什么。

钣金工,最吃香的。

我和鲍小军一直是同桌,从中一到中二我们都在一起。现在鲍小军走了,再也不来了,我的旁边就空出来一大块。而我在学校里还要混个两年才有出头日。有时候听课时我就在想,鲍小军在厂里做什么呢?

在上化学课。薇拉不知道什么时候坐到我后面去了,她本来是坐在第三排的。反正是大家讨厌的化学课,老师也是新来的,乱坐,无所谓。薇拉用笔捅捅我,哎,别装了,其实你根本没在听。我说没错,我是在想鲍小军。薇拉说哦,他给我来过电话了,要我去他们的厂子里洗澡。

下课后我问薇拉怎么回事,什么叫去他们厂子里洗澡。薇拉说鲍小军说他们澡堂子里的水热,洗澡舒服极了。随后薇拉就要我陪她一起去鲍小军的厂子里洗澡。

那个机械厂真是大极了。我和薇拉在厂门口站着看。薇拉问我想不想来这个厂子里工作。我说当然想,可我是家里的老大,毕业后肯定不能留上海。我说薇拉你也是要去外地的。薇拉说她家里正在想办法让她留在上海,哪怕进生产组,不过希望渺茫。一会儿鲍小军来了,我是头一次看他穿上了工装,不得不说,他看上去真是帅极了。

鲍小军见我就问你来做什么,薇拉说他陪我来洗澡,鲍小军一脸的失落,然后就要把我们领进厂门,门卫拦住不让进。鲍小军说我是鲍厂长的儿子,门卫的态度立刻就变了。

我从来没有在这么大的澡堂里洗过澡,鲍小军说,舒服吗?我说舒服极了。鲍小军说这个澡堂子二十四小时提供热水。我说以后我要是去了农场，每天也有这样的热水洗澡就好了。

我们洗完了就在澡堂外等薇拉，等了好一会薇拉才出来。她的头发还在滴水。洗完澡的薇拉就像出水芙蓉，而在洗澡以前，她就像个脏巴拉叽的男人一样。鲍小军这天是早班，他可以下班了。我们就往厂门去。在厂区的大道上，鲍小军说哎，薇拉，我们两个都喜欢你，那你到底是喜欢我还是喜欢他啊？鲍小军的那个他指的就是本人。薇拉说什么意思，你不是喜欢玉芳吗？鲍小军说玉芳跟山东二哥跑了，我现在还想另找一个。薇拉又问，那鲁鲁呢？鲍小军说那个只是说说的。薇拉说你们两个我都不喜欢。鲍小军说，那你喜欢谁？薇拉说小淮海还差不多。我说，他不是老是用望远镜偷看你上马桶吗？薇拉说人家也长大了好吧。

我和鲍小军都很郁闷，就快到厂门口了，突然鲍小军拽起我们就跑，鲍小军说跑快跑。我和薇拉一头雾水地就跟着跑。一直跑到厂区的另一头，在这里已经可以看到黄浦江了。

有一些废弃的机械设备堆放在那里，鲍小军爬了上去，我和薇拉跟上。然后我们坐在一个高处，这里可以看到江水和来往的船只。我说见到鬼啦！鲍小军说他们家又出事了，上个星期又来了一个阿哥。

这个阿哥是江西来的。他说是我爸的儿子，可他亲妈不是山东大娘。

我和薇拉惊得目瞪口呆。

你爸还有一个老婆？还有儿子？我问。

鲍小军摇头说没有结婚，算不上老婆。如果真有儿子也就一个。

刚才他看到那个江西人，就在厂门口，多半就是来找他的。

　　那天鲍家突然又有不速之客来。是个小青年。保姆问他找谁。小青年就说他是来找他爹的，鲍厂长是他亲爹。保姆吓坏了，赶紧把他领进屋见梁阿姨。小青年说他是江西来的，是江西某某镇的，这次来上海开会，顺便认认亲爹。梁阿姨问，你的亲爹是谁？小青年就说是鲍厂长。梁阿姨问，这个是谁告诉你的？江西青年说是他亲娘说的。江西青年出示他亲爹好多年前的一封信。梁阿姨看，信上寥寥数笔，某某（太潦草，梁阿姨看不清），寄上二百元，聊补无米之炊，致革命敬礼。有落款。这个肯定是真实的，鲍厂长的笔迹梁阿姨一眼就可以认出。梁阿姨又问，那你的亲娘呢？江西青年说几年前就死了。江西青年说他亲娘很内疚的，一直说不是他爹的错。是他娘一定要和他爹生一个娃的，也不要名分。其实他们两人在一起才几天时间。

　　薇拉问几天时间是什么意思，就是露水夫妻轧姘头的那种？鲍小军说反正就是几天时间，我爸去那个地方打鬼子，那女的是我爸手下的兵。薇拉说鲍厂长挺花的啊。鲍小军说你懂什么，那时候打仗，出生入死，男人和女人如果有好感就赶紧把事情做了，谁知道明天是死是活啊。我问，那他来找你做什么？

　　他想知道我爸的墓地在哪里，他说他就是想去磕个头。

　　鲍小军告诉我们，他母亲不喜欢这个人，他母亲对江西青年的话存疑。还有就是他的职业，居然是当地的赤脚医生，还是搞针刺麻醉起家的。这次来上海主要目的就是为了传授针刺麻醉经验。

　　我爸葬在哪里我妈就是不说，她实在是恨死赤脚医生和针刺麻醉了。

薇拉说他真的要找墓地肯定能找到的。

其实哪来什么墓地，鲍小军说，我爸的骨灰盒是埋在树下的，那棵树在哪里只有我们家人知道，我们要是不说，没人找得到的。江西人前两天把我堵在厂门口，缠着我问，我就是不说。

那是一棵什么树啊？薇拉问。

松树，我爸喜欢松树。他活着的时候，就是喜欢和松树合照。

我们在一堆废铜烂铁上坐到了天黑。我一直在悲叹我们家就我一个男的，只能单传了。薇拉说，他们家的男人从来就是稀缺物种，她没有亲兄弟，连表兄弟都没有。鲍小军一言不发地看着江对岸，不断地抽烟。他又摇头，笑。薇拉问你笑什么。鲍小军说没什么，就是好笑。

后来我们三个就索性去工厂食堂吃晚饭。鲍小军说刚买了饭菜票，足够，想吃什么尽管点。薇拉点了一个烂糊肉丝，一份大排。我要了一个炒鳝糊，一份大排。鲍小军给自己点了两份大排，一个豆腐汤。

好大的食堂，可容几百人在这里用餐。我们三个找到了空位坐下，饿了，而且菜的味道不错，就大吃了起来。但是鲍小军突然停下了筷子。鲍小军看着侧前方的某处。

不好了，他在那里。鲍小军说。

侧前方一个男青年在和两个老阿姨一起进餐，可以看见老阿姨还不断地往男青年的碗里夹菜。男青年边吃边说话，他吃了许多，好像也说了许多，俩老阿姨好像不怎么吃，只是听。

薇拉问，就是他？

鲍小军点头。

我问，那两个老阿姨是什么人？鲍小军说以前是工会的，现在不知道做什么，对这件事起劲得不得了，还来做过我的思想工作。

薇拉问鲍小军，那他长得像你吗？鲍小军说不知道。薇拉想了想说，我好想去看看他。鲍小军说不要不要不要。但是薇拉不管，薇拉还是立起身来往那个方向走去。

我看到薇拉在那里绕来绕去，装得若无其事的样子。一会儿薇拉回来了。坐下。我问薇拉什么情况，像不像？薇拉说有点像，有点不像。笑起来特别像，月亮眼，弯的。不过讲话的样子一点不像。我问，那到底像不像？薇拉说也像也不像。

鲍小军把筷子往桌上重重一拍，从包里掏出工装帽，戴上。然后起身，他说，走！尽管还没有吃完，我们也只得跟着他走。走到了食堂门口的时候我回头看一眼，我看到那个青年和两个老阿姨也正注视着我们。我们很快闪了。

后来听说，夜晚，江西青年去鲍家楼下，在月光底下拉二胡，是个非常哀伤的曲子"江河水"，有人听见了，也看到了。他们说他泪流满面。

国语

很少有人关注骆一民，他在和不在都是差不多的。他的鼻子有点变形，鼻梁隆起，鼻尖有点往左边歪，还好不仔细看没有异样感。他的副鼻窦炎很严重，小时候更严重，现在已经好多了。他去医院做过鼻腔穿刺的，有一次他说，脑浆都流掉了。

他和大邱关系不错，他们小学时是同桌。

大邱是吹黑管的，是学校文艺宣传队的台柱子。我会拉一点小提琴，也加入了这个团队。有好几次排练节目，骆一民就跟着大邱来。他坐在一个最不起眼的角落里，并且在那里呆坐几个小时可以一声不吭。有一次我问大邱，你带他来做什么。大邱笑。大邱说是他自己要跟来的，又说他其实是来看女人的。我问看哪个女人，大邱说就那个，雯静。雯静是宣传队里拉二胡的，又瘦又小，手也小，我看她在换把位的时候吃力极了。宣传队里亮眼的女生不少，但是骆一民就是吃死了要看雯静。

骆一民除了来宣传队看雯静之外，还有就是跟着小淮海他们一帮子人混。如果打架他肯定是积极参与的。但是骆一民是手脚慢经常挨打的那种。他们说有一次骆一民当胸挨了一棍，立马闷住，有两个礼拜发不出声来，后来再说话连声音都不像他原先的了。

　　在学校的教学楼后面就是操场，操场周边竖有围墙，围墙外就是林子，我看到过几次，骆一民独自一个从围墙上翻出去。不知道他去林子里做什么，有人说他是去捉蟋蟀的，但是这种说法很快地就被否定了。因为在大家的印象中骆一民对这种互咬的虫子从未有过兴趣，林子里种有红薯和别的一些什么，就有人说他是去偷红薯吃的。也许吧。

　　五月，北京中央乐团来上海招生。大邱的母亲是在音乐学院工作的，就帮着中央乐团寻找生源。大邱就在宣传队里说招生的事，要大家去考。大邱带头去考，大邱考的自然是单簧管，但是才吹了几个音节，就被人家逐出门外。大邱的母亲在现场冲着大邱哼哼冷笑，表情很怪诞。据说大邱母亲要求大邱每天练习不少于三个小时，而大邱连一小时都保证不了。雯静去考二胡，人家说不要二胡。宣传队有一个唱男高音的，比赛时得过奖，感觉上他是有点希望的。但是考官听了他的唱之后摇头说僵掉了僵掉了，没有办法了。

　　其实也无所谓的，中央乐团就是个海市蜃楼，本来就是去白相相的，反正日子很无聊。

　　但是那天早晨，我听到了一个惊人的消息。我在去学校的路上，身后有人叫我，扭头看是雯静。雯静叫我的声音很怪，一点也不像她平时的嗓音，声音好像被什么突如其来的东西压扁了。雯静气喘吁吁地跑到了我的跟前，雯静说你知道了吗，骆一民被中央乐团录取了。我说不可能吧，雯静说她一开始也是觉得不可能，她还想去骆一民家求证，但是他们家没有人。然后她又遇到了大邱，大邱说真的是录取了，他也是刚刚知道。我问中央乐团要他去做什么。雯静说，男中音。

到了学校之后我就去了五班找大邱，我和大邱小学是同班，到了中学就分班了。大邱已经坐在教室里了，我把大邱叫了出来。大邱一出来就说我知道你想问什么，这个事情是真的，整个上海地区就招了两名，一名是徐汇中学的女次高，还一个就是骆一民。招生的人认为骆一民的音色在中音和低音之间，这个声区的人才是他们非常缺的。我说没有听说他去考试啊，而且也从来没有听过他唱。

大邱说他是自己找上去的，他说我会唱歌，人家就让他唱，第二天就通知他录用了。下个礼拜一就要去乐团报到。

放学以后我就和大邱去了骆一民家，敲门无人应，但是房门也没有锁，我拧了一下把手门就开了。然后我们就看见骆一民坐在椅子上，脑袋往后仰着，从我们一进门的视角看，他的喉结很大，脖子拉得很长，鼻孔朝天，还翻着白眼。我们到了他跟前，他也没有改变姿势，尽管这么说话很困难。我们问他这是在做什么，他就那么仰靠着说刚滴了鼻药，昨天去五官科医院看了，医生说他有严重鼻炎，要坚持滴药，而且要滴到鼻腔的深处。

在桌上有好几瓶滴鼻药，黄的、白的、无色透明的。骆一民说是三种药，每间隔两小时滴一次，他别扭地转头看了看钟，说差不多了，要滴黄的那种了。大邱拿药瓶给他，他说自己不方便，要大邱替他滴药。大邱就去往他的朝天的鼻子滴药。看大邱的脸色是很痛苦的样子。一会儿骆一民突然翻身坐正，他不住地清理喉咙，他说大邱把鼻药滴到他的咽部去了。这么滴法是没有效用的。在骆一民座椅的旁边有一只痰盂,那个痰盂破破烂烂的,要是放在我家早被我父亲扔掉了。骆一民往破痰盂里吐了一会儿,又靠着椅背倒仰起头。然后他的手指向我,他说你来滴。我就从大邱的手中接过那个黄色的鼻药去滴,我想象着我的这两滴药水顺着他的难看的朝天鼻孔滑落下去,到了咽部绝不拐弯,继续往深处去,就到了他的鼻渊深处了。

骆一民看上去十分享受鼻药给他带来的舒适,他就那么一直仰着仰着,不再说话,然后还闭上了眼睛,像是睡着了。

我和大邱离开了骆一民家。我们也是一路无语,想说点什么,但实在找不到话题。后来我们就各自回家了。说到底骆一民的事就是他个人的事,是别人家的事,跟我们其实是毫无关系的。

我母亲说,听说你那个同学考上中央乐团了?我说是。我母亲问,他的嗓子有那么好吗?我说不知道,从来没有听他唱过。我母亲说这才叫一鸣惊人。

骆一民去学校办退学手续,他说他要走了,再也不会在这个学校读书了。校长说,如果学校不放你走怎么办?骆一民愣在那儿,没有想到校长会说出这样的话来。校长笑笑说开玩笑的,怎么会不放你走呢?就是不放你走,你要走我们也没有办法阻止,况且还是让学校增光的这么好的事。骆一民说他下周一要去北京报到。校长说有个小小的请求,就是周末学校有纳凉晚会,请你上台唱一个好吗?

骆一民从来就是一个低调的人,他本来想悄悄地走掉算了,就像他悄悄地来一样,本来在学校就没有多少人注意他。可是校长既然这么说了，他也只有答应。骆一民说好的。

纳凉晚会是在操场举行的，除了学校的人外，连周边社区的居民，甚至更远一点的农民也都来了。

节目不少，我们宣传队也有节目要上。后来我们小乐队上了台，演奏《翻身道情》。雯静是这首曲子的最重要的二胡手。骆一民就坐在台下，他直勾勾地看着雯静像是看呆了一样。骆一民的独唱是压台戏，他在台下候场。

骆一民被中央乐团录用，虽然说是件大事，可是传播范围毕竟是有限的，那个时候学校已经放暑假，大家聚在一起的时间也少。像小淮海这些人就根本不知道这回事。所以当报幕员让骆一民上台之后，小淮海他们格外惊讶。嗨嗨，他们说，鼻涕，你跑上台去做啥，寻死啊！

骆一民唱了一首《石油工人之歌》，现在轮到所有的人惊呆了。骆一民站在那里唱，几乎就是一种不真实的存在。他唱得实在是太好了，好到我都已经无法形容了。我觉得他的声音就是一种金属的碰撞，这种声音穿透了在操场上的每个人，而且他的表情动作如此自然舒展，就像是一个登台无数次的歌唱家一样。在歌曲的高潮部分，他的手臂高高扬起，他的眼神也随着手的指向而放远，就像是要去触摸那遥远的星空，他的声线在嘹亮的高亢之后也渐渐地扩散，弥漫开来。我觉得我的汗毛竖起来了，我有点颤抖。

只有几个林场的工人并不感到意外，骆一民的这首歌他们几乎已经听腻了，这个人老是躲在林子里唱，林场的人说。起先林场的人还以为他是提着喇叭筒在唱，后来才知道他这个人本身就是个喇叭筒,所以林场的人后来都叫他喇叭筒。林场的人说,其实他最喜欢唱的是我叫王小义我叫买买提。果然骆一民的第二首歌,就唱了《我叫王小义我叫买买提》。

他就唱了两首歌,再怎么起哄叫好,他也不再唱了。尽管他肯定还有很多的歌可以唱。好了,到此结束,他要去北京了,他的生命之舟开启了另一段航程。

他很快地就消失在演唱现场,无影无踪了。

纳凉晚会结束后我和大邱、雯静同路回。一会儿薇拉赶了上来。薇拉说哎,我们一起走。薇拉长得漂亮,会说非常标准的国语,但就是一点音乐细胞没有,毫无节奏感而且五音不全。她想混文艺宣传队,音乐老师就是不同意。薇拉说你们音乐老师真是有眼无珠啊,骆一民居然也不让加入宣传队。我们都没有搭理她。薇拉又说,哎,刚才有人叫他鼻涕,难听死了,为什么这么叫他。雯静说薇拉你小声点。薇拉说,怎么啦?雯静说就是叫你小声点。薇拉说哦,对了,雯静,听说骆一民一直在追你。雯静说不要道听途说好哦。薇拉说好吧,不过要是他追我我是一定答应的,人家是中央乐团啊,讲出去要吓死人的。她又说,雯静,听我的,你要去火车站送送他的。

骆一民走的那天我和大邱都没有去火车站送,大邱问过骆一民要不要送,骆一民摇头说不要送,反正他还要回来。大邱就不去送了,也叫我不要去。大邱说可能雯静会去送他,我们在不方便。

后来雯静的确是去送了,还是骆一民邀请她去送的。雯静去了火车站,她看到骆一民站在那里,但是他的身边还有不少人,有他的父母,还有音乐老师。音乐老师拉着骆一民的手没完没了地说,还不住地抹泪。火车就要开了,汽笛已然鸣起,雯静看自己挤不上去,就扭头走了。

雯静来了,又走了。骆一民都看到了。骆一民没有叫她。他这个人就是这样,表面上什么都看不出来,但是他心中有数。

后来骆一民去了北京,每周一封信给雯静,从不间断。就是去朝鲜演出也不会忘了给雯静写信。有几次索性把信寄到学校。几乎所有人都知道骆一民还在追雯静,痴心不改。我和大邱都以为骆一民去了中央乐团要不了几天,就会有新想法了,但是他没有。

雯静本来对骆一民是毫无感觉的,他们说她喜欢的是那个拉手风琴的二流子。即便是骆一民考上了中央乐团她也没有把这个事情往自己身上扯,直到骆一民的信一封封地来,雯静才意识到原本以为瞎起哄的事情,竟如同真的一样。

那一年春节骆一民没有回来。他给雯静的信里头说他有春节联欢演出,而且中央电视台会转播。他希望雯静能够看到。那个年头电视机还没有进入家庭,雯静给我们看了北京来信之后,我们心里痒痒的,都想一睹骆歌唱家的风采。然后就想哪里有电视机可以看。后来光明知道了这个事之后就说去他家看。光明的父亲是无线电爱好者,从自装半导体收音机开始,一路升级到了自装电视机。前两年我也装过半导体收音机,装了一个四管机之后就收手不玩了。我们家没钱给我了。当时遇到难题会去找光明父亲请教,有一次去找他,问他怎么去掉高频的啸叫声,他说你在二极管的正极上并联一个电容试试。可我后来没试,因为已是弹尽粮绝,一个电容器也买不起了。

年初二那天我们就去了光明家。那个黑白小屏幕的电视机其实还没有完全装好，所有的内脏还都暴露在外。但是我们还是看到了骆一民。他的身影出现在了那个小小的玻璃屏幕上，报幕员报出演唱者骆一民和另一个人之后，他出来了，另一个人也出来了。又出来了一个拉手风琴的。这时候屏幕出现雪花点，声音和图像都没有了。我们急得叫。光明父亲从里屋跑了出来，用手在哪个电子元件上捏了一下，又好了。是二重唱《我叫王小义我叫买买提》。骆一民唱王小义，另一个人唱买买提。感觉上骆一民比旁边那个唱得要好，连光明父亲都这么说，光明父亲说王小义的声音要比买买提洪亮得多。那是一场中央乐团的专场演出，除了二重唱之外，他还在另一个男声四重唱中出场，在四重唱里他唱的是中音。但是四重唱节目我们没有看完，电视机又在飘雪花了。这次光明父亲也无能为力，他满脸歉疚地说对不住你们了，也对不住你们的男中音。我们说没什么没什么。然后我们就走了。

其实已经足够了，我们居然在电视上看到了骆一民，他唱得一点不比别人差，甚至比别人更好。而且他的舞台形象也是一流的，非常有气质。大邱问雯静，骆一民的来信你回不回？雯静说有的回有的没有回。我说你们书信往来都是情话吧。雯静说没有啊，从来不说肉麻话的。大邱问，那你们信里都说什么啊？雯静想了想说，他就一直在说北京好，他说北京什么都好，而且他喜欢说北京话，他说北京话就是国语，大家都应该说国语，他现在已经不想说上海话了。

骆一民去北京待了两年后才回上海老家探亲，他父亲病了，要不然他可能还是回不来。我们还在学校读书的已经是中四下半学期了，面临着毕业分配。大的方向都已经定了，我是上山下乡的命，也不用多想什么了。学校基本不去了，这段时间闲得很无聊，而就在这时候骆一民回来了。这让我们感到兴奋。

但是他们告诉我骆一民完全变了。

我说哪里变了。

他们说梳了个大包头，还戴上了宽边眼镜。我说这个正常。可他们说变化最最大的地方是他不说上海话了。他只说北京话，开国语。

我和大邱总算约到了骆一民，并去一条街饭店聚。果然如他们说的那样，大包头，宽边眼镜。而且他真的是不说上海话了。他问我，您还好吗？我点点头说不错，就是要上山下乡去了。他说那您告我，您最大的可能会去哪儿呢？我说崇明农场吧。他想了想说，哦哦，听起来还可以哦。要我说呢，您完全不必太消沉了，人的适应能力那是相当的强的，而且潜能巨大连我们自个儿都不知道。您以为呢？

我只能说骆一民的北京话说得实在太地道了，他的北京话里没有一点点的上海腔。但是他毕竟是骆一民，不是老北京，所以我在和他对话的时候十分别扭，而且根本找不到语感。骆一民又转向大邱，哎您呢，您又怎么样？大邱求助般地看向我，我接过他的眼神可也不知道怎么办。大邱说他挺好，他可以留上海，不过是软档，可能要进副食品公司的咸菜加工场，不过也没什么，关键是还可以继续吹黑管。骆一民听了哈哈大笑，他说那您以后记着啰，在跳进缸里踩咸菜之前，请您无论如何要把脚丫子处理干净啰。

这个时候我感觉到骆一民坐卧不安的样,他的脸部表情在急促地变化着,突然他站立了起来,然后很快地跑到了餐厅的一个无人角落里,蹲下,又把脸埋在了自己的臂弯中,接着就是闷闷地打了两个喷嚏。阿嚏阿嚏!随后他又起身回到了桌旁。知道我为什么要去那里蹲着打喷嚏吗?他问我们。我和大邱摇头。骆一民就解释说是这样的,有一次人民大会堂演出,演出很重要,有首长会来。可是就在演出前上台的那一片刻,他突然鼻子痒,就忍不住打了两个喷嚏。他当时是站着打喷嚏,突然就把裤子皮带绷断了。于是他只得退出演出。骆一民说完哈哈大笑起来。我不得不说他的笑声也是十足的北方味。所以,他说,你们要吸取我的教训,在公众场合打喷嚏请您一定要蹲下身子,如果是站着甚至还挺着您的肚子的话,那您就差不多是在给自己脱裤子了。哈哈哈。

我和大邱吃得很少,基本上只是在听他说。

哎服务员。骆一民扬手。一个年轻的女服务员过来。是阿拉上海宁吧?他像是故意地把上海话说得很夹生,好像他是刚刚学会说上海话似的。女孩脸红了,惶恐地点点头。骆一民说上海这个地方么,其他没什么好的,就是女孩儿灵巧,比北京的傻大妞强多了。去,骆一民对女孩说,拿条热毛巾来,我想擦把脸。女孩灵巧地转身,拿热毛巾去了。

大邱一定是觉得无趣,就掏钱说结账吧。

但是骆一民拦住了大邱。骆一民说哪能让上海人结账,真是开玩笑。哦,在我们那儿流传着关于上海人的一个笑话想听吗?其实我们都不想听,但他还是自说自话地说了:

小气的上海人,舍不得吃肉,那天好不容易买了二两肉,然后就提拎着那二两肉从弄堂的这头跑到那头,又从那头跑到这头。

大邱说啥个意思?

骆一民说,您真是不懂吗?好吧我来解释您听好啰,这意思就是说,阿拉有肉吃了。哈哈哈!

我们这个新村的人家多半都是移民来的,有的是以军人的姿态进驻上海的,有的是解放初期干部调配从外地转来的,当然也有上海本地的,因此在新村里南腔北调什么方言都有。但是到了二代移民,相互之间就一直是在说上海话了,如果哪个人坚持说北方话,或是别的什么方言,一句上海话不说,那我们肯定会让他滚。

那天小淮海一帮子人在街角抽烟,我刚好路过。小淮海就叫住了我。他说哎,听说鼻涕回来了。我说你是说骆一民吧。他说对就他。小淮海说,听说他出事了,不会说上海话了,只开国语了?我说可能是在北京待长了吧,过两天就好了。小淮海说,这个戆大才去了几天啊,就不会说上海话了?我姐姐去北京当兵,在北京的时间比他长多了吧,我姐姐说她梦里都在说上海话。这个赤佬的脑子真是坏掉了。

那天学校宣传队排练,休息的时候我问雯静和骆一民见面了没有。雯静说见了,骆一民回来的头一天他们就见了。雯静说好像不认得他了一样。我说,他也跟你开国语?她说开,她已经没有办法和他说话了。我说,他真的不会说上海话了吗?雯静说啥人晓得,反正他回上海后,没有一个人听他说过一句上海话。我问,那他在家里呢?雯静说,他和他爸爸妈妈也这么说话。

骆一民爸爸住院,病情不稳定,到了下午四点就开始高烧,一直烧到半夜。烧得糊里糊涂的，有时候说话都是颠三倒四的。骆一民去看他爸爸，并且打算陪夜。骆一民妈妈不让他陪，要他休息。骆一民就说妈您别这样，还是您去休息吧。您老人家累了。他妈妈不知道如何回答是好，他妈妈是上海浦东人，本来也不会说国语。但是他妈妈当然能听懂国语。他妈妈也洋泾浜地跟着说，还是您回吧您回吧。您累了。骆一民说妈您不要叫我您，我是您的儿子您要称我为你，你和您是有区别的。他妈妈有点烦了，他妈妈说懂懂，您说的这个我懂。这个时候他爸爸还在高烧中，糊里糊涂的。他爸爸说请北京同志坐，坐，吃茶，吃茶。他爸爸是江浙一带的人。

　　这个是雯静告诉我的，我笑死了。我说真是怪掉了。雯静也说肯定是怪掉了。中央乐团的同志回老家都不会说本地话了？雯静问我。我说我哪里知道，我又不是中央乐团的。

　　雯静的分配去向也定了，去大丰农场，听说那个地方风大，而且到处都是盐碱地。雯静是家里老二，她上面还有哥哥，她哥哥是老三届的，当时走了点门道，留在了上海工作。那么轮到了雯静照规矩只能去外地。雯静父母宠爱雯静，实在不放心她去农场，知道骆一民追雯静就一心想促成此事。雯静以后要是真能嫁给中央乐团的，然后再去北京生活，那无论如何要强过去盐碱地务农吧。

　　骆一民回来的那些天里，雯静妈妈经常端着一只搪瓷碗穿过整个街区去骆一民家。据说那只碗里面花样百出：刚炸的熏鱼、糟鸡脚鸡翅、白切猪肚、荠菜馄饨，等等，什么都有。而当骆一民父亲出院回家调养之后，雯静妈妈的走动就更多了。隔老远，她就拔起嗓门喊，一民妈妈一民妈妈！这个时候骆一民妈妈就赶紧从窗内探出头来。雯静妈妈就再喊，一民爸爸胃口好哦啦，我熬了点黑鱼火腿汤给你们送来。老补的！有时候雯静妈妈会遇到在家的骆一民，骆一民会赶紧立起，骆一民会朝着雯静妈妈舞台腔地微微一鞠躬。他说阿姨您好。雯静妈妈赶紧回应您好您好。

雯静对她妈妈的这种做法非常不屑，雯静说黑鱼火腿汤，哼哼，她长这么大都还没看到过黑鱼长什么样子。你不要这么俗气好不好？让人家看到很丢脸的，雯静说。雯静妈妈说丢什么脸啦，邻里邻居的相互照顾点有什么不对头啦？雯静说人家都知道你是什么意思的。雯静妈妈说，什么意思？就是这个意思，就是想让你和那个中央乐团的敲定下来。雯静说敲定下来又怎么了，那我就可以不去苏北种地啦？

雯静妈妈拉过雯静的手，让她坐下。雯静妈妈说，我是这样想的，如果你真的和他敲定了。那我们苏北就不去了，你就在家待着，拉你的二胡。这些年我养着你，放心好了你妈养得起你。等到了法定结婚年龄就去北京结婚。以后我们的棋子就活了，你懂吗？

骆一民父亲后来查下来没有大碍，结论是植物神经功能紊乱。骆一民父亲是化工局的小领导，小领导也辛苦，既要闹革命，还要促生产，肯定累，成天焦虑，如果植物神经功能紊乱那绝对是讲得通的。

骆一民父亲隔三岔五就能吃到别人送来的可口小菜，那天他格外清醒，突然疑惑了起来，就问他爱人，这些小菜都是哪来的？他爱人就说都是雯静妈妈做的。骆一民父亲表扬说，嗯，嗯厨艺是好，你要学学。不过她这么客气到底想干什么？骆一民妈妈说听说我家一民喜欢她女儿，每个礼拜一封信。骆一民爸爸说哦哦，那你知道她家是干什么的？骆一民妈妈说五十五号那栋楼都是商业局的，听说他家以前是小业主，那男的现在好像是曹家渡菜场的党支部书记。骆一民父亲皱眉，菜场？他累了，躺下睡。他说不太合适吧。

　　因为父亲的身体有好转，骆一民的情绪也好了起来。他有两年没有回家，所以这次回来可以多住几天的。那天他约雯静去苏州玩玩。骆一民说他有一个乐团的同事在苏州，是唱男高音的，刚好也在休假，在团里他们的关系很好。

　　雯静说让她想想。

　　雯静母亲就鼓励雯静去。雯静说总归不合适吧，男生和女生一道外出，人家会乱说的。雯静妈妈说有什么不合适的，反封建反封建，你怎么还是这么封建呢？哦你哥哥他们当年红卫兵大串联，现在去黑龙江插队落户的那些学生，不都是男男女女在一道的吗。哪个敢乱说什么，哪个敢？

　　那些天好热。夜晚我和大邱去一条街饭店喝冰冻绿豆汤。喝完绿豆汤出来的时候，那个面熟的年轻女服务员跟我们打招呼。感觉上她年龄好小。女服务员说哎，上次跟你们一道来吃饭的是北京人吧？我们点头。女服务员说，是毛主席身边的人吧？我们想了想，还是点头。女服务员的脸蛋又红扑扑了。女服务员说哎呀，我好想好想去北京去天安门看看啊！其实我们全家都想去北京去天安门看看，就是都没有去过。大邱说这辈子你肯定能去的，先看看北京人也是好的吧。女服务员说是啊，北京人真是和我们这些人不一样的是吧，好气派啊，而且他说话口音好好听啊。

从饭店里出来之后,我和大邱去铁路西站边上的那个桥头堡。有两个地方是我们常去的,一个是苏州河畔的那个弃之不用的旧厂房,另一个就是铁路边的桥头堡。桥头堡是"二战"遗产,有枪眼,堡顶上杂草丛生。

我们爬上了桥头堡,视野顿时开阔了起来。铁路线在延伸,去远处,列车驶过,也不知去向哪里。每次来这里看火车我们的话都不多,就坐在那里,有时候沉默得就像呆子一样。我不知道大邱在想什么,其实我也不知道自己在想什么。

大邱终于说话。大邱说昨天骆一民和雯静就在西站上车。我说是吧,我还以为他们在北站上的。大邱说短途这里也可以上的。然后我们又不说话了。

我在想他们两个晚上肯定是住招待所,就是不知道睡通铺还是开单间。这个问题折磨得我有点难受,实在忍不住我就把这个想法跟大邱说了。大邱笑,大邱说他其实也在想这个事。大邱说他还在想他们会不会弄出一个小孩子来。我说一切皆有可能,就是不知道小孩子以后是说上海话还是开国语。我说完后大邱又忍不住笑了起来,我也跟着笑,我们两个就大笑。

就在我们说笑的时候有一辆客车进了西站,很快地在两声笛鸣后又开走了。蒸汽弥漫,转而散尽,可以看到有旅客疲惫地行走在夜幕中。大邱突然说哎哎,你看,那个人好像雯静。我顺着他的指点看过去,果然像。然后越看越像。我叫了声雯静!那个人停住了,抬头看我们。她就是雯静。

雯静背着一个硕大的书包也爬上了桥头堡,我们叫她不要爬不要爬,还是我们下去,但是她执意地要爬上来。她说我要上去我要上去拉我上去。雯静上来了之后,坐下,从肩胛上退下了书包带。然后就埋着头哭。

我和大邱愣在一边不知如何是好。昨天中午才去的,今天晚上就回来了,而且雯静还是独自回的。他们之间一定是发生什么事了。雯静哭完之后,就从书包里取出两只馒头,她还背了一个军用水壶,然后喝凉水吃馒头。一共两只馒头。她吃一只,另一只给了我们。她说你们分了吃吧。其实我们一点不饿,才喝了冰冻绿豆汤,肚子胀胀的。但是这个时候雯静叫吃,不吃也不好。我们就把那只馒头分了吃了。

骆一民领着雯静去苏州,尽管车厢里很嘈杂,一路上雯静还是心情不错。骆一民也不是很张扬的样子,他压着嗓子说话,并且拿着雯静的水壶不断地去车厢的另一头加水。旅途上雯静忍不住问骆一民,哎你喜欢我什么?骆一民笑而不答。雯静说哎,你们中央乐团那么高档的地方,你会找不到女朋友?骆一民依然是笑而不答,片刻之后,他轻轻地哼歌。雯静问,你在唱什么?骆一民说是咏叹调《爱之芬芳》。

到了苏州以后,骆一民的朋友来接。朋友看上去要家常许多,也就普通的卡其布衣裤。不像骆一民,一直是披着薄呢草绿色军大衣。

苏州的朋友把他们接到得月楼吃饭。朋友还把他的家人也叫来了,有父母,还有姐姐弟弟。雯静注意到,苏州的朋友在席间只说本地话,苏州的朋友客气地叫雯静吃哪吃哪勿要客气哪,是嗲嗲的地道的吴侬软语。人家也是中央乐团,听自我介绍去北京已经五年了,而骆一民才两年。

下午,骆一民带雯静逛了拙政园,又去观前街吃点心。雯静一点玩的心思没有。在吃点心的时候,雯静说有个问题一定要弄清楚。骆一民说好的。雯静说,你为什么不肯说上海话?骆一民说不想说也不会说了。雯静说不想说是真的,但是不会说是不可能的,这是乡音,是母语,怎么不会说了。骆一民说乐团学馆的老师也不让他说上海话,上海话的发音位置太靠前,不像国语,颅腔胸腔都有共鸣。雯静说在这里没有你的声乐老师,又说,一民你说点上海话好哦,就几句,我就想听听,要不然跟你在一起我觉得浑身难受。今天天气好,我想吃小笼包子,苏州实在是好白相。就这样说。我的要求不高?好哦啦?我等。

雯静放下筷子等他说。骆一民先是尴尬地看着她笑。后来不笑了,他开始冒汗,再后来索性脱了那件薄呢军大衣。他的内衣其实也很破旧,有洞的。当然这个已经不重要了。雯静还在等。骆一民的目光逐渐地焕散开去,他呆滞在那里,好像在想别的什么事情,好像把眼前的雯静忘掉了。雯静就那样等了大概有二十分钟,然后她毅然地起身走了。临走时她对骆一民说,你这个人太没劲了,太假了,不要再来找我了,你的信我也不会再看了。然后雯静就去火车站买票回上海了。

半夜里几乎没有火车了。周边很安静。雯静、大邱还有我,我们三个仍然坐在桥头堡上。在我们身边草棵中有不少东西在鸣叫,然而夜是越来越深了。

雯静说她不能这个时候回去,现在这样回去要把她母亲吓煞的。

她本来也是想到处晃，想次日再回家的。现在遇见我们了，刚好，一起过夜吧。

我们就在桥头堡上一起过夜。然后把雯静包里的零食吃完了。我们回忆了骆一民的不少事。有些事很好笑也很温暖。我想起雯静在拉二胡的时候，他就坐在一边直勾勾地看，还吸溜鼻涕。那时候他有严重的副鼻窦炎。

第二天雯静回家，她妈妈就知道坏事了。说好了要玩三天的。她妈妈问，怎么回事？雯静就哭了，不说原因，打死也不说。雯静的哥哥就来找我。我和雯静哥哥根本不熟，只知道他是重型机械厂的锻工，他进那家厂的时候，厂长还是鲍小军的父亲。锻工愤怒地问我骆一民是怎么欺负他妹妹的。我跟他说不是欺负，不过是语言的问题。锻工听了事情经过之后没有表态，他拍拍我的肩头，就走了。他说今天是中班连夜班，他师傅病了，他要顶班。

骆一民从苏州回来了，第二天替他爸爸去医院拿药。在街角他被锻工堵住了，锻工的身后是小淮海他们一帮人。据说锻工和小淮海的关系不错，小淮海的姐姐好像和锻工曾经同班。

锻工上前揪住了骆一民的衣领把他顶在了墙角。锻工说，认得我吗？骆一民点头。锻工说，知道为什么要找你吗？骆一民摇头。锻工说就是要你说几句上海话，不过分吧。骆一民沉默。锻工说赤佬，还是不是个人啊，祖宗的话都不讲了。骆一民开口了，还是标准的国语，您放开我，您不要这样。众人起哄，嚷，说骆一民是只怪路子，是只赤佬，是只不要祖宗的人！突然锻工挥手重重地抽了骆一民一个耳光。骆一民晃了晃，但是他没有跌倒，他还是站住了。

很快地,他的左脸又挨了一记。这一下让骆一民手上的药散落在了地上。骆一民说我的药,我的药,骆一民弯腰去捡药。但是锻工阻止了他,又把他揪了起来,还想打。小淮海他们就在后面说算了算了。锻工依然很愤怒,好在总算被小淮海他们拖走了。小淮海说以后就当不认识这个人好了。

众人走了之后,骆一民再去地上捡药,这些药都是他父亲必须服用的,但是有许多已经被踩过了,脏了,不能吃了。

我对骆一民说,你用上海话骂人试试,这个容易些的吧。骆一民笑笑。我说,戆比昂子赤侬个大头菜,来来,就这样骂,试试,很容易的。他想了想,点点头。然后深吸一口气,像是要发音了。大邱又在一旁助力,对咯对咯,就这样骂,戆比昂子戆比昂子!但是片刻之后,骆一民还是松了下来,放弃了。他无助地看着我们,可怜兮兮的。

这个事情就是这样,我不知道他是装的还是患了语言障碍症。

八十年代初我去北京读大学,我联系上了骆一民。我们聚了一次,记得就在和平里的一家小餐馆里,距他们乐团不远。当然是国语交流。他说他还在唱,不过也可能很快就不唱了。他想出国。我没有细问理由。他又说最近在忙着学斯瓦希里语,是一个小语种,并告诉我他已经掌握五门外语了。

再后来知道他定居意大利了,有一份钢琴调音师的职业,太太是当地白人,他们生有三个孩子。他果然不再唱了。

没有人是幸运的

有一天，我妹妹提出她想学大提琴，她的样子是很认真的，头一日她去少年宫唱歌，回来后就有了这个想法。我一直没弄懂少年宫里发生了什么。我的那把小提琴是二手货，二十四元钱。而那时候一把大提琴最便宜的也要一百八十元，稍好些的要二百元以上。我父亲是一直宠我妹妹，我妹妹要什么他肯定是尽量满足的。但是这个琴太贵了，完全超出了他的能力范围。

突然飞来一笔横财。我外婆家在苏州有一栋宅子。老宅子一直空着。某天有人找到上海来，说想要买下这个老宅子做馄饨店。我外婆没多想就签约了，到手价是二千五百元。我外婆把二千元给了我舅舅舅妈生孩子用，自己留了二百元，另外三百元给了我母亲。我父亲就从我母亲的三百元里面抽出二百打算去买大提琴。

他到处托人说要买大提琴，但是"文革"期间要买一把大提琴也不是那么容易的事。商店里根本没有卖的。那就要等私下交易的机会。那天有个年轻男人来我们家，看上去他非常文雅，衣着也是山青水绿的。他说他姓谭，就叫他小谭好了。又说和我舅妈是大学同学，是我舅妈给了他地址，然后他才找上门来的。他知道我们家要买大提琴，而他刚好要卖掉一把琴。还说他就是拉大提琴的。

我注意到了他的手，他的手指修长，而且看上去很有弹性。从这双手就可以得出结论，他就是一个大提琴手。我妹妹在五秒钟里就喜欢上了小谭，我妹妹问，那你可以教我吗？小谭点点头，轻声轻气地说好的。

于是我妹妹就要定了小谭家的这把大提琴。我父亲问开价多少，小谭说二百元。我父亲说能不能便宜些，哪怕是一百九十元也是好的。小谭还是微笑着说，二百元。又说，如果要的话，可以现在就跟他去拿琴。我父亲就问，去哪里拿？小谭说就在市中心的章园。

章园这个地方我父亲是熟悉的，因为我父亲的妹妹也就是我的小孃孃就住在那里。

我父亲起先是想让我跟着那个小谭去章园的，但是我母亲不同意，我母亲说我还是个小孩子，不管怎么说买一把二百块的乐器在我们家也算是个大事。我母亲对我父亲说，还是你亲自去的好。我父亲说，我又不懂这个，是好是坏根本搞不清楚的。我母亲就说，哎呀，人家又不会骗你的，还是自家人介绍来的，不会有什么问题的。

我父亲就跟着小谭去拿琴。章园是民国时期造的新式里弄房子，每个单元长得都差不多。小谭领着我父亲穿来穿去，到了三十八号门前。小谭跟我父亲说，就这里，我上去拿琴，师傅你就等在这里好吧？我父亲就等在那里。小谭就伸出手来，意思是要钱。我父亲想都没想就把二百元交给了小谭。小谭说谢谢就打开了小院的门进去了。

我父亲就在外面等，一直等一直等。从下午等到了傍晚。我父亲有点急了，他感觉到会有什么事情要发生了。然后他就喊，小谭小谭！三十八号的房子里没有反应。两个层面有好几扇窗，但是没有一扇窗打开回应他。倒是隔壁楼里有人探出头来看了看，问了句，叫啥人啊？又很快地缩回去了。我父亲顾不上别的了，就推门进了三十八号的小院。小院的铁门没有锁，小谭进去的时候就随手掩了一下。但是正门却是锁上的。在门的上方有门铃，我父亲就按门铃，但是他没有听到门铃在响。他又敲门，还是无人应。我父亲再敲拼命敲，仍然无人应。这个时候我父亲慌了。

　　有人过来了。告诉我父亲这个单元里没人住，好像空关了不少日子了。我父亲又绕到三十八号的后门去看。他看到了假三楼的老虎天窗开着，像小谭这样瘦弱的人完全可以钻出老虎天窗跑掉。我父亲意识到他被骗了。他开始抽他的飞马牌烟。

　　我父亲回到家的时候已经很晚了，而且一身的酒气。我母亲问怎么回事。我父亲说他去小孃孃家喝酒了。我父亲说小孃孃小姑父去问了，派出所里革委都去问过了，三十八号那家原先是拉琴的，但是已经好些日子听不到琴声，房间就一直空关着，没有人。我母亲说等等等等，你在说什么呢？那么，琴呢？我父亲直接仰面往床上倒下。他说那个小谭是个骗子。

　　我母亲也不细问了。我母亲捂着胸口坐下，说口干，要喝水。这是我母亲的一种极端表现。而我妹妹捂着自己的耳朵尖叫起来，就像她看到蟑螂时的那种尖叫一样。

　　我舅妈闻讯后赶来。我舅妈说，小谭是她的大学同学，叫谭济生。上次同学聚会她的确是托他买琴。我舅妈说实在不可思议，他怎么会做出这种事情来。我舅妈长吁短叹，又上前拍拍我妹妹的头，我舅妈说没有关系我们再买一把,琴总归是有的。

但是我们家里人都清楚,不会再有什么大提琴了。这个骗局已经把这个家好不容易积蓄起来的那么一点精气神都耗尽了。我妹妹也很识相,就此不再提琴的事了。琴的念想还在那里,但是她很懂事地绕着走,这个我们都能感觉到。那天我母亲的心情疏朗了一些,就问她还想学点什么。我妹妹就说她想学织毛衣。第二天我母亲就买了毛线回来,七种颜色,各买一两,还有一副竹针、一副钢针。

我妹妹就坐在角落里试着织毛衣,挺专注的样子。她是背着窗坐,光亮从后面照进来,如果是大太阳的话会把她的黑发变成金毛。我想她是蛮可怜的,要不是那个骗子小谭的话,她应该坐在那个角落拉大提琴。我妹妹挺有音乐天分的,她在唱什么的时候想哭就能哭出来,一曲终了眼泪也刚好干掉。不管怎么说她的乐感肯定没有问题。如果她把织毛衣的这点劲头用在学琴上,应该过不了多久就可以上台了。

我的脑子里一直有那个小谭。想多了,走在马路上好像看到了许多小谭。我就想真要能撞见就好了,那么就可以解决问题了。那个时候中学刚毕业,距离上山下乡的日子还有一段时间。反正没事,一天到晚看着我妹妹在那里打毛衣心里也堵,我就去了章园,想在那里找到些蛛丝马迹。

其实章园这个地方我是熟门熟路的。小孃孃家我是经常去的。他们家是七十三号,是第七排。而三十八号是第三排,东头边套,紧挨着弄堂通道。

我立在三十八号门前仔细地观察这栋楼,看了半天也没有看出什么名堂，就是感受了一下我父亲当时的绝望，如此而已。弄堂里的人走来走去的。有的人脸还是蛮熟的。譬如有个唐氏综合征患者我在好多年前就见过。他还是那个样子，他不会老，他的存在和时间无关。唐氏综合征患者走了过来，就在我面前停下，注视了我一会儿，然后走去。我在想他见到我或许也觉得似曾相识。当然我已经长大了，变化肯定不小，况且他还是个唐氏综合征患者，他需要想一会儿。

小谭就那么领着我父亲走来，然后他就推门进入。据我父亲说小院的门是虚掩的，但是三十八号楼门是锁着的。我父亲是看到小谭掏出钥匙开锁，然后推门，再进，又顺手把门关上。这里的派出所说，三十八号这户人家只有一个户口，户主六十五岁。那么可以推断小谭的家不是这里，那么小谭到底和这家人是什么关系，他是什么人，他哪来的钥匙？

弄堂的通道是石硌路的，在石硌路的另一侧，有条长椅，坐在长椅上右前方四十五度角看过去就是三十八号。可以看到楼的尖顶，白色的钢窗，还有黑色的竹篱笆以及藤蔓缭绕的墙。我坐在那里就一直吃力地思考着，面前不断有人走来走去的，感觉上所有人的脸都是菜色的，营养不良的样子。当然这个可能和天气光照有关。

只要坐在那个长条椅上，那么三十八号就尽收眼底，它会处在我的监视中。反正坐着也不累，说不定还会有斩获。只要还在上海，我想我会经常来。

第二次再来的时候，我就看到了那位老先生。当时我也是坐在长椅上，注意着来往的行人，那个唐氏综合征患者在我面前已经晃了好几个来回，他不再看我一眼，他对我已经没有了兴趣。

老先生戴着一顶枣泥红贝雷帽，骑着一辆二十六寸的轻便自行车从南边过来。到三十八号楼前，他就下了车。然后慢慢地推车拐了一个小弯就停在了楼前。他抬头看。看了一会儿就开始打车铃。那是一个双响构造的车铃。揿一下，左右铃帽滚动，铃声十分清脆。滴铃铃滴铃铃。他就这么一直打。但是铃声并没有引起三十八号楼的任何反应，一两分钟以后，他就放弃了。

老先生推着自行车往前走，他显得有点疲惫。到了长椅前他架住了车，然后就坐下。这张长椅应该可以坐三四个人，现在就我和老先生坐，就显得很有余地。最先他并不搭理我，只是坐在那里发呆。又过了一会儿，老先生从自己的兜里取出了一只扁平的银酒壶来，他拧开了壶盖，喝了一口，又喝了一口。随后又掏出了一个小饼干盒，他打开盒盖，我看到里面是一些精致的点心。他小心翼翼地从盒子里捏起了一只圆形的粉色的点心，他把那个小小的点心整个地放进了嘴里。这个时候他注意到了我。他打量了我一下，然后把饼干盒搁到了椅子上，再轻轻地把盒子推向我。他边嚼着点心边说，吃，长春食品店刚刚出炉的。长春食品店我是知道的，就在淮海路上，当年那应该是上海最好的一家点心店。我小孃孃是只吃长春食品店的点心，其他店的点心她说是从来不碰的。我没有多想，就从盒子里挑出一块六角形的蓝色点心。这只点心有点大，一口肯定吞不进去，我是咬了好几口才把它吃掉的。老先生问我好吃哦。我说好吃。老先生盖上了盒子，起身走了。我注视着他渐远的背影，推车，跨上，骑走。

这是在下午三点半左右，弄堂里来去的人并不多。我其实是在家里吃了午饭后就坐公交车过来了。在长条椅上已经坐了好几个小时了，多少有点无聊。小谭没有出现，曾经过来两个人有一点点像他，但走近后可以确定不是他。我有点无望。而在这个时候突然来了位老先生，请我吃点心。这对我来说就是一种调剂，我觉得没有什么不好。

我们就算认识了。往往是我先他而来，来了，我就坐在长椅上。大约三点半，老先生来。他是非常程式化地在三十八号楼前下车，然后拐弯停下，仰面向上注视片刻，再揿车铃，再来长椅上坐下，喝两口酒，吃几块点心。每次他都会问，要不要？我就是想吃也不好意思每次都要，如果老是那样我就成了个吃白食的了，这一点不符合我的做人准则，所以多半我会推掉。

这位老先生后来就成了我的主要关注对象，每次来章园，最大的兴趣点就是老先生。显然，老先生和三十八号有非同一般的关系，很有可能他就是这个案件的突破口。出于种种考虑，我不想把我的底牌给他看，我只是想知道三十八号和那个小谭究竟是怎么事。当然我必须十分谨慎。

那次他在打完车铃后又坐在了我的身边，他说这几天天闷，气压低。我说是的。感觉上他的话一次比一次多了起来。他问我经常坐在这里做什么。我就从书包里掏出一个速写本来，我说我在练笔画速写。那个本子上是我勾勒的一些动态人体。他说哦，那你画你画，我没有影响你吧。又问我，对过这栋楼你画过了？我说我画过了。我又给他看画。他看了看。他说嗯，画得蛮好。

这个时候我觉得差不多了，我就问他对过三十八号住的是谁。老先生说是他的一个朋友。突然他警觉地扭头看我。他说，你怎么想起问这个？我说因为老是看到他对着三十八号揿车铃，可那栋楼永远是空的。老先生点头。停了片刻，老先生说，以前他每天下午会去三十八号喝下午茶。他们是老同学老朋友，几十年了。两个月之前，突然之间他的朋友不晓得到哪里去了。走的辰光连招呼也不打一个。这个不正常，这个不正常，不正常的。老先生一连说了好几个不正常。我问他这个朋友是做什么的。老先生说是交响乐团拉大提琴的，老有名的，大师级的，英国留学回来的。

老先生取出了酒壶。老先生说这是朗姆酒，是他朋友最喜欢吃的。他是好不容易托人从香港弄了点来。现在他的朋友是吃不到了，差不多都要被他自己吃完了。老先生喝酒，又取出点心要我吃。我不吃。老先生突然又问我，哎你说他会去哪里？几十年的老朋友一声招呼都不打就走了，到底为啥？我说他走之前有什么不一样的地方。老先生说好像是不开心，睡不着觉。团里叫他改革西洋乐器，要他把大提琴改造成大革胡来拉。我问老先生，什么叫大革胡？老先生说他也不知道，他是医药厂里做事的，其实一点音乐不懂的。不过，老先生说，大概就是那种像二胡一样的东西，就是大一点。我说这个怎么改。老先生说不好改的，就是因为这个他的朋友睡不着觉，连喝咖啡的辰光也在骂山门，骂他们团里的那几个人是畜生乌龟王八蛋。我问老先生他的朋友有没有儿子。老先生说婚都没有结过哪来的儿子，学生倒是有几个。我问有没有一个姓谭的。老先生说这个不晓得。小谭？老先生又想了会儿。哦好像有的，白僚僚的，是他最喜欢的一个学生，屋里的钥匙都给他的。老先生又问我怎么知道小谭的。我说我和小谭有点认识。哦，老先生眼睛亮了。那你晓得点啥个情况？我摇头。我说我只是知道小谭有个大提琴老师在章园。

后来每一次和老先生见面他总是蛮开心的样子。他跟我说了不少三十八号里的老朋友的事,关于这方面我是不想了解太多,没有意义。其实他只要提供线索让我找到小谭就好了。老先生在说他老朋友的时候,我就画速写。一些日子下来,我的速写技术有了不少长进。老先生也说我画得越来越好,他说就是画人还不是太像,像那个戆大(指走来走去的唐氏综合征患者),要胖一点,你现在画得太瘦了,不过线条是越来越流畅了。

而三十八号一点动静没有,它真的越来越像一个坟墓了。有一次我索性把它画成了一个坟墓。老先生歪头看了一眼。他眼神不错,完全看明白了。他说你不要这样画,不作兴的。这是在触人家的霉头。

我把那张画撕了。

他说,这几个晚上我老是梦到那个人拉大提琴的事,那个人就要出现了,肯定的,我的梦从来就是最准的。三十八号么一直是这条弄堂里最闹猛的了,一直是有琴声飘扬出来的,哪能可能是坟墓呢?不可能是坟墓的。

我跟老先生说对不起,是我画错了。

有的时候他还是会请我吃他的点心。我不吃,他会很生气。他把贝雷帽子摘下来随意一扔,这个动作就表示他在生气。他是个秃子,脑门很亮。后来我也准备了一个小饼干盒。我也请他吃。他说哎哟,你有什么好东西?我打开了盒子,我说是长生果和出屁豆,长生果是邻居送的,山东带来的,香极了。出屁豆是我自己炒的。他摇头说出屁豆他是不吃的,有兴致他会去城隍庙买两包五香豆吃吃,不过现在的五香豆味道完全不对了。我说你吃两粒吧,我就是炒给你吃的,你要是不吃我不是白忙了吗?他想了半天,说好吧。他终于吃了一粒出屁豆,又突然笑了起来。

这个人,哈哈,这个人,老先生指着三十八号说,这个人最最喜欢吃出屁豆了。他要是回来你请他吃出屁豆他要开心煞了。本来讲吃出屁豆是戒香烟的,后来香烟没有戒掉,出屁豆倒是吃上瘾了。

去农场的通知书来了,一个月以后要去报到。有不少事情需要准备。我想亲手做一个木箱,不知道为什么,就想扛着自己做的木箱去农场。为了做这只木箱,我耗去了不少时间。但是我心里清楚,章园我还是要去的,而如今去章园的一个很重要的目的就是去看看老先生。

那天抽空,我早早地坐在了章园的长椅上,三点半,老先生来了。在三十八号楼前停车,凝视,打铃。一如既往。然后他就往长条椅走来,看到了我,他说哦,你来啦。他坐下。这个时候我闻到了一股老人味,是他身上的气味,而在此之前是没有过的。以前他总是把自己收拾得很干净,一点怪味没有。我说,老先生你还好吗?他说蛮好蛮好。他说你怎么几个礼拜不来了。我说我要去农场了。他扭头看我。片刻。他说哦,你也要走了,你们都要走啦。然后他就沉默。他就一直沉默,既不喝酒,也不吃点心。我忍不住地掏出了饼干盒给他,这次我带的是几块苏打饼干和几个小麻花。他摇头说不吃了,吃不动了,前几天一下子拔掉了五颗牙。他转过头张开嘴来让我看,真的是没有牙了。黑洞一样。我说那你要装假牙的吧。他说再说吧再说吧。我指了指三十八号,我问他那里有什么情况吗?

他不言,又继续他长久的沉默。

我记得头一次坐在章园这张长椅上的时候还是夏天,好热的。而现在已经入秋了。章园的秋景真是漂亮,落叶飘零,满目金黄。但是这个季节坐在长椅上已经有点冷了。老先生站起身来说,走了。以前他是不可能这么快就走的,总是我先走,他还坐着。那时候老先生会说,你先走好了,我还要在这里看月亮哦。我问他怎么就走了,家里有事啊。他说我能有什么事,老光棍一个,就是在度死日子。我这才知道他也是一个人。我说那你就再坐一会儿么。他说不能坐了,再坐下去里革委的那些人会来赶他的。

老先生推着自行车走向弄堂的另一头。我一直看着他的背影。我以为他推不了几步就会骑上去,但不知为什么他就是不骑上去,就那么一直推一直推。他穿了一件米色的派克大衣,头上还是那顶枣泥红的贝雷帽。他一定是很久没有洗澡了,要不然他身上不会有气味,不过,那件派克大衣很适合他,看上去老先生很有风度。

老先生走了,我也无心再坐下去了。我就去小孃孃家告别。小孃孃看到我说,哎我正好在想你呢,刚刚去买菜看到一个人老像你的,坐在椅子上跟一只戆老头讲闲话。我真想叫你,但是想来想去是不可能的呀。我说那个就是我。然后我说了这几个月蹲点章园的经过。小孃孃大为吃惊。小孃孃拿过她量布做衣服的那把尺子,然后在我的脑袋上敲了一记。她说你真是昏了头啦,三十八号那个拉琴的老头已经死掉了你晓得哦。现在轮到我吃惊了。

不知道出了啥事,先是关了起来,又送到安徽劳改农场,后来农场来人通知里革委说死掉了,也不说原因。那个老头在国内好像没有亲人的,里革委找来找去找不到人。坐在你身边的老头是他最好的朋友,以前是药厂的总工程师。差不多有半年了,发痴一样天天来等。上个月里革委的人告诉他人已经不在了。他不信,还等,还吃酒,有两天吃醉了,就睡在椅子上。天冷了呀,要冻死掉的呀。

我问,那么三十八号房子怎么办?

啥人晓得,最后么总归是国家收掉啰。现在隔三岔五有人爬进去拿东西,值钱的东西肯定是一样都没有了。全部被人拿走了。

我在小孃孃家吃了晚饭,然后回家。

小孃孃送我到弄堂口。经过那张长椅,长椅上无人,小孃孃看看也没有说什么。又经过三十八号。小孃孃说你看,玻璃窗全都碎掉,随随便便就可以爬进去了,又说,二百块钱的事体忘掉它,肯定要不回来了。什么小谭,不知道从哪只洞里钻出来的,已经在这里问过几十个人没有一个人认得他的。

在弄堂口,小孃孃关照我,自己去农场当心身体,吃不消就回来,你爸爸养不起你,孃孃来养你。小孃孃要哭了,我也想哭,我就赶紧跑了。

在那段日子里,我妹妹也没有闲着。她在给我织毛衣,说无论如何要在我临走前穿上她织的毛衣。后来我果然穿上了她的毛衣。那件毛衣上的图案像一个个毛毛虫,但是我很喜欢。她不仅送了我毛衣,她还送了我绒线手套和绒线袜子。都是她织的。其实我拿了她的这些东西,心里挺难受的,我想她本来应该去拉琴的。

我找到了黄桥,我说我要走了。临走前还想做一件事,希望他能够帮我。黄桥就分配在一条街的南货店卖瓜子什么的,上班才几天他就开始装病,赖在家里玩。他问我什么事,只要他能够帮肯定帮。我说我还要去一次章园。黄桥是知道我们家被骗的事的,我在章园蹲点的事也告诉过他。黄桥说你现在去还想干什么。我说我想爬进三十八号去看看。

我们是深更半夜到章园的,然后就到了三十八号的后门。黄桥说,你真能爬进去吗?我说试试吧。黄桥有点怯了,说算了吧。我说来都来了,怎么算了。三十八号欠我们家二百大洋,我总得进去看一看吧。我叫黄桥蹲下,我坐到了他的肩上,接着他就慢慢地升起来。以前这种偷鸡摸狗的事情我们也做过,因此很默契。我是想要能够捞到一点值钱的东西就好了,然后还能换钱,再替我妹妹去买一把琴。

现在,已经够着窗了。我从碎玻璃处伸进手去,拉开了窗销,窗被打开。

总算钻进了房间,脚上和手上不知粘了什么臭烘烘黏糊糊的东西,当然是不能开灯,也可能没有灯了。我打开了手电筒,四处照了一下,很快地就意识到自己是白忙了。除了几件搬不走的家具之外,整个房间几乎就是空的。我又楼上楼下地看了看,就是这样,空的,要么就是一些臭垃圾。踩到了一只死猫,不知道这只死猫为什么还睁着眼。

在底楼的厅里有两把大提琴的残骸,琴被砸得一塌糊涂。借着手电,还能分辨得出一把深色的,一把浅色的。碎片和琴弦杂乱地缠绕在一起。墙上还有几个照片框挂在那里,我看到一张合影,是长椅上的老先生和另一位老先生,另一位老先生的脸更长一些,也更老些,我想他应该就是这个房子的前主人。照片是室外拍的,背景是竹林。

我从屋里爬出，跳下。没有找到黄桥，却看到了那位唐氏综合征朋友，他凛然地站在我的面前并冲着我笑。我在弄堂口看到了黄桥，我说，你跑哪去了？他解释说是在弄堂口替我望风。我说你去了南货店怎么变成个缩货了。

我把那个照片框交给了我妹妹。我说你见到小孃孃把这个给她。我妹妹问这两个老头是谁。我说你不要问太多了，叫小孃孃把照片给这个人就可以了，我指着左边的贝雷帽老先生。我妹妹说，小孃孃认得他吗？我说应该认得。我妹妹细看照片，说他像一个人。我问像谁。她说像《列宁在十月》中冲进冬宫梳头发的那个。我不知道她在说什么，这部电影除了列宁斯大林和瓦西里外，其他人的脸我都记不清了。

从我舅妈那里传来的消息是，小谭偷渡去了香港。这个事我想了无数遍了，哪怕在大田里劳作时也没有停止思考。后来有点想通了，我想事情的逻辑应该是这样的：

大师被抓了，还被送去了劳改农场。大师被抓的缘由可能是所谓的历史问题，譬如指认他是特务间谍什么的，因为大师曾经留过洋。当然也有可能是现行问题，上头让大师把西洋乐改成民乐来演奏，以示"文化大革命"的成果。但这是不可能完成的任务，这就像要把鸡变成鸭一样，荒唐之极。大师被逼急了，乱骂一气，畜生乌龟王八蛋！他在家里骂也在单位骂，还直接对着大人物骂，于是当场被扭送进去。小谭是大师的得意门生，他甚至拥有三十八号的钥匙。在得知大师被送到劳改农场之后，小谭就急着想去看他，送点吃的和衣物。但是小谭穷得身无分文。这个时候他从我舅妈的嘴里得到了有人要买琴的信息。小谭肯定知道三十八号是有琴的，而且不止一把。一开始小谭并非想骗，他只是开价二百元想卖掉大师的一把琴，用以急需。但是当他拿着我父亲的钱进了三十八号门之后，他的想法就完全变了。因为琴已经不存在了，那两把琴（多半是意大利名琴）已经被砸得稀巴烂了。弄不清楚这琴是谁砸的，有可能是造反派砸的，或是大师的自主行为也未可知，大师在极度悲愤中把吃饭家什连同艺术信念嘭嘭几下就砸了。后窗开着，小谭就逃了，这个并不难。小谭的兜里揣有二百元钱，是救命钱。他是不会再把钱还我父亲的。可小谭去了劳改农场之后得知大师已经死了。大师之死给了小谭巨大的刺激，他要去香港，走上不归路。我舅妈说过他有家人在香港，还说过在大学，小谭是非常优秀的学生。

当然，这只是我的剧情，或许别人和我想的根本不一样。会有别的什么版本。

有好多好多年，我是不听大提琴的。它的音色太过沉郁，让我压抑。我妹妹终究未能和大提琴结缘，除了编织她不再有更多的想法。在农场我会经常收到她的手工习作。那位贝雷帽老先生（前制药厂总工）我就没再见过他。他大篇幅地占据了我的故事，甚至成了主角。他曾经在我的梦境中再现，我们坐在长椅上，喝朗姆酒，吃出屁豆。他指着三十八号说那个人真不是个东西，招呼都不打一个就消失得没了踪影。我不知道他的结局是怎样的。可怜的老头。

没有人是幸运的。

空中的爬行

中学毕业不久，分配方案就下来了。我们这一届，凡是家里的长子长女都要上山下乡。我的去向是崇明农场，属于近郊务农。但是我不想去崇明。我去学校吵。校领导问我，那你想去哪里？我说我想去苏北大丰农场。我在校办公室吵的时候，班主任也在边上。班主任吃惊地看着我，她不知道我的目的是什么。我说大丰农场更远更艰苦，有大风还有盐碱地，去那里可以得到更好的锻炼。班主任说你是想出风头吧，还是实际一点的好，你有哮喘病。但我还是执意要去。校领导说好吧，我们可以考虑。

白天在校办吵完以后，晚上我就写决心书，决心书写了一个通宵。大红纸写了好几张。我母亲早晨起来看吓了一跳，我母亲说，你不是去崇明农场的吗？怎么想去苏北？我说就是想去更艰苦的地方。我母亲说你疯啦，身体怎么吃得消？我说我的决心已定，你们谁也动摇不了我的意志。

第二天我把决心书贴在了学校的宣传栏上。

我妹妹说她知道我为什么想去苏北。她一针见血地指出我就是为了薇拉。她这么一说我知道她又偷看过我的日记本了，这个世界上真的没有隐私可言。无论我把日记本藏在什么地方她都能看到，有一次我把它塞在米缸里她居然也能找到，她有这个爱好，对搜寻偷看我日记这件事乐此不疲。

那次我问薇拉她会去哪里，薇拉说她要去大丰农场。薇拉有个姐姐，比她大三岁，按照规定，薇拉姐姐应该去外地，但是她妈妈通了路子把她安排到了上海工矿。这样一来，薇拉毕业后就一定要去外地了。薇拉无所谓，薇拉说外地挺好的，她也不想一直在上海，倒是想去外面见见世面。我问薇拉，你确定去大丰吗？薇拉说她已经填过表了。

那个时候我已经喜欢上了薇拉，我不想跟她分开。如果薇拉留在上海，那么我无能为力，但是薇拉去大丰，我就有机会。我妹妹说得没错，其实大丰和我没有什么关系，去大丰就是因为薇拉去了，所以我也想去。

我妹妹在偷看了我的日记之后，对我的心事就了如指掌。我妹妹对薇拉的评价从来不高，在她看来薇拉是个十三点的女人，疯疯癫癫蛮痴的，而且感情一点不专一，有一次她看见薇拉和小淮海钻在树丛中亲嘴。我要我妹妹讲出具体时间具体地方，她又是从什么角度看到的。我妹妹说在三号楼的角落头，具体时间她记不清了。我妹妹希望我和末末好，她说我那么冷淡别人，可人家对我依然是一往情深，每次她遇到末末，末末总是会问候我。我说我知道末末喜欢我，但我就是喜欢薇拉，你管得着吗？我妹妹说所以结论就是我的品位差。

关于我妹妹说的薇拉和小淮海亲嘴一事,我去问薇拉。我问她有没有这回事。薇拉说,谁告诉你的?我说这个你别管,我就是想知道有还是没有?薇拉说肯定没有亲嘴,就是抱了抱。我听了以后,心痛了一下。我说,你怎么可以这样做?薇拉说反正她已经打算跟小淮海好了,就是让他抱一下也没有什么。我说,你不是一直讨厌小淮海的吗?他有什么好的?老是用他爸的那个高倍望远镜偷看你,连你在拉屎的时候都不放过。薇拉说小时候不懂事大家都瞎玩。另外怎么说呢,他一直偷看我说明他对我还是真心的,而且也很执著。不过最主要的是他出身比你好,你爸爸是右派,如果我跟你好,我家里肯定不会同意。我说出身是不能选择的,可我的前途是可以选择的。薇拉说这个肯定通不过的,我已经想了好几年了。又说,还有就是小淮海也要去大丰了。他本来应该是去黄山茶林场的,可是他说为了照顾我,就改去大丰了。我说我也去大丰了。薇拉说,你不是去崇明的吗?我说我去大丰了,也是为了照顾你。

我拽着薇拉去学校。在拿到了毕业证书之后,薇拉就再也没有去过学校。她说她一点不喜欢我们这个学校,薇拉说四年里这个学校什么也没有教会她,而且在毕业的时候学校就做一件事,就是把所有的学生踢得越远越好。

在学校的宣传栏前,薇拉看到了我的决心书。当时有不少人在看,有我们同年级的,还有低年级的。有的人好像认得我,也有认得薇拉的。他们看到我们来,就闪开了。还打招呼,嗨,嗨。但是我和薇拉都没有理他们。薇拉看我的决心书,我就看薇拉的表情。

很快地,这个事情就在我们这个新村传开了。是大刘先来跟我说的,大刘说听说你在跟小淮海抢女人。我不理他。大刘说可是我们都觉得你是抢不过小淮海的。我说,什么意思?大刘说人家小淮海长得像英雄人物一样的,比你的样子好多了。我说屁,他就是个偷窥狂。大刘说他爸好像越做越大了,上下班都有车子接送了。我们就是怕你吃亏,本来去崇明蛮好的,偏要为了薇拉去苏北,要是薇拉最后选择了小淮海,那你怎么办?大刘在跟我说的时候,海洋也在旁边。我们三个站在一号花园说话,身边有小孩子在踢球。海洋也是这个态度,海洋说你要好好想想,薇拉心里好像并没有你。几个小孩子把球踢到了我的屁股上,还有一次差点踢到了我的脸上。我说走吧,这个地方人太多,吵死了。

我们三个就走出了一号花园。刚拐了一个弯,就看到了薇拉和小淮海。他们两人从一条街方向走了过来。小淮海看到了我们就往别的方向走了。很显然,他根本就不想和我们说什么。薇拉走了过来,大刘就叫住了她。大刘说哎哎,停下讲几句好哦?薇拉看着大刘,薇拉说呵呵,听说你要去无线电厂报到啦?大刘说是啊。薇拉说命真是好啊,什么时候发糖吃啊?大刘说领了第一个月的工资,只要你还在上海,肯定送糖给你。薇拉摇头说她估计自己是吃不到大刘的糖了。薇拉又问大刘到底想说什么。大刘拉住了我,问,哎,他为了你要去苏北了,可是你现在还要和小淮海在一起,那你到底是怎么想的?薇拉听了之后,并不理会大刘,她只是看着我,她说,这个问题与他们无关是吧。

薇拉转身走去,她在逐渐地走出我的视线。我是觉得她更加的灵动可人了。她依然是那么瘦小,三步并作两步地前行,东张西望,像是一只觅食的鸟。

那几天，我就像个老头子一样喜欢回忆。我想到小学三年级的时候，她就坐在我的前排，一次我把她绾起的头发抓下来了，她就哭，班主任就惩罚我，一定要我把她的头发恢复原样。还有一次，我和她迷失在礼堂用课桌椅堆起的城堡里，怎么也钻不出来。小学四年级那年，遇到了"鬼"，夜晚她拖着我去学校门口，我们看到了"鬼"在那堆废墟上缓缓地升了起来，吓得尖叫。总之，许多许多。越是回忆，我越是觉得接下去一定要和薇拉在一起。

那一天我和小淮海打了起来。我们在菜场边的小道上狭路相逢，我是要去买葱，我外婆煎鱼，说是没有葱了，要我去买。小淮海显然是刚从菜场出来，他的手中提着装满土豆的菜篮子。当我们在小道上交汇时都不约而同地站住了。好像是他先动手的，我们两个就扭打了起来。无需说什么，就是闷打。小淮海长得比我高大，在整个打的过程中他总是先手，而我因为跟楼下的退役侦察兵学过几招，所以也没有吃大亏。我们好像打了很久，双方都筋疲力尽了。我当时就想快点有人来把我们拉开，就可以不打了，也有个台阶下。我想小淮海多半也是这么想的，他累得也像只快死的狗了。但是没有人来拉劝我们，所有的路人都视而不见，他们甚至嘻嘻哈哈说着自己的事一走了之。

后来我们总算不打了，我往回走，已经完全忘了买葱这回事。我流鼻血了，身上弄得一塌糊涂。小淮海趴在地上捡土豆，我不知道他有没有流鼻血，但愿他像我一样才好。

在经过薇拉家的那栋楼的时候，我突然忍不住地叫薇拉。其实我的脑袋因为打架而晕乎乎的，我也不知道叫薇拉做什么，或许在潜意识里我只是希望她看到我打架了，而且流血了，而且这一切都是为了她。薇拉突然出现在我的身后，她说你叫什么。薇拉显然是从一条街的浴室里洗完回来，她夹着一个面盆，面盆内是毛巾和换下的衣服。她的头发湿漉漉的，随意地披散着，因为刚洗完，她的脸颊很红很湿润，感觉吹弹即破，就像初生的婴儿。她默默地看着我。她说你出血了。我抹了一下脸。她说不要抹，你把脸都弄花了。我说薇拉，无论怎么样，我不想跟你分开。薇拉点点头，薇拉说她知道。

薇拉夹着面盆往她的楼里走去，然后她停住了，她又踅回到我的身边。她从面盆里取出一块手巾，又用手巾擦去我脸上的血迹。薇拉说，放心，这块手巾是洗得干干净净的。然后我就看到了薇拉那洁白的手巾沾上了血。薇拉说昨天我去校办了。我问她去做什么。薇拉说我跟他们讲，你还是应该去崇明。我说那是我的事，你不应该插手。小淮海也去大丰，你怎么不阻拦？薇拉说小淮海原本就是远郊的档次，去大丰和去黄山差不多的。你不一样，你是近郊。你要是去大丰那太吃亏了。而且我们两个，肯定是不会有发展的。这个时候薇拉的姐姐在楼上喊：薇拉！上来！吃饭！

小淮海在外面放风说他要跟薇拉生个儿子。我妹妹把小淮海的这话传达到我的耳朵里，我真是气疯了。我妹妹说小淮海说的，他爸有老战友在大丰农场，他在大丰农场想干什么就干什么。他打算前两年就和薇拉在那里适应环境，然后就结婚。他会向他爸爸的老战友要一套那里的最好的房子，婚后他们就会有一个儿子出来。等儿子五岁了，他就和薇拉带儿子去爬山。

我觉得小淮海的想象力真是丰富，在这方面他要比我强太多，或许他一天到晚拿着望远镜窥视女人更有助于他的成长。奇怪，他怎么会想到生儿子去了。

那天下着大雨，我去学校。我想去分配办公室问一下关于我的事，薇拉是怎么跟他们说的。但是办公室关门，没有人。后来有一位女数学老师过来，这个老师教了我们两个学期。老师说分配工作已经结束了。我说，那我到底会去哪？老师说她也不是分配办的。还有，老师疑惑地看着我说，你又是谁？

雨更大了，我心里窝火。没有人知道我是谁，这个数学老师教了我两个学期也不知道我是谁。那么我到底怎么样做，他们才知道我是谁。

傍晚的时候雨还在下，大雨，下了整整一个下午。从学校到新村本该只需二十分钟路程，但是我迷了路。绕了好久，好像用掉了一个多小时。我自己也弄不明白，为什么在家门口会这样的糊涂。

在经过薇拉家隔壁那个楼门的时候，我听到楼上有人在叫我。那是大刘。大刘说你上来，然后我就上去了。大刘在他们那一层的公共阳台上等我。他捧着个大碗正在吃饭，我觉得他们家的伙食不错，我见他的碗里有大排骨还有豆腐干什么的。那只碗里都是我喜欢吃的，这刺激了我的食欲。我突然觉得很饿。我问他是不是想请我吃饭。大刘说不开玩笑，有重要的事，他看到小淮海去薇拉家了，而且已经有两个多小时了。

我的脑袋发晕。

大刘说他们一定是有事了，以前小淮海从来不去她家的，以前他们是约到外面去的。又说薇拉真不是个东西，你连崇明都不要了，她居然还和小淮海在家里鬼混。

突然间我想起我妹妹说的那些话，他们要生一个儿子。

我扭头往楼下走去。

大刘拉住我，大刘问我你去哪里。我说去看看。大刘说不要去，先前他看到鲁鲁在窗前，就要鲁鲁去捉奸。鲁鲁就去捉了，后来鲁鲁说她根本敲不开她家的门。鲁鲁家和薇拉家是一个楼面的。听说他们两户人家关系不好，很僵。鲁鲁对薇拉没有好感，有一次鲁鲁说薇拉就是个"垃三"，这之后我和鲁鲁就一句话没有说过。

我不知道小淮海在薇拉家里会做些什么，肯定不会是什么好事。只有一个念头在主宰我，那就是一定要阻止他们。既然从门里进不去，我就要破窗而入，反正是一定要进去。我又返回到了阳台上，想都没有多想，就跳上了阳台的围栏。

大刘说，你想做什么？

我说我要爬到薇拉家去。大刘说你发神经啦，你下来快下来，赶紧下来。但是大刘越是叫我下来，我越是人来疯不肯下来。大刘放下了手中的饭碗，就上来拖。我说你别碰我别碰我，当心我掉下去。

我立在二十五号的三楼的公共阳台的围栏上，现在，我要爬到二十四号的四楼的十六室的北窗去。这其中要经过二十四号十二室的北窗，那是鲁鲁家。我只有踩着狭窄的窗阶一点一点地挪过去，而且天在下雨，很滑。窗和窗之前的距离也比较宽，我要尽可能扒开腿才能够得着，上面的抓手也是不确定的。突出的窗框是可以抓的，另外，还有几个弃用的锈迹斑斑的铁桩生在墙上，那几个铁桩原本是用来固定晾衣架的。但愿在我抓上去的时候，不会碎成渣。

我开始爬，根本也就没有想到要什么保护。这时候雨还在下，不过雨势要小很多。我往下看了看，那是地面，有土，有石，有水塘，因为雨点飞落水面上泛着圈，倒影在晃悠。还有绿苔、阴沟，以及一些杂七杂八的草和小树。我终于意识到自己在高处，这个时候我的腿开始颤抖。其实我是有点恐高症的人，有好多次，跟着别人上屋顶去玩，一上去蛋蛋就麻酥酥的，而且憋不住地要尿。

但是不可能再退回去了，我在想如果我突然出现在薇拉房间的窗前，那无论是薇拉还是小淮海，一定会以为是天兵下凡。小淮海一定会迅速地逃得没有踪影了，但是薇拉她会给我一个什么表情呢？

我横着爬，一点一点地挪，小心翼翼地寻找立足点，同时也在极为谨慎地寻找可以抓手的地方。大刘在阳台上不知道在嚷什么，感觉到他的声音都变了调，像个女人。

好不容易爬上了一扇窗，那是鲁鲁家。我觉得有点累，就把身体做成了大字趴在了鲁鲁家的窗上歇一会。可以很清楚地看到鲁鲁房间的一切，鲁鲁抱着饼干筒在吃饼干，鲁鲁肯定是因为家里光线突然起了变化，就转过头来。她看到了我，呆住了。然后她就被饼干呛住了，感觉上好像要喘不过气来。我朝鲁鲁招招手，然后就继续爬。

楼的两个单元的间隔部分其实是最难爬的，我自己都不知道是怎么过去的，它的间距宽得让我绝望。有一瞬间我甚至已经想放弃了，我回头看了一眼大刘。他痛不欲生的样子，像是已经在开始对我吊唁。

那么我一定是跳过去的,或者索性是飞过去的。

总之,我后来还是爬到了薇拉家的北窗,随后就一头撞了进去。可屋子里根本没有人。窗是虚掩的,因此我在进薇拉家的时候很容易。因为是空屋,我一时不知道怎么办才好。有水滴从我的身上落下,滴落在了屋子的地板上。我把头伸出窗外,可以勉强看到隔壁单元三楼阳台上的大刘,同时我也看到了旁边窗内探出头来的鲁鲁。我提高了嗓门叫,哎,大刘,没有人啊。大刘愣愣地看我,但是他很快就消失了,就好像这个事情和他完全无关一样。鲁鲁给了我一个奇怪的手势之后也消失了。他们都消失了。我看到楼对过有好多家的窗都打开了,他们都看着我,有些人还在喊着什么。

在薇拉家的空屋里我还是不知怎么办才好,那么说好的人呢?我突然觉得口干,桌上有一杯水,我拿起了水杯,喝干了。

这是一个套间,薇拉和姐姐的这个卧房是个北间,中间是隔门,拉开隔门,就是大间。这个房子的格局和我们家的一模一样。有一些画贴在薇拉的床头,还有照片挂在上面。我在照片里看到了我,在一群人里面,傻笑着。现在,我觉得我要走了。大刘的信息有误,他们不在。最大可能是因为下雨,打着伞,大刘看到了打伞人的部分,以为是小淮海,可根本就不是的。想到这里,我觉得自己轻松了许多,本来我是想要大干一场的。我贴着套间隔门听了一会,很安静,肯定不会有人。大刘刚刚还说,鲁鲁来抓奸,就是敲不开门,那就是说整个屋子都是空的。

现在,我拉开了隔门,但是扑面而来的是这样一个景象:他们一家在吃饭。薇拉爸爸、妈妈、姐姐,还有薇拉本人。大家围着一张圆桌在专心致志地吃,没有人说话,胃口好极了的样子。因为我的出现,他们都不吃了,就那么呆呆地看着我,好像根本就反应不过来,当然我也是尴尬极了。

我说你们吃你们吃,接着就赶紧出门。在下楼的时候我就想,整桩事情都是因为大刘的眼力出了问题,是他害了我,当然我自己也是够蠢的。

第二天楼组长常阿姨就来找我。常阿姨问,你们家其他人呢?我说不在。常阿姨说也好,那就我们单独谈吧。常阿姨问我的就是前一天爬墙的事。常阿姨说,为什么要这么做?我说得到情报,小淮海去薇拉的房间乱搞,我就忍不住想去看看。常阿姨说,什么意思?他们乱搞你去看看?现在我要问你,第一,你的情报是哪里来的?第二,有你这样看看的吗?我无言。常阿姨说好吧,看来你很有本事的啊,那你告诉我,以前爬过墙没有?我摇头。常阿姨说新村里隔三岔五有东西被偷,和你有关系吗?我还是摇头。常阿姨说你先不要急着关门,坦白从宽抗拒从严,这个你懂的吧。我说懂的。常阿姨说那好,那就这样,你好好想想,想明白了你来找我谈。我说,要我想什么?常阿姨说想什么你自己不会想啊,你想什么还要我帮你想啊。

我跟大刘说这个事情影响太恶劣了。大刘说是啊,那天真是看花了眼,他要去配眼镜了,他的视力肯定没有一点〇了,又说要向我道歉,要请我去吃一顿。我说算了算了。大刘说今天他们楼组长也去找他了。我问找他做什么。大刘说以前他们楼下经常发现避孕套。我说，什么意思？大刘说，有人怀疑那些避孕套都是你用下的，他们说你爬进爬出地和薇拉做那种事，然后避孕套就乱扔。我说，啊呸！你们这是对薇拉最大的污蔑！大刘也急了。大刘说这个不是他说的，这个是他们楼组长说的。

据说薇拉挨了她父亲一个重重的巴掌。薇拉父亲要薇拉交代全部。这件事情之后我就再也没有看见过薇拉，鲁鲁说薇拉被她家里人雪藏了，因为外面流言太多，薇拉的情绪也不稳定，所以她妈妈送她去一个什么地方散心去了。又说，在去农场之前你是肯定见不到她了。

我真的想见薇拉一面，我总归要跟她说点什么。起码要解释清楚这件事情的来龙去脉。但是看起来只有去农场之后才能找到薇拉了。有一天早上，我躺在被窝里，突然感到内心被掏空了一样的难受，于是忍不住泪水横流。家里很静，在这个时间点上，我外婆去菜场了，我妹妹上学去了，我母亲也在上班，我父亲在外地，那里建新厂房，他被安排去搞土建。家里除了我之外，应该没有别人。于是我就索性蒙住被子，号啕大哭一场。哭完，我掀开被子，突然看到了我父亲。

他就站在那里看着我，手上还提着装有外地农特产的网兜和破皮箱，显然他是刚从外地回家。我几乎是不在我父亲面前哭的，因此觉得很难堪。

我父亲没问缘由。这个世界很疯狂，你要保持理性。他就这么没头没脑地说了一句。

薇拉的意见根本无法改变我的分配去向，再说我的档案早已到了大丰农场。在去农场的前一天，我去一条街买些零食，打算在路途上吃。后来我坐在冷饮铺旁的一个石墩上吃棒冰，从这个角度，刚好可以看到薇拉家的北窗。然后我就在想，那个是我吗？是我吗？怎么会是我呢？居然在大雨天，从左边阳台爬到了右边的第二扇窗，在没有任何保护的情况下，完成了几乎不可能的攀爬。这不是人，这是动物。

有两个小赤佬一直在我身边晃来晃来，其中一个扭头看了我一下，又看了一下。他还是忍不住走到了我的跟前，他说，哎，听说你有轻功？我不想理他。小赤佬指了指旁边的另一个神态高傲的小赤佬说，他也会，你们啥时候比比。我说，滚！

去大丰的长途车开了好久了，还是没有到，一开始大家唱歌。有人起劲地站起来指挥，瞎唱一气，语录歌什么的。后来那个指挥晕车，吐了。他说吃不消了。他不指挥了，大家也都不唱了。那个指挥我后来认出来了，就是薇拉他们班的红卫兵班长。这个车厢里脸熟的人有一些，但不多。不过我们学校去大丰的肯定不止车厢里这几个，我知道后面还会陆续有人去。是分批的。但是我一点不知道薇拉是哪一批，反正车厢里没有她，一上车我就找她，但是没有，我只看到小淮海。在集合点，我第一眼就看到了小淮海，真是见鬼了。小淮海家几乎倾巢出动，很热闹。我是坚决不让家人送，那种哭哭啼啼的场面一点不喜欢。我看不到薇拉，自从那件事之后，就再也没有见到薇拉。当然，这个不用慌，因为去到大丰之后我们就可以天天见面了，谁也阻止不了。无论哪一批去，我们的终点就是大丰，这样就可以了。

小淮海就坐在前两排的位置上，他的脑袋比别人的高出一截，我不想看他都不行。他不唱歌，别人在唱的时候他也不唱。所有唱歌的人都是摇头晃脑的，唯独他的脑袋一直杵在那里一动不动。不知道他在想什么。

　　这个人一定是恨死我了，如果我不去大丰，那么薇拉肯定就跟他了。但是我为什么不去大丰？我和薇拉手牵手在玩的时候，他还什么都不是，一天到晚只是在偷看呢。无论我父亲是左派还是右派，和我无关，我就是我，是独立的个体。薇拉会有正确的选择，我有足够的信心。

　　汽车突然抛锚了，司机嚷：下车下车！

　　大家就下车。这个时候，我们已经身处盐碱地了，好荒凉。几乎看不到人家，也没有什么庄稼。云很低，暗色的，一点点地朝我们压过来，像要把我们连人带车一起吞噬掉一样。在路边，有几棵树抽风似的在抖动，并哗啦啦地发出一种夸张的响声。大自然来了，而我们变得无比渺小。有几个女同学搂在一起，她们哭了。

　　小淮海走了过来，我先是以为他要走向别处，不过是经过我的身边而已。但是他就在我的面前停下了。他迟疑了会儿，还是朝我点点头。他点头了，我也只有点头，不然会显得我没有风度。小淮海掏出烟来，飞马牌的。他递给我一支，我摇头说不抽，他就自己抽。他吸了两口，又问我，你肯定不抽？我想了想，还是抽吧，看他抽烟的样子很舒服的。我伸出手去问他要了一支，然后我也抽。我是不抽烟的，不过现在不一样了，现在我已经是大丰人了。

　　小淮海说，薇拉让我转告你，她和你还是朋友。

　　我不知道怎么说。我不太明白薇拉是什么意思，小淮海又是什么意思,他们都什么意思。

我说,薇拉什么时候来,哪一批的?

小淮海说,薇拉不来了。她家里人不让她来大丰。

我说,为什么?

小淮海看了我一眼,他说,这个还用说吗?她妈妈怕她来大丰,晚上睡觉不安全,担心会有人爬窗去她的宿舍强奸她。小淮海又看了我一眼。

我大笑起来,这个太好笑,真是恨不得笑着在地上打滚。我问小淮海,那薇拉会去哪儿?

小淮海说,她要去崇明了。是她妈妈去搞定的。她妈妈上头有人认识。分配办刚好还有一个名额,这个名额就给薇拉了。听说本来是你去的,你不去,你的这个名额就让给了薇拉。

那个死不掉的破车一直启动不了。我们就在这片荒凉地上傻等,要我们等到什么时候,饿了也渴了,甚至困了想睡了。司机还坐在车里发动,引擎声极其难听。还有黑色的浓烈的屁在车尾处往外喷。我终于忍不住了,就去推车,没有想到这个庞然大物其实很轻,没使多少劲它就往前移了。破车突突突地发动了,司机从车窗内探头出来喊,上车上车都上车!

和平给我寄来两张照片,他一直在玩摄影。那天我在墙上爬行的时候他刚好看到。他家就在对过,他家的南窗正对着薇拉家的北窗,于是就顺手拍了几张。

真是杰作。高空,雨中,阳台,窗,以及四脚蛇一样的人。旁边也有几个人看到了,惊叫:假的吧!

当时我们正聚在井边洗澡，刚撒完猪屎，一身臭。不远处就是食堂，铁姑娘班的那些女的从食堂里买饭出来闻到臭就喊，十三点啊！不会去河浜里洗啊！连队通讯员骑车过来，把和平的来信给了我。我赶紧拆信看，最先看到的就是这两张照片。

后来和平的相片就挂在我床上的蚊帐里，上床后我肯定要看几眼。好羡慕那个四脚蛇一样的人，梦里都想，要是哪天我也成了那个人就好了。

每个早晨天不亮我就被连队的大喇叭唱醒：

> 我们战斗在广阔天地
> 时代重任担在肩
> 打翻身仗，种争气田
> 为了革命把青春献
> ……

可是这个时候我就会想家。以前起床后会去买大饼油条吃，或许在摊前还能撞见薇拉。

2017年1月一稿
2017年3月二稿

后记　同一片林子

本来是想写一组短小说的，后来敷演成了长篇，那些人和事不断地往外冒，止不住了。其实，二十个故事也可以独立成章，章节间的勾连是松散的，某些部分甚至可以重新拼装。也好，这种开放性的结构似乎便于读者的进入，感觉上也是一种更适合数字阅读的文本模式。

小说带有自传体的性质，几乎每一个故事都是有出处的，当然，也有很多的虚构成分。这种真实和想象的缠绕，构成了小说的叙述肌理。去书写历史，并艺术地呈现，这是我的基本想法。为了某种修辞效果，原型人物或是真实事件可以在瞬间变得面目全非，这算是致敬文学吧。

写作的过程非常奇妙，似乎完成了穿越，在另一个时空里遭遇了一切而且做得够多。在那里，我与自己对话，无休止地倾诉，有时候，拼了老命都停不下来。

故事发生在西区的一个新村，我在新村出生，也在那里长大。现在，新村在我的叙事中变得很乱，已经没有必要确切地指认它在哪里了。当然有些东西是恒定不变的，比如说情感；还有就是必须坚持的，凭良心说话。

黄先生是我的发小,那时候住在新村,我们两家仅一墙之隔。我借用了他的名字按在了一个小混混的身上:在第九章里,他因为恐惧患上了癔症,半夜时分在走道上梦游;在第十二章里,他又在墓地用柳鞭抽打我。黄先生的名字非常特别,很有年代感,令我着迷。我说如果觉得不合适,可以改掉。黄先生是个大方的人,拿去,他说,随便用。

不过黄先生对小说是有意见的,他认为表现得不够充分,比如47号门前的民办小学就没有写。黄先生说他在民办小学读过,还有不少人也读过,是大家的母校。我的脑海中自然就浮现出了那个场景,学校的操场不大,用铁丝网圈起来,小孩子钻进钻出,不小心就会被铁钩扯坏了衣服,或刺破皮肉。于是又有一种来自久远的痛感被打捞了上来,这个小说像是并没有写完。

许多时候我觉得自己是在倒着走,未来是什么不知道,也无从描述,眼前是无边的记忆,纷披而来;而且现在每一刻都在成为历史,并丰富着我的生命。

小说的第一章是《怪鸟》,一个叫小三子的在林子里追射怪鸟。黄先生的女儿"80后",人在美国。他说要向女儿推荐这部小说。女儿出生在新村,睁眼看世界,最先看到的应该就是那片林子,而林子在作者的笔下还原度很高,触手能及,没有变形。

女孩趴在窗前,对着那片绿凝神关注,这和她的父辈没什么两样。但愿年轻人能够接受这部小说,对这些记忆和故事并不排斥,毕竟我们曾经面对同一片林子;并且始终都在同一条长河中漂流。

2017 年 11 月

图书在版编目（CIP）数据

怪鸟/ 傅星著.-上海：上海文艺出版社.2018
ISBN 978-7-5321-6561-2
Ⅰ.①怪… Ⅱ.①傅… Ⅲ.①长篇小说—中国—当代
Ⅳ.①I247.5
中国版本图书馆CIP数据核字（2018）第037836号

本书由上海文化发展基金会上海市重大文艺创作资助项目资助出版

发 行 人：陈　征
责任编辑：方　铁
封面设计：周安迪

书　　名：怪　鸟
著　　者：傅　星
出　　版：上海世纪出版集团　上海文艺出版社
地　　址：上海绍兴路7号　200020
发　　行：上海文艺出版社发行中心发行
　　　　　上海市绍兴路50号　200020　www.ewen.co
印　　刷：上海天地海设计印刷有限公司
开　　本：890×1240　1/32
印　　张：10.75
插　　页：2
字　　数：235,000
印　　次：2018年3月第1版　2018年3月第1次印刷
ＩＳＢＮ：978-7-5321-6561-2/Ｉ・5226
定　　价：39.00元
告 读 者：如发现本书有质量问题请与印刷厂质量科联系　T:13817973165